Frank Domeier
Schweigende Mauern

Vom Autor bisher bei KBV erschienen:

Die Herren vom Berge
Ehrbare Händler
Die heilige Ketzerin
Im Schatten der Burgen
Schweigende Mauern

Frank Domeier, Jahrgang 1964, wuchs im Westfälischen auf und lebt heute in Bonn. Er arbeitet hauptberuflich im Bereich EDV und Organisation, hat sich aber seit jeher für Ahnenforschung und die mittelalterliche Geschichte, für Philosophie und Religionswissenschaften interessiert.

Frank Domeier

Schweigende Mauern

KBV

Originalausgabe

www.kbv-verlag.de
E-Mail: info@kbv-verlag.de
Telefon: 0 65 93 - 99 86 68
Fax: 0 65 93 - 99 87 01
Umschlaggestaltung: Ralf Kramp
unter Verwendung von:
Kreuzabnahme Christi (Rogier van der Weyden)
Lektorat: Nicola Härms, Rheinbach
Druck: Aalexx Buchproduktion GmbH, Großburgwedel
Printed in Germany
ISBN 978-3-942446-14-3

Est via quae videtur homini iusta novissima
autem eius deducunt ad mortem.

Es gibt einen Weg, der vor einem Mann gerade ist,
aber sein Ende sind danach die Wege des Todes.

Buch der Sprüche, Kap. 14, Vers 12

Personenregister

Nikolaus Krebs, genannt Cusanus[1] *

Giuliano Cesarini, Freund von Nikolaus[2] *

Simeon von Meuren, Dompropst[3]

Ulrich Trips, Priester in der Bürgerkirche St. Gangolf

Herrmann Albrecht, Zunftmeister der Zimmerleute

Helena Albrecht, seine Frau

Gesine Albrecht, Herrmanns Schwester

Franz Albrecht, Herrmanns Bruder

Adam Grimbach, Zimmermannsmeister

Theodor Junk, Schöffenmeister[4] von Trier

Konstantin Junk, ältester Sohn des Theodor Junk

Crispus Junk, zweiter Sohn des Theodor Junk

Philipp von Buschfeld, Wechsler[5]

Walther Kirn, Zunftmeister der Weber

Hans Schauf, Zunftmeister der Metzger

Dominikus Vierland, Schöffe

Sebastian Vierland, sein Sohn

Peter Finken, ein Viehhändler

Elise, Freundin des Konstantin Junk

Jakob Monheim, Tagelöhner

Konrad Seidel, Hauptmann der Stadtwache

Gottfried, ein Soldat der Stadtwache

* Historisch belegte Person

Die durchnummerierten, erläuternden Fußnoten finden Sie ab Seite 299.

Freunde

»Ein herrlicher Wein.«

Giuliano Cesarini schnalzte mit der Zunge und setzte den wertvollen Glaskelch wieder ab. Er rutschte in dem gemütlichen Sessel noch ein wenig tiefer. Wohlig schnaufend streckte er seine müden Glieder. Er schloss die Augen und genoss die wärmende Abendsonne, die ihm ins Gesicht schien. Immer wieder trieb ein erfrischender Windhauch den Duft von wohl riechenden Pflanzen herüber. Dieser Garten war ein kleines Paradies. Die Ruhe, der Anblick der Beete mit der überbordenden Blütenpracht, dazwischen die Schatten spendenden Kastanien- und Walnussbäume. Es war die ersehnte Erholung nach der langen und anstrengenden Reise durch halb Europa. Kaum zu glauben, dass er nicht mehr in Rom war, sondern viel weiter im Norden, in Trier, und hier mit seinem Freund Nikolaus Krebs einen Krug feinsten Rotweins leerte.

»Jetzt geht es mir langsam besser«, stellte Giuliano mit einem zufriedenen Lächeln fest. »Jetzt bin ich bereit, deinen detaillierten Bericht zu hören.«

»Das wird aber ein langer Abend.«

»Wenn du noch mehr von dem köstlichen Tropfen hast, wird es mir nichts ausmachen.« Damit hielt er seinem Freund sein Trinkgefäß entgegen.

Nikolaus schenkte nach. »Dann spitz deine Ohren. Du wirst kaum glauben, was passiert ist.«

»Nach den Andeutungen in deiner Botschaft kann mich nichts mehr erschüttern.«

Nachdem Nikolaus vor zwei Wochen einen Eilbrief nach Rom geschickt hatte, war der Gesandte des Papstes innerhalb kürzester Zeit an Ort und Stelle gewesen. Giuliano war heute Nachmittag angekommen und sofort in Nikolaus' Unterkunft geführt worden. Dass sich die beiden jungen Männer seit der Studienzeit in Padua gut kannten, hatte wohl den Ausschlag für die Auswahl dieses Gesandten gegeben.

Nikolaus wollte gerade zu sprechen ansetzen, als Giuliano fragte: »Was ist denn aus dem Gefangenen geworden, der die Sache bezeugen kann?«

»Tja, das ist leider ein unerfreulicher Aspekt.« Er räusperte sich, um seine Verlegenheit zu überspielen. »Er ist tot.«

»Was?« Giuliano richtete sich abrupt auf. »Wann?«

»Vorgestern.«

»Wie konnte das denn passieren?«

Nikolaus rieb sich den Nacken. »Er soll sich im Gefängnis erhängt haben.«

»Soll?«

»Richtig.«

»Du hast Zweifel?«

»Der Dompropst wollte unbedingt die Namen der Hintermänner bekommen und ließ ihn barbarisch foltern. Ihm sollen beide Füße zerquetscht, beide Arme ausgekugelt und verschiedene Finger gebrochen worden sein.«

Der italienische Freund hob erstaunt die Augenbrauen. »Ich ahne.«

Nikolaus lächelte. Es war ein verzweifeltes Lächeln, denn die Situation war alles andere als lustig. »Ich habe tatsächlich gesehen, wie der Tote mit einem Strick um den Hals am Gitter des Kerkerfensters hing. Der Hocker, von dem er sich gestürzt hatte – oder sagen wir besser: gestürzt haben soll –, lag umgeworfen auf dem Boden.«

Giuliano verstand. »Und das mit gebrochenen und ausgerenkten Gliedern? Wie hat er den Strick zu einer Schlinge knüpfen können? Wie sich überhaupt auf den Hocker stellen können?«

Nikolaus sagte nichts. Die Sache war zu offensichtlich.

Der Freund grübelte weiter: »Woher kam der Strick?«

»Vielleicht lag er im Kerker oder der Kerl war damit gebunden gewesen.«

Nachdenkliches Schweigen breitete sich aus.

»Kannst du deinen Verdacht beweisen?«, fragte Giuliano schließlich.

Nikolaus schüttelte den Kopf. »Sollte ich das denn versuchen?«

Die beiden Freunde schauten sich lange an. Trotz der Verbundenheit saßen sich hier immerhin der Abgesandte des Papstes und der Jurist des Kurfürsten von Trier gegenüber. Beide waren ihrem jeweiligen Herrn verpflichtet. Die Frage war, ob sich die unterschiedlichen Interessen vereinbaren ließen.

Unvermittelt fragte Nikolaus: »Hast du etwas damit zu tun?«

Trotz dieser ungeheuerlichen Anschuldigung blieb der Italiener erstaunlich ruhig. Vielleicht war die Frage doch nicht so abwegig gewesen. »Mein Auftragsmörder muss dann schneller gereist sein als ich. Ich habe ja erst vor acht Tagen von deiner Botschaft gehört.«

»Sollte aber möglich sein.«

Giuliano hielt kurz die Luft an und blickte ins Leere. Dann nickte er kurz. »Sì. Möglich auf jeden Fall. Wer hätte sonst noch Interesse daran?«

»Es kommt darauf an. Entweder wollte jemand, dass nicht noch mehr ans Licht kommt ...«

»Deshalb hast du mich also in Verdacht.«

»Unter anderem. Schließlich bist du Kammerauditor[6] an der Kurie[7]. Die Geschichte betrifft immerhin Angelegenheiten der Kirche und fällt damit in deinen Aufgabenbereich.«

»Oder?«, kam es gedehnt.

»Jemand hat schon alles erfahren und will nicht, dass dies auch anderen bekannt wird.«

»Damit meinst du bestimmt ...«

Nikolaus nickte nur.

»Hatte der Dompropst mit seinen ... mmh ... Überredungskünsten bei dem Gefangenen denn Glück?«

»Das wollte er nur dem Kurfürsten verraten.«

»Dann muss ich mit ihm noch ein ernstes Wort reden. Denn wenn es erst euer Kurfürst weiß, weiß es auch bald der Kaiser. Und das käme meinem Herrn äußerst ungelegen.«

»Das kann ich mir nur zu gut vorstellen.«

Giuliano setzte sich noch ein wenig gemütlicher hin. »Dann erzähl schon! Ich will endlich die Einzelheiten erfahren.«

Nikolaus füllte die Gläser noch einmal mit dem vortrefflichen Wein und begann dann seinen Bericht.

Der Sturz des Meisters

Es war kurz vor Mittag. Nikolaus Krebs hatte den ganzen Morgen in den Archiven des Domkapitels von Trier in alten Urkunden gestöbert. Er sollte nach längst vergessenen Verträgen suchen, die dem Kurfürsten und Erzbischof einen Vorteil gegen die Amtskollegen von Köln und von Mainz verschaffen sollten. Es ging mal wieder um Politik. Wer mit wem wann was vereinbart hatte, das man nun als Druckmittel bei Verhandlungen gebrauchen konnte, um seinen Einfluss zu sichern oder besser noch zu erweitern, oder um unsichere Verbündete auf Linie zu bringen. Da sich niemand die Mühe gemacht hatte, alle Vereinbarungen zu protokollieren – nur die wichtigsten blieben über Jahrzehnte im Bewusstsein hängen –, waren einige scheinbar unbedeutende leider in Vergessenheit geraten.

Nikolaus liebte die Arbeit in den Bibliotheken und Urkundensammlungen: das akribische Suchen, das eingehende Studieren, das genaue Vergleichen und letztendlich das Ziehen von Schlüssen. Man konnte so viel über die Geschichte an sich lernen und darüber, wie sich das Recht in den letzten Jahrhunderten entwickelt hatte – nicht immer zu dessen Vorteil.

Aber jetzt hatte sich der Staub der unzähligen Rollen und Einbände und der Schimmel auf einigen zu feucht gelagerten Pergamenten in seiner Lunge gesammelt, sodass er schließlich immer wieder von Hustenanfällen unterbrochen wurde und sich wegen des unangenehmen Kratzens im Hals kaum noch konzentrieren konnte. Er musste an die frische Luft und seiner strapazierten Lunge eine Verschnaufpause gönnen.

Tief durchatmend verließ er den Dombezirk durch das Tor und betrat den Marktplatz. Pulsierendes Leben empfing ihn. Es war ein Rennen und Rufen, ein Handeln und Feilschen. Ein Tragen und Schleppen. Dies war der weltliche Mittelpunkt Triers, den religiösen mit dem jahrhundertealten Dom hatte Nikolaus gerade hinter sich gelassen. Mitten auf dem Platz stand das von Erzbischof Heinrich I.[8] errichtete Marktkreuz. Dieses Symbol der Macht stand auf einer alten römischen Säule, die auch als Pranger diente. Man erkannte deutlich die vier Löcher, an denen die Ketten für die Verurteilten befestigt wurden. Ringsherum standen große, prachtvolle Häuser, die die zunehmende Macht der Stadt symbolisierten. Kein Wunder, dass es in letzter Zeit immer öfter Reibereien zwischen dem Kurfürsten und dem Rat der Stadt gab. Und um Otto von Ziegenhain[9] noch mehr zu provozieren, sollte genau gegenüber dem Tor zum Dombezirk ein neues, größeres Rathaus errichtet werden – das bisherige, das sogenannte Kaufhaus, stand an der Fleischstraße. Vor wenigen Jahren hatte die St. Jakobsbruderschaft, die einflussreichste Gruppe innerhalb des Rates, an der Ecke, wo es zur Dietrichstraße ging, das Haus des verstorbenen Goldschmieds Heinz von Vierscheid gekauft. Dort sollte bald der prunkvolle Rathausneubau errichtet werden. Wenn der Kurfürst dann aus seinem Dom trat, würde er sofort auf diese dreiste Herausforderung blicken.

Nikolaus musste lächeln, auch wenn er diese Provokation eigentlich verurteilen sollte. Er schritt über den offenen Weberbach, der von links kommend über den Markt und dann die Simeonstraße entlangfloss bis zur Simeonskirche, die in das alte römische Stadttor hineingebaut worden war. Entspannt schlenderte Nikolaus an den Ständen der Höker vorbei und versuchte, an nichts mehr zu denken. Sein angespannter Geist musste zur Ruhe kommen. Es war genauso, wie wenn man zu lange in eine helle Flamme oder die Sonne gesehen hatte. Man konnte für eine gewisse Zeit nichts mehr sehen – alles erschien gleißend hell. Erst nach und nach konnte man die Einzelheiten wieder erkennen.

Nikolaus war gerade neben dem Durchgang zur Stadtkirche St. Gangolf, als er mehrere laute, unverständliche Schreie hörte. Gab es einen Streit zwischen Marktfrauen? Oder waren zwei Viehtreiber aneinandergeraten? Das wäre nichts Ungewöhnliches – so etwas kam immer wieder vor. Aber die Schreie waren durchdringender als alle anderen Rufe hier auf dem Marktplatz gewesen. Nikolaus drehte sich um, um zu sehen, wer den Aufruhr verursacht hatte. Auch andere Leute schauten sich fragend um. Was war geschehen?

Jetzt hörte er aufgeregte Stimmen aus Richtung der Stadtkirche. Rasch eilte er zwischen den Häusern hindurch in die schmale Straße direkt bei St. Gangolf. Vor dem Portal der Kirche hatten sich mehrere Personen in einem Halbkreis versammelt, deren Gesichter alle auf einen für Nikolaus unsichtbaren Punkt vor ihnen gerichtet waren. Worauf starrten sie? Neugierig geworden zwängte er sich durch die Menschenmenge.

Vor ihnen lag ein Mann mit ausgebreiteten Armen auf dem Rücken. Er musste deutlich über fünfzig Jahre alt sein, sicher fast sechzig. Sein graues, schulterlanges Haar hing ihm wirr um den Kopf. Dazwischen sickerte Blut hervor und bildete eine kleine Blutlache. Die Beine waren unnatürlich verdreht und abgewinkelt, das linke schien zwischen Knie und Fuß ein neues Gelenk bekommen zu haben. Alle Anwesenden waren starr vor Schreck. Nur einer hatte sich vorsichtig herangetraut. Doch der stand gerade wieder auf und konnte nur noch den Kopf schütteln.

Nikolaus sprach einen Mann an, der schweigend dastand: »Was ist geschehen?«

»Welch ein Unglück«, kam es leise.

»Was ist denn? Gab es einen Streit?«

»Das durfte nicht geschehen.«

Nikolaus wollte gerade eine ärgerliche Antwort geben, als er von der anderen Seite von jemandem angesprochen wurde, der den Lehmresten auf der Leinenschürze und den verkrusteten Händen nach zu urteilen ein Töpfer sein musste. »Von da oben ist er herunter.« Er zeigte zum Kirchturm hoch. »Ich hörte ein Klatschen, und dann sah ich ihn da liegen.«

»Ist er abgestürzt?«

»Weiß nicht. Die Arbeiter bessern das Dach weiter vorn am Chor aus.«

»Und der Tote hat beim Sturz nicht geschrien?«

»Nee. Das waren die Leute, denen er vor die Füße klatschte.«

Nikolaus schaute hinauf. Der Verunglückte lag genau vor dem Kirchturm. An dessen Dach wurde nicht gearbeitet. Von wo aus war er abgestürzt? Plötzlich erschien ein Kopf in dem Fenster genau unterhalb der Traufe. Man konnte das Gesicht nicht erkennen. Nur die dunkle Gugel[10] war sichtbar.

Auch andere hatten die Gestalt erblickt. Plötzlich schrie jemand: »Der war's!« Schon stimmten die Nächsten ein: »Mörder! Den holen wir uns!« Und ehe man sich versah, war eine Handvoll Männer losgestürmt, um den Unbekannten herbeizuschleppen. Doch so unverhofft der Kopf im Fenster erschienen war, war er auch schon wieder verschwunden; denn nun ging es ihm an den Kragen. Doch Nikolaus' Ruf, dass doch niemand wissen konnte, ob jemand den Mann gestoßen hatte, verhallte ungehört im aufbrausenden Geschrei.

Immer mehr Menschen strömten herbei und versammelten sich in der engen Straße. Die Leute schoben und stießen sich, weil jeder die Leiche mit eigenen Augen begaffen wollte. Jeder wollte Augenzeuge des schaurigen Spektakels sein, um heute Abend daheim oder im Gasthaus eine aufregende Geschichte zum Besten geben zu können.

Da Nikolaus einer der Ersten am Unglücksort gewesen war und deshalb günstig stand, konnte er nun sehen, dass, kurz nachdem die Häscher in die Kirche geeilt waren, ein Priester herausstürzte. Er schlug die Hände vors Gesicht und stöhnte erschrocken auf, bekreuzigte sich mit zitternden Händen. Dicht dahinter folgten drei vornehm gekleidete Herren. Auch sie prallten beim Anblick des am Boden liegenden Leichnams zurück. Sofort zogen sie sich wieder in das Halbdunkel der großen Eingangstür zurück und tuschelten aufgeregt miteinander.

Im nächsten Augenblick hörte man ein Schreien und Grölen. Schon kam der aufgeregte Trupp mit zwei Gefangenen zurück. Als die Männer in der Kirchentür erschienen, brandete ihnen zorniges Geschrei entgegen. Einige riefen, dass man die Kerle sofort aufhängen sollte. Andere meinten, dass ein Strick zu wertvoll für sie sei, sie sollten gleich hier und jetzt erschlagen werden. Einer rief sogar, die Gerechtigkeit verlange, dass die beiden Halunken auch vom Turm heruntergeworfen werden müssten.

Die Gefangenen wurden mit Schlägen und Fausthieben nach draußen getrieben. Immer wieder beteuerten sie, nichts mit dem Tod ihres Herrn zu tun zu haben. Sie hätten nur die Schreie gehört und wären dann erst im Turm erschienen. Doch keiner aus der brodelnden und nach Blut schreienden Menschenmenge wollte zuhören.

Nikolaus war plötzlich ganz mulmig geworden, als er gesehen hatte, wie sich die Stimmung der Leute von starr vor Schreck in rasend vor Wut verwandelt hatte. Wie sollte man diese Meute wieder beruhigen? Schließlich hatten die beiden Gefangenen ein ordentliches Gerichtsverfahren verdient. Würde man aber auf ihn hören? Auf einen einsamen Rufer in der Wüste? Auf jemanden, der unverhofft mit halbwegs vernünftigen Argumenten und geschriebenen Gesetzen daherkam? Oder würden sie ihn auch massakrieren wollen?

Doch nun wollte sich der Priester Gehör verschaffen. Er versuchte krampfhaft, die aufgebrachten Menschen zu beruhigen. Er stellte sich schützend vor die beiden Männer und schrie mit lauter Stimme gegen die wütende Menge an. »Woher wollt ihr wissen, dass sie es waren? Könnt ihr die Anschuldigungen beweisen? Ihr versündigt euch gegen Gott!«

Doch auf seine Worte hörte kaum einer.

Jetzt mischte sich ein zweiter Mann ein. Er war Anfang dreißig und von großer, kräftiger Statur, überragte die meisten Anwesenden um mindestens einen halben Kopf. Er war kurz hinter dem Trupp aus der Kirche getreten und versuchte nun ebenfalls, die beiden Verdächtigen vor der Raserei des Mobs zu schützen. Es schien ihm völlig egal, dass er dabei auch einige Schläge und Stöße abbekam. Vehement verteidigte er die Angegriffenen mit seinen muskulösen Armen. So mancher bekam sie schmerzhaft zu spüren und zog sich lieber zurück. Die Leute wollten Blut sehen – aber nicht ihr eigenes.

Endlich hatte auch Nikolaus den Mut gefunden, sich einzumischen. Er trat herzu und rief laut: »Keiner der beiden Männer kann es gewesen sein! Der dort oben herausschaute, hatte eine Kapuze auf! Diese haben keine!«

Jetzt hielten die meisten Leute inne und schauten sich verlegen um. Sie hatten den Kopf oben im Turmfenster schließlich auch gesehen und mussten Nikolaus nun kleinlaut recht geben. Diese beiden trugen in der Tat keine Gugel. Aber einige Unbeirrte hielten weiter dagegen und behaupteten, die Kerle hätten ihre Gugel ja auch wegwerfen können. Doch langsam kippte die Stimmung. Geschrei und Gezeter ebbten ab. Die Leute maulten noch ein wenig und verlangten Gerechtigkeit. Nach und nach jedoch verdrückten sich die meisten Unruhestifter.

Nikolaus wunderte sich, dass noch immer keine Soldaten erschienen waren. Hatte denn keiner der Stadtwache Bescheid gegeben? Wo war die ordnende Gewalt, die für Ruhe und Frieden sorgen sollte? In diesem Fall auch für den Schutz von Menschenleben. Ein Toter lag hier schon, fast hätte es noch zwei weitere gegeben. Warum ließ sich kein Soldat blicken?

Die beiden Angeklagten konnten endlich wieder Luft holen und ihre Arme herunternehmen, die sie schützend vor ihre Gesichter gehalten hatten. Mit großer Erleichterung sanken sie vor dem Priester auf die Knie und dankten ihm unter Tränen für ihre Errettung. Immer wieder beteuerten sie ihre Unschuld am Tod des Verunglückten.

»Dankt nicht mir«, antwortete der Priester. »Auch euer Meister hat seine Haut für euch riskiert.« Dabei wies er auf den Mann neben sich.

»Ihr könnt unmöglich beteiligt gewesen sein«, erklärte nun der groß gewachsene Handwerker. Seine Stimme war von dunklem Klang und voller Überzeugung. »Als der Meister Albrecht abstürzte, wart ihr am anderen Ende des Daches. Ich habe euch nach dem Unfall ja noch dort gesehen. Falls jemand noch einmal etwas sagen sollte, werde ich für euch bürgen. Es war ganz klar ein Unfall. Herrmann Albrecht muss bei der Inspektion der Balken im Turm einen winzigen Augenblick unachtsam gewesen sein, hat sich bestimmt zu weit aus dem Fenster gelehnt und ist dann abgerutscht. Er ist nicht der erste und auch nicht der letzte Zimmermann, der verunglückt. Auch ein Zunftmeister ist nicht unfehlbar. Damit ist die Sache geklärt.«

Wieder und wieder bedankten sich die beiden Handwerker bei ihrem Herrn. Der Schreck steckte ihnen noch sehr in den Knochen. Mit zitternden Gliedern erhoben sie sich und schlichen von dannen.

Plötzlich erklang erneut ein Schrei. Alles drehte sich in Richtung des Leichnams, den inmitten des Tumults noch niemand mit einem Tuch bedeckt hatte. Daneben stand nun eine junge Frau mit vor Schreck verzerrtem Gesicht und presste ihre Hände gegen ihren Kopf.

»Helena, Liebste!«, rief der junge Meister erschrocken aus und eilte an ihre Seite. Er nahm sie in die Arme und sprach beruhigend auf sie ein. »Es war ein bedauerlicher Unfall. Eine Unachtsamkeit, ein Missgeschick, und schon war es geschehen. Er kannte die Gefahr – du auch.«

Langsam bahnte sich die Trauer ihren Weg. Sie begann leise zu weinen. Kaum vernehmbar wiederholte sie immer wieder nur ein Wort: »Warum?« Sie schüttelte verzweifelt, wie von Sinnen, den Kopf. Ihre Haube rutschte Stück für Stück nach hinten, bis sich schließlich ihr blondes Haar über ihre Schultern ergoss und einen Teil ihres Gesichts wie einen Trauerschleier verhüllte.

Die wenigen Leute, die übrig geblieben waren, standen stumm herum und beobachteten die Szene aus gebührender Ferne. Es schien ihnen peinlich zu sein, die Trauer der Frau mitzuerleben.

Nikolaus konnte seine Neugierde kaum bezwingen. Er fragte den Priester, der neben ihm stand: »Ist der Tote ihr Vater?«

»Nein, nein. Der Zunftmeister Herrmann Albrecht war ihr Ehemann.«

Der junge Gelehrte zog die Augenbrauen erstaunt hoch. »Da hätte ich eher auf den jüngeren Mann gewettet.«

»Da seid Ihr nicht der Erste.«

Nikolaus wollte noch etwas fragen, aber der Geistliche war schon zum Leichnam unterwegs und begann, halblaut zu beten. So eigenartig diese Bemerkung auch gewesen war, es ging ihn überhaupt nichts an. Er hatte keine Lust, sich in die Angelegenheiten anderer Leute einzumischen: wer mit wem zusammen war, obwohl verheiratet, und was sich daraus ergab. Das waren ganz eindeutig deren Probleme – nicht seine. Er wollte sich nicht schon wieder Ärger aufhalsen, nur weil er zu neugierig war. Lieber beschäftigte er sich mit seinen Urkunden und Pergamentrollen.

Nikolaus hatte sich schon umgedreht, um zum Dombezirk zurückzukehren, als er plötzlich wieder die Stimme der Frau vernahm. Er blieb stehen und blickte zurück. Die Worte der Witwe waren laut und anklagend. Sie trat auf die drei älteren Honoratioren zu, die noch immer in der Kirchentür standen und die gesamte Szene beobachtet hatten.

»Ihr habt ihn auf dem Gewissen! Ihr habt ihn umgebracht!«, rief sie und hob drohend die Faust.

Die vornehm gekleideten Herren sagten nichts. Ihr Gesichtsausdruck war voller Kälte und Verachtung, als würden sie einen kleinen, lästigen Hund beobachten, der sie ankläffte und den sie jederzeit mit einem lässigen Fußtritt vertreiben könnten. Der Handwerksmeister wollte die Frau beruhigen und zur Seite ziehen, aber sie ließ sich nicht beeindrucken. Zielstrebig näherte sie sich dem mittleren der drei. »Vater, sagt mir offen und ehrlich: Was habt Ihr mit Herrmanns Tod zu tun? Warum habt Ihr das getan?«

Nikolaus hatte die Ohren gespitzt. Hatte sie etwa »Vater« gesagt? Wie kam es, dass so überraschend die ganze Familie hier am Unglücksort versammelt war?

Endlich antwortete der Mann: »Spiel dich nicht so auf, Kindchen!«

»Ich bin kein kleines Kind mehr!«, zischte sie wütend. »Nennt mich also nicht Kindchen!«

»Ich kann ja verstehen, dass du durch den plötzlichen Tod

deines Mannes verwirrt bist. Es tut mir ja auch leid.«

»Pah!«

»Aber das ist noch lange kein Grund, mich hier auf offener Straße zu beschuldigen, ich wäre am Unfall deines Mannes beteiligt. Das ist schon ein starkes Stück!«

»Warum seid Ihr dann hier? Gerade, als Herrmann vom Turm stürzt? Ihr seid doch sonst höchstens zur Messe mal hier.«

Die drei Honoratioren schüttelten verständnislos den Kopf. Der eine bewegte seine Hand vor seinem Gesicht kurz hin und her, um zu zeigen, dass er die Frau für schwachsinnig hielt. Die anderen beiden nickten nur und gingen dann schweigend davon. Auch die wütenden Schreie der jungen Frau hielten sie nicht mehr auf.

Nikolaus hatte inzwischen jegliche Lust verloren, sich noch mehr familiäre Streitigkeiten und menschliches Unglück ansehen zu müssen. Es war schon erstaunlich, wie verworren und zerrüttet manche Familien waren. Aber da bewahrheiteten sich wieder die Worte des Herrn Jesus Christus: »Eines Menschen Feinde werden seine eigenen Hausgenossen sein.«[11]

Nachdem er den Durchgang zum Markt hinter sich gelassen hatte, verklangen langsam die Rufe. Stattdessen war er wieder vom geschäftigen Treiben und dem Stimmengewirr zwischen den Ständen umgeben. Langsam schlenderte er zurück zu seiner Beschäftigung im Archiv des Trierer Domkapitels.

Der Dompropst

Nach dem Spaziergang über den Markt und der kleinen Mahlzeit aus Brot, Käse und etwas frischer Milch hatte sich Nikolaus wieder in seine Arbeit vergraben. Er war vollkommen in seinem Universum aus vergilbten Papieren, schweren Folianten und den nach den Ausdünstungen vergangener Zeiten riechenden Pergamenten versunken. Er durchforstete Unterlagen aus den Jahren ab 1368. Für eine gewisse Zeit war der vorletzte Erzbischof von Trier – Kuno von Falkenstein[12] – der Administrator des Erzbistums Köln gewesen. So konnte er es einrichten, dass sein Neffe Friedrich von Saarwerden[13] Erzbischof in Köln wurde. Hier gab es einige interessante Vereinbarungen, auf die man sich noch beziehen könnte. Aus Dankbarkeit gegenüber seinem Onkel hatte der neue Kurfürst nämlich ein paar Zugeständnisse niederschreiben lassen, die offensichtlich bislang nicht alle eingelöst waren. Das musste weiter untersucht werden, denn daraus ließ sich noch Profit schlagen.

Wie aus weiter Entfernung hörte Nikolaus seinen Namen. Erst nach und nach wurde ihm bewusst, dass jemand nach ihm rief. Wer wollte etwas von ihm? Der Kurfürst hatte doch bestimmt, dass er in Ruhe das Archiv durchsuchen durfte. Gerade jetzt wollte er sich nicht stören lassen, schließlich war er mitten in seinen Nachforschungen.

»Na, dem werde ich die Leviten lesen! So unverschämt kann doch nur ein Novize sein. Das wagt der nie wieder!« Ärgerlich stand Nikolaus auf und stapfte zwischen den Regalreihen entlang. Er legte sich schon die passenden Formulierungen parat, um dem impertinenten Kerl so richtig den Kopf zu waschen. Neben der Tür stand der Ruhestörer und drehte dem Gelehrten den Rücken zu. Der Besucher war von etwas zu kurz geratener Gestalt. Nur die grauen Haare zeigten an, dass es kein junger Mann, sondern ein Erwachsener war.

Nikolaus reckte sich noch einen Zoll höher und knurrte: »Was erlaubt Ihr Euch?« Die nächsten Worte blieben ihm im Halse stecken. Derjenige, der sich nun überrascht umdrehte, war kein Geringerer als der Dompropst Simeon von Meuren, der Vertreter des Erzbischofs. Mit dem sollte es sich Nikolaus lieber nicht verscherzen, denn er war alles andere als ein angenehmer Herr. Der Geistliche war ausgesprochen ehrgeizig und sehr eitel, schmeichelte, wenn es seinen persönlichen Zielen diente, und war ein Intrigant, falls ihm jemand gefährlich wurde. Doch der Kurfürst hielt weiterhin an ihm fest, da Meuren seine Position und seine Macht hier in Trier durchzusetzen wusste. Und das sicherte wiederum die Stellung des Erzbischofs, der sich mehr in Koblenz aufhielt als hier.

Die Augen des Dompropstes blitzten gefährlich zu dem fast einen halben Kopf größeren Juristen hoch. »Was erlaubt *Ihr* Euch?«

Demütig verneigte sich Nikolaus und entschuldigte sich kleinlaut damit, nicht gewusst zu haben, dass es der ehrwürdige Dompropst war, der ihn sprechen wollte. Er habe gedacht, ein übereifriger Novize hätte ihn gestört.

Von Meuren murmelte etwas Unverständliches vor sich hin und akzeptierte die Entschuldigung überraschend schnell. Nikolaus hatte eher mit einer Strafpredigt und endlosen Bußen gerechnet. Aber nichts dergleichen passierte. Stattdessen kam die Frage: »Ihr wart doch heute Mittag bei St. Gangolf, als der Meister Albrecht so tragisch ums Leben kam?«

»Äh, ja. War Euer Gnaden auch dort?«

»Ach was! Ich habe von Euch durch Ulrich Trips, dem dortigen Priester, gehört.«

Nikolaus nickte nur. Er hatte keine Ahnung, was nun kommen sollte.

»Was war's?«

»Wie meint Ihr das? Was soll was gewesen sein?«

»Stellt Euch nicht so dümmlich an!«, knurrte Meuren. »Ich meine natürlich: Wie ist der Albrecht umgekommen? War's ein Unfall oder ein Mord?«

Der junge Gelehrte verstand endlich. »Ich bin mir nicht sicher, aber ...«

»Aber was?«

Nikolaus kratzte sich verlegen am Kopf. »Weder noch.«

Der Dompropst hob drohend seinen Zeigefinger. »Strapaziert meine Geduld nicht noch mehr. Bald habt Ihr alle Vorschusslorbeeren unseres ehrwürdigen Erzbischofs Otto bei mir verspielt!«

»Ich denke eher, es war Selbstmord.«

»Was?« Von Meuren rang die Hände. »Wie könnt Ihr es wagen, einen verdienten Zunftmeister auf so infame Weise einer schweren Sünde zu beschuldigen?«

»Weil es allem Anschein nach danach aussieht. Die Umstände deuten eher auf Selbstmord hin.«

»Blödsinn! Wie wollt Ihr das wissen? Wart Ihr dabei, als Albrecht abstürzte?«

»Nein.«

»Also. Was redet Ihr dann so einfältig daher? Selbst die trauernde Witwe glaubt nicht an einen Unfall oder einen Selbstmord.«

»Hätte Euer Gnaden die Güte, meine Argumente anzuhören? Ich werde mich so kurz wie möglich fassen.«

Meuren fixierte Nikolaus einen Moment und presste dann ein mürrisches Ja hervor.

Nikolaus holte tief Luft. »Der Meister Albrecht lag mit zertrümmerten Unterschenkeln vor dem Kirchturm. Er muss also mit den Füßen voran aufgeschlagen sein.«

»Na und?«

»Jeder, der fällt, versucht instinktiv, mit den Füßen aufzukommen. Gebrochene Glieder sind nicht so schlimm wie ein zertrümmerter Schädel. Wird aber jemand gestoßen und ist dabei vielleicht sogar betäubt, wirbelt er durch die Luft und landet eher bäuch- oder rücklings.«

»Aber da hat doch jemand aus dem Turmfenster geschaut.«

»Genau. Aber niemand kann sagen, dass er seine Hände im Spiel hatte.«

»Das Gegenteil auch nicht.«

»Aber da gibt es noch eine zweite Merkwürdigkeit. Einiges spricht dafür, dass Albrecht nicht schrie, als er fiel. Jemand sagte mir, dass er ohne einen Ruf auszustoßen aufschlug.«

Der Dompropst verdrehte gereizt die Augen. »Und was sollte das beweisen?«

»Wer würde nicht vor Schreck schreien, wenn er abstürzt oder gestoßen wird?«

Meuren hatte schon den Mund geöffnet, um eine ungeduldige Antwort zu geben, besann sich dann aber eines Besseren. Man sah, wie sich die Überlegungen in seinem Kopf gegenseitig jagten. Wurde Albrecht bei vollem Bewusstsein aus dem Fenster gestoßen, hätte er lauthals geschrien. Ebenso bei einem Unfall. Wäre er aber ohnmächtig gewesen, wären seine Unterschenkel nicht zertrümmert gewesen. Erheblich ruhiger antwortete der Dompropst nun: »Angenommen, Albrecht war betäubt, als er hinausgeworfen wurde. Könnte er so durch die Luft wirbeln, dass er wider alle Wahrscheinlichkeit mit den Füßen voran aufschlug?«

Nikolaus zuckte mit den Schultern. »Möglich wäre es sicherlich. Es wäre aber ein großer Zufall.«

»Aber nicht ausgeschlossen?«

»Nein, meines Wissens nach nicht auszuschließen.«

Freudig klatschte der Dompropst in seine Hände. »Da haben wir's ja. Ihr forscht nach, wer der Mann im Turmfenster war und wer einen Grund hatte, Albrecht umzubringen.«

Nikolaus war völlig überrascht. »Der gnädige Kurfürst Otto gab mir doch den Auftrag, die Unterlagen seiner Vorgänger zu sichten. Damit habe ich bestimmt noch eine Woche zu tun. Da ist keine Zeit, einem vermeintlichen Mörder nachzujagen.«

Von Meuren stellte sich auf die Zehenspitzen, um seine mangelnde Größe auszugleichen. In harschem Ton presste er hervor: »Vergesst nicht, wer der Stellvertreter unseres ehrwürdigen Bischofs ist.«

Nikolaus verneigte sich tief und antwortete leise: »Ihr, Euer Gnaden.«

»Gut.« Von Meuren lächelte sichtlich zufrieden. »Dann fangt am besten sogleich an. Sonst entwischt uns der Mörder noch. Es wäre sehr gut, wenn ich dem Kurfürsten umgehend den Schurken präsentieren könnte. Dann wüsste er, dass er sich auf meine Verwaltung immer verlassen kann. Und es würde einmal mehr beweisen, welch jämmerliche Versager diese aufmüpfigen Burschen im Rat der Stadt doch sind. Die sind doch gar nicht in der Lage, sich selbst zu verwalten. Die können weder für Ruhe und Ordnung sorgen noch einen abscheulichen Mord aufklären. Gut, dass ich da aus anderem Holz geschnitzt bin.«

Nikolaus nickte leicht. Meuren wollte ihn benutzen, um dem Stadtrat eins auszuwischen und sich dafür beim Kurfürsten im besten Licht zu präsentieren. Nikolaus hasste solche Opportunisten. Aber was sollte er machen? Er hatte sich diesem geltungssüchtigen Zwerg unterzuordnen. Es ging nicht anders. Oder er müsste hier alles hinwerfen und seine Stelle aufgeben. Dann könnte er seine eigene Karriere als Advokat aber auf ewig vergessen. Er würde bei keinem Fürsten – weder weltlich noch kirchlich – wieder einen Posten bekommen. Auf Wiedersehen, ihr geliebten Forschungen in Köln, Paris und anderswo. Stattdessen dann den Kaufmann im väterlichen Geschäft spielen, unerquickliche Rechnungen schreiben statt anregender Abhandlungen und langweilige Lagerlisten durchforsten statt ehrwürdiger Archive.

»Wird man denn auf mich hören wollen?«, fragte Nikolaus resigniert.

Der Gesichtsausdruck des Dompropstes wurde noch missmutiger. »Der Rat der Stadt hat dem Kurfürsten zu gehorchen. Er ist der Herr von Trier, auch wenn es diese anmaßenden Bürger gerne anders hätten.«

»Das wird schwer«, murmelte Nikolaus verzagt. »Und wenn die Leute mich nicht unterstützen wollen?« Mit Schrecken dachte er an den Mord in Manderscheid. Damals hatte er versucht, als nicht willkommener Fremder einen Mörder zu finden. Hatte sich ungefragt in die Angelegenheiten der Menschen eingemischt und dabei fast sein Leben verloren. Dort war seine Einmischung freiwillig gewesen, weil er überzeugt gewesen war, dass die falsche Person in Verdacht geraten war. Jetzt wurde er gezwungen, genau das Gleiche wieder zu tun. Aber diesmal war er sich sicher, dass es nichts zu finden gab – keinen Mörder, keine Schurkerei.

Von Meuren bemerkte nicht den verzweifelten Gesichtsausdruck seines Gegenübers. »So ist nun Euer Auftrag. Endlich könnt Ihr Euer Verhandlungsgeschick unter Beweis stellen. Macht den aufmüpfigen Städtern bewusst, wer hier das Sagen hat. Dann werdet Ihr auch die nötigen Auskünfte bekommen.«

»Aber ...«

»Was?« Auf der Stirn des Dompropstes erschienen plötzlich Zornesfalten.

Nikolaus verbeugte sich lieber schnell und antwortete gequält: »Danke für den Auftrag.«

»Na also.« Von Meuren entspannte sich wieder und grinste breit. Er hatte gewonnen. Auch so ein Besserwisser konnte ihm nicht in die Suppe spucken.

Der junge Mann räusperte sich verlegen und bat mit belegter Stimme: »Hochverehrter Herr, könntet Ihr mir gnädigerweise noch ein paar Auskünfte über den Meister Herrmann Albrecht geben? Da Ihr die Stadt und die Bewohner schon viel länger kennt, könnt Ihr mir bestimmt wertvolle Hinweise geben, damit ich die Nachforschungen so schnell wie möglich beginnen kann.«

Der kleine Geistliche hatte seinen Willen bekommen und den jungen Schnösel von diesem unnützen Auftrag des Erzbischofs abziehen können. Warum sollte er ihm denn nicht ein wenig auf die Sprünge helfen? Meuren kratzte sich am Kinn und überlegte kurz. »Er ist ... oder besser war Zunftmeister der Zimmerleute. Ob Albrecht ein guter oder schlechter Meister war, darüber gehen die Meinungen auseinander. Er hatte zugegebenermaßen ab und zu eigenartige Vorstellungen, wie etwas gebaut werden musste. Dadurch gab es dann auch schon mal Streit mit anderen Zimmerleuten oder seinen Auftraggebern. So wird er vielen als ein unangenehmer Besserwisser in Erinnerung bleiben und als einer, der nie Fehler machte, weil man ihn ja angeblich in wichtigen Punkten im Unklaren ließ. In den letzten Jahren hatte er immer weniger Aufträge bekommen. Von mir keinen einzigen mehr. Also wird es ihm geldmäßig nicht so gut gegangen sein. Bei seiner penetranten Art kann ich mir nicht vorstellen, dass er viele Freunde hatte.«

»Wie ist so jemand an solch eine junge Frau gekommen? Der äußeren Erscheinung ihres Vaters nach zu urteilen muss es ein wohlhabendes Haus sein.«

Von Meuren zuckte mit den Schultern. »Woher soll ich das denn wissen? Aber gewundert hat's mich auch. Noch eigenartiger ist, dass der Albrecht bei seinem Schwiegervater Theodor Junk hoch verschuldet sein soll.«

»Vielleicht soll die Mitgift dagegen gerechnet werden.«

»Und welchen Sinn soll das haben?«

Darauf hatte Nikolaus auch keine vernünftige Antwort.

Der Dompropst sprach ungerührt weiter: »Theodor Junk ist der Schöffenmeister und der bei Weitem reichste und einflussreichste Schöffe in der Stadt. Immer wieder versucht er, Trier vom Kurfürsten zu lösen und zur freien Reichsstadt zu machen. Er intrigiert, wo er nur kann. Er träumt von Verhältnissen wie in Köln, Hamburg oder Lübeck. Er will den Glanz wiederherstellen, wie er vor tausend Jahren war, als römische Kaiser hier regierten.« Er tippte sich verächtlich an die Stirn. »Junk ist ein glühender Verehrer von Konstantin dem Großen[14]. Seinem ältesten Sohn gab er deshalb den Namen Konstantin. Den zweiten benannte er nach des Kaisers ältestem Sohn Crispus[15]. Junks älteste Tochter ist Fausta, nach Konstantins zweiter Frau[16]. Die ist nach Koblenz verheiratet. Dann die Euch bekannte, frisch verwitwete Helena. Die hat ihren Namen von Konstantins Mutter[17].«

Nikolaus war erschlagen. Der Dompropst kannte sich ja ausgesprochen gut in den Familienverhältnissen der Familie Junk aus. Er musste wohl schon öfter mit der Familie zu tun gehabt haben.

Meuren fuhr fort: »Theodor Junk hat unseren Kaiser Sigismund[18] schon mehrfach eingeladen. Zum Glück ist er bisher noch nie gekommen. Denn er hat mit anderen Schöffen den

Plan, aus der Konstantinbasilika eine große Kaiserpfalz zu machen. Er meint auch ganz frech, unser hochverehrter Kurfürst solle lieber ganz in Koblenz bleiben, da er dort schon die meiste Zeit ist. Ich denke, das sollte für den Anfang genügen. Der Rest ist Eure Aufgabe.« Und damit machte der Dompropst auf dem Absatz kehrt und rauschte davon.

Wie ein begossener Pudel stand Nikolaus zwischen den Regalen voller Schriftstücke im schummrigen Licht, das nur spärlich durch die eher Schießscharten gleichenden Fenster fiel. Innerhalb von wenigen Augenblicken waren seine spannenden Nachforschungen gegen eine unangenehme und höchstwahrscheinlich aussichtslose Schnüffelei ausgetauscht worden.

»Warum sollten die gerade auf mich hören?«, murmelte er vor sich hin und stampfte wütend mit dem Fuß auf den Boden. »Die lachen mich doch aus, wenn ich mich da hinstelle und sage: Der Dompropst meint aber, es wäre Mord. Wer von euch weiß etwas?« Er schüttelte verzweifelt den Kopf. »Herzlichen Dank, du ... du ...«

Er verkniff sich lieber eine passende Bezeichnung. Zu leicht hätte Meuren zurückkommen oder jemand anders rein zufällig in der Tür erscheinen können. Nikolaus' Aufgabe war schon schwer genug, er wollte es sich nicht noch komplizierter machen. Er atmete mehrfach tief durch und versuchte sich zu beruhigen. Er brauchte einen klaren Kopf und einen besonnenen Verstand. Nur mit rein logischem Denken war es möglich, diese vertrackte Situation so schnell und so diplomatisch wie möglich hinter sich zu bringen.

»Ich sollte mit der Witwe sprechen. Wo wohnt sie? Wo finde ich den Vater? Als Schöffe könnte er natürlich im Rathaus zu finden sein, gerade jetzt, nach dem Tod des Zunftmeisters. Dort könnte ich dann auch Kontakt zu dem zweiten

Zimmermann aufnehmen, diesem jüngeren, den ich zuerst für Helenas Ehemann hielt.«

Niedergeschlagen, aber mit einem kleinen Funken Hoffnung, diesen unmöglichen Auftrag in den nächsten Tagen abschließen zu können, machte er sich auf den Weg zum Markt. Nikolaus war fest davon überzeugt, dass Herrmann Albrecht Selbstmord begangen hatte. Genau das würde er beweisen – und sonst nichts. Er würde sich nicht in die schmierigen und schlüpfrigen Tiefen der Politik hinunterwagen, um irgendwelche Verfehlungen oder Pläne eines Schöffen oder Meisters hervorzuholen, damit sich der eingebildete Meuren beim Kurfürsten einschleimen konnte. Der arrogante, kleine Kerl sollte sich lieber höchstpersönlich mit den Vertretern der Stadt auseinandersetzen und nicht einen unbeteiligten Dritten vorschieben.

Einen Mord kann man nicht herbeireden und schon gar nicht herbeiwünschen.

Am Rathaus

Nikolaus machte sich auf den Weg zum Rathaus, das im Volksmund Kaufhaus genannt wurde. Er ging durch die Fleischstraße, die sich vom Markt nahe St. Gangolf ausgehend im Bogen bis zur alten Römerbrücke über die Mosel zog.

Die Straße trug ihren Namen zu Recht. Hier boten die Schlachter und Metzger ihre Waren gleich reihenweise auf Fleischbänken feil. Ein unappetitliches Gemenge verschiedenster Gerüche lag in der Luft: Ausdünstungen von blutig gefärbten Abwässern, geplatzten Gedärmen, faulenden Fleischabfällen und dem Sud von Kesseln, in denen Knochen und anderes gekocht wurden. Dazu kamen das verängstigte Brüllen von Kühen und das schrille Quieken von Schweinen, denen in den Innenhöfen gerade das Lebenslicht ausgeblasen wurde. Und es herrschte ein aufgeregtes Treiben durch die zahllosen Menschen, die hier arbeiteten, handelten, Nachschub an Vieh lieferten oder einfach nur einen saftigen Braten für den Abend einkauften. Alles drängelte durcheinander und erfüllte die Luft mit einem Stimmenwirrwarr.

Nach wenigen Augenblicken sah Nikolaus rechter Hand das Gasthaus *Goldene Sonne*. Gegenüber lag das ehrwürdige Rathaus. Rechts daneben befand sich eine Mauer, die den städtischen Lagerplatz, den Kornmarkt, von der Fleischstraße trennte. Nikolaus nahm den Durchgang zum Platz, um sich das geschäftige Viertel näher anzuschauen. Dort, wo der leicht ansteigende Platz am oberen Ende durch Häuser begrenzt wurde, begann eine Straße, die bis zur Konstantinbasilika weiterführte. Nicht weit entfernt befand sich eine Gruppe von knapp einem Dutzend Männern, die alles andere als leise miteinander sprachen. Nikolaus erkannte den jungen Meister von St. Gangolf, in dessen Arme sich die junge Witwe am Vormittag geflüchtet hatte.

Bedächtig näherte sich der Gelehrte, um zu erfahren, um was es hier ging. Hatte es mit dem Tod von Herrmann Albrecht zu tun? Irgendjemand, der in der Mitte der kleinen Versammlung stand, übertönte alle anderen. Nikolaus verstand nur Wortfetzen, etwas wie »mein Geld zurück«, »das Dach auf einer Seite zusammengebrochen und auf der anderen undicht«. Einer der Umstehenden gab zurück: »Das ist nicht unser Problem«, woraufhin sich die zornige Stimme wieder vernehmen ließ: »Doch! Die Gilde ist verantwortlich. Und wenn nichts unternommen wird, wird Euch das noch leidtun.«

Nikolaus war unbemerkt bis auf einen Schritt an die Gruppe herangekommen, als plötzlich zwei Männer zur Seite sprangen und ein dritter zwischen ihnen hindurch hervorschoss. Noch bevor der heimliche Zuhörer den Weg frei machen konnte, war er rüde zur Seite gestoßen worden und flog zwischen zwei große Fässer. Glücklicherweise schlug er nicht gegen die eisernen Fassringe. Doch ehe er sich wieder aufrappeln und dem unverschämten Kerl ein »Was soll das?« hinterherrufen konnte, war der schon hinter der Mauer zur Fleischstraße verschwunden.

»Ist Euch etwas passiert, werter Herr? Seid Ihr verletzt?« Einer der Umstehenden half Nikolaus auf, der sich erst einmal den Dreck und Staub von seiner Kleidung klopfte.

»Zum Glück nicht. Danke für Euer Mitgefühl.«

Jetzt kam auch der junge Meister näher. Er hatte Nikolaus erkannt. Zu den anderen gewandt rief er freudig: »Dieser Herr hat uns heute geholfen, als man Joseph und August lynchen wollte.«

Sofort war Nikolaus umringt, und man dankte ihm überschwänglich. Er musste einige Hände schütteln, und ebenso viele klopften ihm aufmunternd auf die Schulter.

»Das hätte doch jeder getan«, versuchte er zu erklären. Der reichliche Dank machte ihn verlegen. »Ihr und der Priester wart ja auch noch da.«

»Aber Ihr wart der einzige Fremde, der uns zu Hilfe kam.«

Nikolaus winkte ab, jetzt war es genug des Lobes. Er stellte sich kurz vor. Im Gegenzug erfuhr er, dass der junge Meister Adam Grimbach hieß. Nikolaus ergriff die Gelegenheit und fragte: »Wer war das eben?«

Einer der Anwesenden erklärte verdrießlich: »Peter Finken, ein reicher Viehhändler. Der so tragisch von uns gegangene Meister Albrecht hatte ihm die Scheune vergrößert. Dabei ist etwas schiefgegangen. Der Bau ist fast zusammengebrochen. Im Dach klaffen nun große Löcher, sodass durch den Regen ein Teil des Viehfutters verdorben ist. Der Finken will Schadensersatz. Aber das ist leider Meister Albrechts Sache, nicht unsere.«

Nikolaus' Augen leuchteten kurz auf. Natürlich ging er von Selbstmord aus, aber er wollte seinem Gegenüber das nicht so direkt auf die Nase binden. »Ist der Viehhändler auch schon mit Herrmann Albrecht aneinandergeraten?«

Grimbach antwortete: »Das letzte Mal, als der Meister heute Vormittag bei der Stadtkirche ankam. Wäre der Priester Trips nicht dazwischengegangen, hätte es bestimmt eine Prügelei gegeben.«

Die anderen wiegten nachdenklich ihre Häupter.

»Traut Ihr dem Händler auch eine ... äh ... handfestere Vergeltung zu?«

Die Herren schauten sich erstaunt an. Ein paar raunten sich Bemerkungen zu.

Der junge Kollege des Verstorbenen fragte erstaunt: »Was wollt Ihr damit sagen? Das war ganz klar ein Unfall. So traurig es auch sein mag und trotz Meister Albrechts jahrelanger Erfahrung, so was passiert immer wieder.«

Aus der Runde kam einhellige Zustimmung.

»Ihr habt aber nichts gesehen?« Nikolaus versuchte, so belanglos wie möglich zu klingen.

»Wie denn?«

»Wart Ihr denn nicht auch auf dem Dach?«

»Natürlich. Wir teilen uns schließlich den Auftrag.«

»Wo wart Ihr beim Sturz?«

Grimbach zog seine Augenbrauen zusammen. Seine Stimme klang plötzlich nicht mehr so freundlich. »Was wollt Ihr damit andeuten?«

Nikolaus hob entschuldigend die Hände. »Eigentlich nichts. Vielleicht gibt es noch eine andere Erklärung außer einem Unfall. Vielleicht habt Ihr etwas gesehen.« Doch er konnte die aufsteigende Reserviertheit nicht entschärfen.

»Auch auf dem Turm von St. Gangolf. Aber ich sage nichts mehr, wenn Ihr mir nicht auf der Stelle erklärt, warum Ihr plötzlich so unhöflich seid. Was haben wir Euch getan? Meint Ihr etwa, ich hätte ihn hinuntergestoßen?«

Nikolaus kratzte sich verlegen am Kinn. Genau diese Situation hatte er vermeiden wollen, war aber nun direkt hineingeschlittert. Verlegen blickte er zur Seite und erzählte, dass er vom Dompropst den Auftrag erhalten hatte, zu untersuchen, ob der Tod des Meisters Herrmann Albrecht nicht doch ein Mord oder Selbstmord war.

Einige schüttelten missbilligend den Kopf, andere fanden wenig schmeichelhafte Worte für von Meuren. Es war bestimmt nicht das erste Mal, dass sich der Vertreter des Kurfürsten in die Angelegenheiten des Rates eingemischt hatte. Warum war diese zu kurz geratene Gestalt so darauf aus, den Vertretern der Stadt in die Suppe zu spucken? Suchte er einen Ausgleich für seine mangelnde Größe? Nikolaus musste unwillkürlich schmunzeln. Oder war es reine Profilierungssucht? Wollte er dem Erzbischof zeigen, was für ein tüchtiger Verwalter er doch war? Aber wie hoch wollte er denn noch hinaus? Für den Bischofsstab in Trier fehlte ihm die entsprechende Abstammung. Oder war es eher etwas Persönliches?

»Es tut mir leid, Euch, werte Herren, dort hineinzuziehen«, entschuldigte sich Nikolaus. »Mir ist dieser Auftrag bestimmt nicht angenehm.« Er holte tief Luft und erläuterte mit kurzen Worten, warum er dachte, dass es sich eher um einen Selbstmord handelte als um einen Unfall.

Die Anwesenden waren plötzlich sehr ruhig geworden und machten ein nachdenkliches Gesicht. Nach einigen Augenblicken des Schweigens meldete sich einer zu Wort: »Ich verstehe Eure Argumente, aber ich weiß auch, dass ein Selbstmord immer den Hauch von ... sagen wir mal ... Unehre, Sünde und Verdammnis an sich hat – jedenfalls in den Augen der meisten Menschen. Obwohl ich nicht in Abrede stellen will, dass es unter bestimmten Umständen der einzige Ausweg sein mag – für den Betroffenen oder seine Familie. Aber wie es um Albrecht bestellt war, kann ich beim besten Willen nicht sagen. Dafür kannten wir ihn zu wenig.«

Die Umstehenden bezeugten ihre Zustimmung durch leichtes Nicken.

Ein Zweiter ergänzte nun: »Er war ein Einzelgänger, und nur durch massiven Druck auf die Gilde der Zimmerleute war er vor nicht ganz zwei Monaten zum Zunftmeister ernannt worden.«

»Druck durch wen?«, wollte Nikolaus wissen.

»Durch wen wohl? Theodor Junk selbstverständlich. Nur der bringt dies zustande. Bei dem Geld und dem Einfluss, die sich in seiner Familie konzentrieren, kann er den Rat nach Belieben manipulieren.«

»Für seinen Schwiegersohn hat der Junk das doch gern gemacht, oder?«

Die Herren schauten aus den Augenwinkeln Adam Grimbach an. Der musterte nur seine Fußspitzen und tat so, als hätte er die Blicke nicht bemerkt. Nikolaus erinnerte sich genau an die Szene, als der junge Meister Helena als »Liebste« bezeichnet hatte und sie in seine Arme schloss. Die beiden mussten mehr als nur gute Bekannte sein. Endlich erbarmte sich einer der Älteren der Gruppe, ein grauhaariger Mann von ungefähr siebzig Jahren, der sich auf einen Gehstock stützte: »Vor etwa vier Wochen wurde Helena Junk mit Herrmann Albrecht verheiratet. Der und Theodor Junk haben irgendwas ausgeheckt. Aber ich habe keine Ahnung, was.«

Adam Grimbach meldete sich nun zu Wort: »Es soll ein Zeichen der Verbundenheit zwischen den Schöffen und den kleinen Zünften sein.«

Er erntete dafür nur ein Schmunzeln.

»Wer hat Euch das gesagt, mein Freund?«, fragte der Ältere.

»Helena.«

»Ist sie glücklich über die Heirat?«

Grimbach schwieg.

»Und wo verbringt sie ihre Nächte?«

Nikolaus wurde hellhörig. Kam jetzt ein schmutziges, kleines Geheimnis ans Tageslicht? Ein Seitensprung nach nicht einmal einem Monat Ehe?

Der junge Meister brummte gereizt: »Bei ihrer Tante im Katharinenkloster, wo sie die todkranke Frau pflegt.«

Der junge Gelehrte atmete auf. Irgendwie widerstrebte es ihm, Helena etwas Schlechtes zuzutrauen. Warum eigentlich? Er durfte sich von einer Frau nicht wieder so blenden lassen, wie es ihm damals bei der lieblichen Christina in Manderscheid passiert war. Andererseits wäre ein ehebrecherisches Verhältnis eine mögliche Erklärung für einen Selbstmord. Albrecht heiratet eine verführerische, junge Frau, aber die will nichts von ihm wissen und vergnügt sich stattdessen mit einem Jüngeren, am besten noch mit einem anderen Zimmermannsmeister, der sein direkter Konkurrent ist. Nikolaus kam ins Grübeln. Und der ihm das Amt des Zunftmeisters neidete? Sollte er Mord doch nicht ganz ausschließen? Schließlich war Grimbach auf dem Dach gewesen, als Herrmann Albrecht hinunterstürzte.

Ehe sich Nikolaus versah, verabschiedeten sich die Herren und eilten davon. Offensichtlich hatten sie keine Lust, sich noch weiter mit diesem unangenehmen Thema zu befassen. Nur Adam Grimbach blieb bei dem Fremden stehen.

»Vielleicht könnt Ihr mir noch kurz etwas erklären.«

Der Angesprochene räusperte sich. Ihm war unverkennbar ins Gesicht geschrieben, dass auch er so schnell wie möglich verschwinden wollte. »Was denn?«

»Warum wurde eben von den kleinen Zünften gesprochen? Also gibt es auch große?«

»Eine besondere Gruppe in der Stadt, die sogenannte Bürgerbruderschaft, umfasst die besser situierten Bürger – also Münzer oder Wechsler, Krämer und so weiter. Aber die einflussreichste Gemeinschaft sind die Schöffen. Diese Schöffenbruderschaft vom St. Jakobsspital vereinigte sich vor einigen Jahren mit der Bürgerbruderschaft und nennt sich seitdem St. Jakobsspitalsbruderschaft. Ihnen gegenüber bedeuten die Vertreter der dreizehn Zünfte wenig. Aus denen konnte nur eine Gruppe hervortreten, die Zünfte der Weber, Metzger, Bäcker und Gerber. Sie werden als die vier großen Zünfte oder Ämter bezeichnet, die übrigen als die kleinen. In den Händen der aristokratischen Gruppen der Schöffen, der Bürger und der vier großen Ämter liegt die Leitung der Stadt, und hier wieder in erster Linie bei den Schöffen. Wir Zimmerleute gelten also als wenig. Wir können uns deshalb auch nicht im Rathaus versammeln, sondern treffen uns im Haus unseres Zunftmeisters. Leider müssen wir nun wieder einen neuen bestimmen.«

Nikolaus nickte verständnisvoll. Geld regiert die Welt. Und wer an der Macht ist, versucht zu verhindern, dass ihm andere diese Stellung streitig machen. Warum ließ sich Theodor Junk dann auf eine Verbindung mit einem Zimmermannsmeister ein? Wäre es nicht in seinem Sinne gewesen, Helena mit einem anderen Schöffen oder mit jemandem aus der Bürgerbruderschaft zu verheiraten? Welchen Vorteil hatte Junk dadurch? Denn den musste es geben. Das Gerede vom Zeichen der Verbundenheit war nur eine Floskel. Welchen Nutzen hatte Meister Albrecht, der kurz vorher auch noch zum Zunftmeister gemacht worden war, gehabt. Sollten die kleinen Zünfte unterwandert werden, damit sie nach der Pfeife der Schöffen tanzten und nicht nach mehr Einfluss strebten? Und wenn der Zunftmeister nun Skrupel bekommen hatte und nicht mehr wusste, wie er ungeschoren aus dieser Sache herauskommen konnte? Zwar radikal, aber gut möglich.

»Wer waren heute Vormittag bei St. Gangolf eigentlich die beiden Männer neben dem Schöffen Theodor Junk?«

Adam Grimbach überlegte kurz: »Das eine war Philipp von Buschfeld – auch ein Schöffe –, und der andere war der Metzgermeister Hans Schauf. Die beiden und Junk sind Busenfreunde. An denen kommt hier in Trier niemand vorbei. Die hocken bestimmt dort im Kaufhaus und hecken aus, wie sie die Leute wieder übers Ohr hauen können und sie immer reicher und mächtiger werden.«

Nikolaus bedankte sich für die Auskünfte. Er hatte den Zimmermannsmeister schon genug aufgehalten. Der schlich wie von einer schweren Last gebeugt von dannen und verschwand in Richtung Basilika.

Die Schöffen

Nikolaus ging zur großen Eingangstür des Rathauses und fragte eine Wache, die dort lustlos an der Wand gelehnt stand, nach Theodor Junk. Die brummte nur mürrisch und musterte den unerwünschten Besucher lange von oben bis unten. Erst als der junge Gelehrte die Fragen, wer er sei und was er von dem Schöffenmeister wollte, anscheinend zur Zufriedenheit der Wache beantwortet hatte, erhielt er Auskunft. Allerdings erfuhr er, dass Junk gar nicht mehr hier war, sondern bereits nach Hause gegangen war.

»Und wo wohnt der ehrwürdige Herr Junk?«, fragte Nikolaus nach dem sich hinziehenden Frage-Antwort-Spiel. Langsam war seine Geduld zu Ende. Aber so musste es den anderen gehen, wenn er selbst nachforschte.

»In der Brotstraße gegenüber dem Haus zum Adler, das den Grafen von Luxemburg gehört. Das Bild könnt Ihr gar nicht übersehen.«

Nikolaus bedankte sich und ging über den Kornmarkt, um in die parallel zur Fleischstraße verlaufende Brotstraße zu gelangen. Er wandte sich nach links, in der Hoffnung, hier das Haus des Schöffen zu finden, denn nach rechts wurde die Bebauung immer weniger. Dort beherrschten Höfe das Stadtbild. Aber in Richtung Markt war die Brotstraße von einer ganzen Reihe repräsentativer Gebäude geprägt. Das Domkapitel, die Klöster und natürlich auch einige reiche Familien hatten hier Besitz.

Schon nach wenigen Schritten entdeckte Nikolaus ein Haus mit einem großen Adler auf der weiß getünchten Wand. Das gegenüberliegende Domizil war noch recht neu. Das Erdgeschoss war aus Stein gebaut, die oberen Stockwerke waren mit vielfarbigem Fachwerk versehen. Sein ganzes Erscheinungsbild schien zu sagen: Schaut her, hier wohnen Geld und Macht.

Nikolaus klopfte an die Tür, und kurz darauf öffnete ein Bediensteter. Nikolaus nannte seinen Namen und erklärte, dass er gerne Herrn Junk sprechen würde.

»Das passt jetzt leider nicht, der hohe Herr ist sehr beschäftigt und darf nicht gestört werden. Versucht es morgen noch einmal.« Und schon wollte der Diener Nikolaus die Tür vor der Nase zuschlagen.

Geistesgegenwärtig schob der unerwünschte Besucher seinen Fuß in die Tür. Den stechenden Schmerz nahm er gerne in Kauf, wenn er dafür diese Untersuchung umso schneller beenden konnte. Er hatte keinerlei Lust, bis morgen zu warten, um sich dann vielleicht die gleiche Abfuhr einzuhandeln. »Ich bin hier im Auftrag des Kurfürsten!«, donnerte er ärgerlich los. Der schmerzende Fuß ließ seine Stimme lauter werden, als es sonst seine Art war. »Wenn Ihr mich nicht sofort vorlasst, wird sich Euer Herr dafür verantworten müssen! Ich muss nicht erklären, was das für Euch bedeutet!«

Der Diener wurde sichtlich nervös und öffnete die Tür wieder. »Entschuldigt bitte. Hättet Ihr gleich gesagt, dass der ehrwürdige Fürst Euch geschickt hat, hätte ich Euch sofort vorgelassen. Bittet wartet hier. Ich melde Euch auf der Stelle an.«

Nikolaus sah dem davoneilenden Bediensteten missbilligend hinterher. Ein unhöflicher Kerl. ›Hättet Ihr das gleich gesagt.‹ So konnte man seinem Gegenüber ja noch schnell eine Mitschuld geben. Langsam ging Nikolaus dem Bediensteten hinterher. Er wäre jetzt gerne Mäuschen gewesen und hätte gehört, was Theodor Junk seinem Diener vorwarf. Warum sich nur wünschen, das Mäuschen zu spielen? Er beschleunigte seinen Schritt. Zum Glück quietschten die massiven Eichenbohlen des Flurbodens nicht. Niemand im Haus bemerkte, dass ein Fremder leise näher kam. Hinter der Tür waren ärgerliche Stimmen zu hören, mehrere verschiedene. Theodor Junk war also nicht allein. Doch leider war kein Wort zu verstehen. Dann erklang das dumpfe Knallen einer Tür, und im Raum war es plötzlich still.

Nikolaus konnte gerade noch rechtzeitig ein paar Schritte zurückweichen, ehe der Diener die Tür wieder öffnete und ihn mit einer Verbeugung hereinbat. Es war etwa ein halbes Dutzend Herren anwesend. Theodor Junk erkannte er sofort, und der zweite, den er schon am Vormittag gesehen hatte, war entweder Philipp von Buschfeld oder Hans Schauf. Der dritte im Bunde fehlte. Wenn die Anwesenden Schöffen waren, konnte es sich hier offensichtlich nur um von Buschfeld handeln.

Der junge Mann deutete eine leichte Verbeugung an und inspizierte voller Bewunderung das prächtig getäfelte Zimmer. Verschiedene Schnitzereien an den Wänden und reich verzierte Polsterstühle um einen wuchtigen Eichentisch schmückten den Raum. Auch die Honoratioren waren prunkvoll gekleidet. Überall an ihren Umhängen und Westen prangten kunstvolle Stickereien und blinkten goldene und silberne Knöpfe.

Doch noch ehe der Besucher ein Wort der Begrüßung äußern konnte, fuhr ihn der Schöffenmeister rüde an: »Was wollt Ihr von uns?«

Nikolaus räusperte sich und versuchte, so ruhig wie möglich zu bleiben. Äußerlich erschien er vielleicht auch so, aber innerlich tobte ein gewaltiger Sturm. »Ich habe ein paar Fragen in Bezug auf den Tod des Zunftmeisters Herrmann Albrecht. Hättet Ihr die Freundlichkeit, mir dabei zu helfen?«

»Wir kennen Euch nicht. Könnt Ihr Eure Befugnis zeigen?

Soweit ich weiß, ist der Kurfürst im Moment in Koblenz. Wie sollte er so schnell von dem Unfall erfahren haben?«

Der junge Mann richtete sich auf. »Ich bin Doktor der Juristik und als solcher in Diensten des Erzbischofs. Er verlieh mir die Befugnis, Vorlesungen über Kirchenrecht zu halten, mich als juristischer Gutachter niederzulassen und in Prozessen als Anwalt aufzutreten. Heute wurde ich von seinem Vertreter, dem Dompropst Simeon von Meuren, beauftragt, den Tod des Zimmermannsmeisters zu untersuchen.«

»Ha!«, rief Junk aus und kam mit grimmigem Gesicht näher. »Der Rat hat das Recht, hier in Trier selbst für Ordnung zu sorgen und wenn notwendig auch selbst Gericht zu halten. Warum mischt Ihr Euch also in unsere Angelegenheiten ein?«

Nikolaus pfiff sich innerlich zurück. Wenn er in die gleiche Kerbe schlug, war er schneller wieder auf der Straße, als er hereingekommen war – ohne neue Erkenntnisse erhalten zu haben. »Ich verstehe Euren Standpunkt sehr wohl. Nach den Verträgen, die Eure Vorväter mit dem Kurfürsten geschlossen haben, habt Ihr das hohe Recht, die Verwaltung nach Eurem Ermessen zu gestalten, Gericht zu halten und Verordnungen zu erlassen. Das möchte ich respektieren. Deshalb komme ich mit der Bitte um Hilfe, auch wenn der Dompropst mir den Befehl erteilte.«

Dieses offene Geständnis verwirrte die anwesenden Herren. Sie schauten sich erstaunt an. So ergriff Nikolaus die Gelegenheit und sprach weiter: »Wie es scheint, glaubt Eure Tochter nicht, dass es ein Unfall war. Leider habe ich diese ... unglückliche Anschuldigung gehört.«

Theodor Junk machte eine abschätzige Handbewegung: »Helena soll sich nicht immer so anstellen.«

»Als seine Ehefrau kannte sie Herrmann Albrecht bestimmt gut. Sie würde sicherlich nichts sagen, wenn sie Zweifel am Unfalltod hätte – auch wenn ihre Beschuldigung doch weit hergeholt klingt.«

Der Schöffenmeister war plötzlich nicht mehr so abweisend. Seine Neugier war geweckt. Als Machtmensch war er zu vorsichtig, um einen möglicherweise wertvollen Hinweis zu ignorieren. »Wie kommt Ihr darauf?«

»Ihr habt Euren Schwiegersohn bei der Ernennung zum Zunftmeister unterstützt und ihm dann Eure Tochter zur Frau gegeben. Das macht doch bestimmt niemand, der ihn anschließend umbringen will. Welchen Sinn hätte das?«

Junks Augen blitzten kurz auf. Ein kurzes Lächeln zuckte um seine Mundwinkel, aber er ließ sich sonst nichts anmerken. Stattdessen erklärte er: »Helena ist sehr ängstlich und befürchtet stets das Schlimmste. Sie gleicht da ihrer seligen Mutter. Wenn ich immer auf ihre Befürchtungen oder Ängste achten würde, wäre ich den lieben langen Tag unterwegs, um meine verehrten Kollegen im Rat von der Arbeit abzuhalten.«

Mit einer ausladenden Handbewegung zeigte er in die Runde. Nun entspannten sich auch die anderen Herren. Einige lächelten sogar wohlwollend.

Auch Nikolaus entspannte sich wieder. Die drohende Zuspitzung hatte er gerade noch so abwenden können. Es war auf jeden Fall besser, diplomatisch vorzugehen, als sein eigenes Ego in den Vordergrund zu stellen. Er fragte nun: »Ihr denkt, es war ein Unfall?«

»Was sonst? Auch ein erfahrener Meister kann einmal danebentreten.«

»Sicherlich. Kein Mensch ist unfehlbar. Aber kann es nicht auch Selbstmord gewesen sein?«

Ein Raunen erfüllte das Zimmer.

»Warum sollte er so etwas getan haben?«, wollte Philipp von Buschfeld wissen.

»Ich versuche, jede Eventualität zu prüfen. Deshalb sollte auch diese Art des Todes in Erwägung gezogen werden. Wüsstet Ihr einen Grund?«

»Woher denn? Ich kannte ihn ja kaum.«

»Und mir ist auch nichts bekannt«, ergänzte Theodor Junk sehr bestimmt.

»Gibt es sonst etwas über den Meister Albrecht, das Ihr mir sagen könntet?«

Alle Herren schauten auf den Schöffenmeister, der nach einem kurzen Augenblick des Nachdenkens antwortete: »Ich kann nichts Negatives über ihn sagen. Sonst hätte ich ihm bestimmt nie Helena zur Frau gegeben. Er war ein stadtbekannter, langjähriger Zimmermannsmeister.«

»Man wird ihn also vermissen.«

»War das eine Frage oder eine Feststellung?«

Jetzt war der junge Gelehrte an der Reihe zu lächeln. »Sagt Ihr mir es.«

Theodor Junk blickte seinem Gegenüber fest in die Augen. »Natürlich. Schließlich hinterlässt er eine Witwe.«

Nikolaus nickte: »Natürlich. Verzeiht mir bitte diesen Denkfehler. Kennt Ihr eigentlich auch den jungen Meister Adam Grimbach?«

»Leider ja. Er hat vor einiger Zeit die Frechheit gehabt, mich um Helenas Hand zu bitten. Aber es wäre eine Schande gewesen, sie solch einem unerfahrenen, ärmlichen Burschen zu geben. Kein Vergleich zu Herrmann Albrecht. Deshalb bekam der sie. Es sollte ein gutes Zeichen der Zusammenarbeit zwischen den Schöffen und den Zünften sein.«

»Gab es denn Probleme?«

»Einige Zünfte sind der irrigen Meinung, ihre Interessen würden im Rat nicht angemessen vertreten. Sie möchten mehr Mitspracherecht. Einerseits sind uns bei der

Zusammensetzung des Rats die Hände gebunden. Die wurde durch Verträge mit dem Kurfürsten so festgelegt. Andererseits gibt es einige Familien und Zünfte, die ... wie soll ich es ausdrücken ... die mehr zum Wohlergehen der Stadt beitragen. Sie sorgen für mehr Ansehen, für mehr Arbeit für die Stadtbevölkerung, dafür, dass mehr Geld nach Trier kommt. Deshalb ist es nur recht, wenn dieses *Mehr* auch entsprechend gewürdigt wird.«

Nikolaus kannte diese Sprüche zur Genüge. Als würden viel Geld und großer Einfluss einen Menschen besser und wertvoller machen. In den allermeisten Fällen offenbarte sich nach einiger Zeit aber leider genau das Gegenteil. Wie der Herr Jesus Christus schon sagte, ist es für ein Kamel leichter, durch ein Nadelöhr zu kommen, als für einen Reichen in das Königreich Gottes. Sowohl bittere Armut als auch übergroßer Reichtum waren allzu oft die Quellen für das Leid der Menschen.

»Ich möchte Euch, verehrte Herren, nicht über Gebühr belästigen. Nur noch eine kleine Frage.« Nikolaus schaute auf Junk und von Buschfeld. »Ihr wart heute Vormittag bei St. Gangolf. Hattet Ihr einen besonderen Grund?«

Philipp von Buschfeld richtete sich erstaunt auf. »Natürlich. Wir waren zur Andacht. Was denn sonst? Schließlich ist es die Stadtkirche. Was wollt Ihr damit sagen?«

Nikolaus verneigte sich demütig. »Selbstverständlich nichts Ehrenrühriges. Vielleicht habt Ihr aber etwas oder jemanden beobachtet, der uns mehr sagen könnte.«

»Wollt Ihr damit sagen, dass Ihr noch eine andere Ursache für den Tod des Meisters Albrecht in Erwägung zieht?«

»Ich habe leider noch keine eindeutige Bestätigung, ob es sich um einen Unfall, Selbstmord oder Mord gehandelt hat.«

Theodor Junk beeilte sich mit einer Antwort: »Wir hatten keinen Grund, nach einem möglichen Mörder Ausschau zu halten. Außerdem handelt es sich unserer Meinung nach eindeutig um einen Unfall. Und wenn Ihr unvoreingenommen genug wärt, würde Euch dies als einzige realistische Erklärung einleuchten. Aber wir verstehen, dass Euer Blick durch den Auftrag des Dompropstes nicht neutral sein kann.«

Nikolaus musste sich zurückhalten, um nicht eine patzige Antwort zu geben. Er atmete einmal tief durch. »Ihr werdet wohl recht haben«, gab er nach. »Hatte der verstorbene Meister eigentlich noch Verwandte?«

»Es gibt da noch einen Bruder. Ich glaube, er heißt Franz. Ein stadtbekannter Säufer und Herumtreiber. Und eine Schwester, Gesine. Sie arbeitet irgendwo in der Stadt als Hausmagd und soll eine Kammer in der Staffelgasse[19] direkt am Stapelplatz haben.«

»Danke für diesen Hinweis. Wo finde ich bitte das Haus des Meisters Albrecht? Ich würde gern mit Eurer Tochter sprechen, um ihre Sorgen zu zerstreuen.«

Junk wurde sichtlich ungeduldig. Er wollte den unerwünschten Gast endlich loswerden. »Das Haus steht in der Webergasse[20]. Helena wird aber jetzt im Katharinenkloster sein. Sie pflegt dort meine schwer erkrankte Schwester.«

Nikolaus wusste, dass seine Duldung nun ein Ende gefunden hatte. Er bedankte sich mit einer Verbeugung bei den Schöffen und ging, nachdem man ihn kurz und frostig verabschiedet hatte.

Der Priester zu St. Gangolf

Langsam schlenderte er in Richtung Markt. Er glaubte kein Wort davon, dass die Heirat zwischen Albrecht und Helena ein Zeichen der Verbundenheit zwischen den Schöffen und den Zünften war, auch wenn die Vertreter der kleinen Zünfte und die Schöffen dies einmütig betonten. Es gab noch eine andere Erklärung, einen tieferen Grund. Warum sollte gerade der Schöffenmeister seine Tochter hergeben? Das war zu viel Selbstlosigkeit für den reichsten und einflussreichsten Bürger Triers.

Nikolaus blieb plötzlich stehen. Etwas störte ihn. Er konnte nicht genau sagen, was es war. Ihm war, als würde er beobachtet. Unauffällig schaute er sich die ausgebreiteten Waren eines Bäckers an und riskierte einen Blick zurück. Er konnte niemanden erkennen, der ihn beobachtete. Verschiedene Leute gingen an ihm vorbei oder standen vor anderen Auslagen. Alles sah ganz normal und unbeteiligt aus. Hatte er sich geirrt? Fing er jetzt schon zu spinnen an?

Gemächlich ging er weiter. Nach einigen Schritten drehte er sich abrupt um. In diesem Augenblick wandte sich auch jemand hinter ihm um – keine zehn Schritte entfernt. Der Mann hatte einen weiten Umhang um und die Kapuze weit ins Gesicht gezogen, sodass man ihn nicht erkennen konnte. Nikolaus glaubte, die Gestalt auf der anderen Straßenseite gesehen zu haben, als er Junks Haus verlassen hatte. Aber sicher war er sich nicht. Der Unbekannte kaufte sich ein Gebäck und spazierte dann gemütlichen Schrittes in die entgegengesetzte Richtung davon. Nikolaus wartete einen Moment, aber der Mann ging ungerührt weiter, ohne sich ein einziges Mal umzuschauen.

»Sehe ich jetzt Gespenster?«, knurrte der junge Mann leise vor sich hin.

Kopfschüttelnd machte er sich auf den Weg in Richtung Markt. Aber einem plötzlichen Entschluss folgend drückte er sich hinter eine Hausecke, als er den Platz erreicht hatte. Er musste nicht lange warten, schon schoss die Gestalt im Laufschritt an ihm vorbei. Doch der heimliche Verfolger hatte sofort erkannt, dass er entdeckt worden war. Er blieb nur kurz stehen, als er Nikolaus aus dem Augenwinkel erblickt hatte. Eilig überquerte er den Marktplatz und verschwand in der gegenüberliegenden Gasse.

»Doch kein Gespenst. Und das Gesicht konnte ich wieder nicht erkennen.« Nikolaus blieb noch eine Weile an der Ecke stehen, um zu sehen, ob der Verfolger wiederkam. Doch der blieb verschwunden.

»Wer war das bloß?«

Hatte der Schöffenmeister einen Spion auf ihn angesetzt? Der Verfolger hatte anscheinend schon draußen vor dem Haus von Junk auf ihn gewartet. Nikolaus erinnerte sich an das Türenknallen, als er auf dem Flur wartete. War zu dem Zeitpunkt schon ein Diener auf ihn angesetzt worden? Oder war dies der ärgerliche Viehhändler? Vielleicht war der doch nicht gleich ganz davongelaufen, sondern hatte sich hinter der Mauer zum Kornmarkt versteckt und beobachtet, wie der Fremde mit den Meistern redete, die ihm keine Entschädigung zahlen wollten. Nikolaus konnte beim besten Willen nicht sagen, wie Finken ausgesehen oder was er angehabt hatte. Er hatte nur kurz eine missgelaunte Person gesehen, die ihn zwischen die Fässer gestoßen hatte. Oder ... es war einer der Meister, mit denen er gesprochen hatte. Am Ende gar Grimbach? Auf jeden Fall hatte er jemanden aufgeschreckt. Die Frage aber war: wen und wodurch? Doch nun würde er besser aufpassen, wer sich in seiner Nähe befand.

Da er sich schon auf dem Markt befand, nahm er kurz entschlossen den kleinen Weg zur Stadtkirche. Er wollte mit dem Priester sprechen. Vielleicht hatte der noch ein paar Anhaltspunkte parat.

Der junge Mann fand Ulrich Trips vor dem Altar, als der gerade einige Leuchter von Wachsresten säuberte, polierte und neu mit Kerzen bestückte. Der Priester war überglücklich, seinen Mitstreiter vom Vormittag wiederzusehen. Die beiden begrüßten einander herzlich und tauschten Nettigkeiten aus. Nikolaus brachte das Gespräch aber schnell auf den Punkt und erklärte, vor welches Problem ihn der Dompropst gestellt hatte. Trips war natürlich sofort bereit, bei der Aufklärung zu helfen.

»Wer war eigentlich oben auf dem Dach, als der arme Meister abstürzte?«

»Die Meister Albrecht und Grimbach und drei Arbeiter.«

»Aber es sind doch nur zwei heruntergeschleppt worden!«, rief Nikolaus erstaunt aus.

»Genau. Das ist auch mir aufgefallen. Der dritte arbeitete weiter hinten und konnte sich noch früh genug verstecken, als die schreiende Meute oben auftauchte, sodass er nicht entdeckt wurde. Er traute sich erst wieder heraus, als ihn seine beiden gebeutelten Kollegen später riefen.«

»Verständlich. Und wo waren die Schöffen Theodor Junk und Philipp von Buschfeld und der Meister Hans Schauf bei dem Sturz?«

»Junk und Buschfeld kamen vorher hastig herein und fragten nach Herrmann Albrecht. Ich habe sie zum Turm geschickt. Dort ist die Treppe, um zum Dach zu gelangen. Einen Augenblick später kamen die Herren Kirn und Schauf.«

»Kirn? Wer ist das denn?«

»Walther Kirn, der Zunftmeister der Weber.«

»Aber ich habe nur die drei anderen gesehen. Ihn nicht.«

»Doch, doch«, Ulrich Trips nickte ganz aufgeregt. »Der war auch da. Aber der muss schnell wieder verschwunden sein. Ich habe ihn später nicht mehr gesehen – nur die drei anderen edlen Herren. Es tut mir leid, aber in der ganzen Aufregung habe ich nicht auf Kirn geachtet.«

Nikolaus beruhigte den Priester. »Nicht so wichtig. Ich habe ja auch nur die drei anderen gesehen. Aber wie lange vor dem Sturz kamen die vier denn an?«

»Wie lange? Nun ... puh ...« Er zuckte mit den Schultern. »Kann ich gar nicht mehr sagen.«

»So ungefähr reicht ja.«

»Äh ... weiß nicht.«

»Konnten sie schon oben bei Meister Albrecht angekommen sein?«

Der Priester schaute sich nervös um. »Ist das denn so wichtig?«

»Habt Ihr gehört, dass sie sich mit Herrmann Albrecht unterhalten haben?«

»Nein.«

»Habt Ihr denn die Schreie der Leute gehört, als der Baumeister in der Gasse aufschlug?«

»Das schon.«

»Und dann?«

»Ich bin zum Eingang am anderen Ende des Kirchenschiffs gelaufen. Draußen lag der Unglückliche, und die Herren kamen dann hinterher.«

Nikolaus seufzte innerlich. Der verstörte Priester von St. Gangolf war als Augenzeuge ein großer Reinfall. Hatten die vier Männer den Meister noch erreicht und mit ihm sprechen können? Hatten sie ihn bedroht, sodass er sich hinausstürzte?

Oder waren die Honoratioren handgreiflich geworden, weil Herrmann Albrecht trotz Beförderung und Junks junger Tochter nicht nach ihrer Pfeife tanzen wollte? Und wenn Adam Grimbach schneller gewesen war? Hatten sie gesehen, dass der junge Zimmermannsmeister seinen Nebenbuhler ausgeschaltet hatte? Wenn ja, warum hatten sie dann nichts gesagt?

Der junge Jurist musste versuchen, ob er nicht wenigstens etwas Konkretes in Erfahrung bringen konnte: »Wie war eigentlich das Verhältnis zwischen den Meistern Albrecht und Grimbach?«

»Beide waren mit der Ausbesserung des Dachs beauftragt. Der Rat der Stadt möchte so bald wie möglich die Spitze des Turms erhöht haben, damit die Stadtkirche den Dom überragt.« Trips hob warnend den Zeigefinger. »Wenn der Erzbischof das wüsste! Aber im Moment mangelt es noch an den benötigten Gulden. Aber das nur nebenbei. Die beiden Meister waren ständig unterschiedlicher Meinung und hatten andauernd irgendwelche Zwistigkeiten.«

»Auch heute Vormittag?«

»Wie üblich kam Herrmann Albrecht erst spät am Vormittag. Er stieg gleich hoch und wurde von Adam Grimbach für sein spätes Kommen angeschnauzt. Nun, ja ... da gab es dann den üblichen Krach.«

»Habt Ihr auch schon Handgreiflichkeiten beobachten können?«

Der Priester schüttelte vehement den Kopf: »Ich habe nichts dergleichen gesehen noch von irgendjemandem davon gehört. Sie haben sich immer nur mit Worten gestritten.«

»Und wie lange nach der Auseinandersetzung passierte der Sturz des Meisters?«

»Nun ... so ... puh ... einen Moment später.«

Nikolaus' Geduld wurde auf eine harte Probe gestellt. Er

musste ganz ruhig bleiben. »Könntet Ihr das genauer sagen? Nur Minuten später? Oder eine halbe Stunde?«

»Etwa die Zeit, die man für fünf bis zehn Vaterunser braucht.«

»Und zwischen Streit und Sturz kamen die Schöffen und Zunftmeister?«

»Ja.«

Der junge Mann lächelte. Na bitte, es ging doch! Das hieß, dass der Sturz nicht den Höhepunkt des Streits darstellte, sondern in einem gewissen Abstand passierte. Das bedeutete aber noch lange nicht, dass Grimbach aus dem Schneider war. Vielleicht hatte sich die Wut erst noch aufstauen müssen, bis sie sich in einem Mord entlud.

Nikolaus fragte deshalb weiter: »Warum gab es eigentlich zwei Meister? Reicht da normalerweise nicht einer?«

Der Priester nickte fleißig: »Jaja, genau! Wir hatten uns schon mit Meister Grimbach geeinigt, als der Rat uns eröffnete, dass ein zweiter Meister beauftragt worden war.«

Wieder eine Intervention des Stadtrats – oder wohl eher des Schöffenmeisters Junk. »Und welchen Grund nannte man Euch dafür?«

»Puh ...« Er hob die Schultern. »Keinen. Ich ... Das muss ich leider ehrlich zugeben ... Ich habe auch nicht gefragt. Um meine Meinung schert sich ja sowieso niemand.«

»Welcher Zimmermannsmeister war eigentlich der Höhergestellte bei diesem Auftrag?«

»Herrmann Albrecht. Er ist – oder eher war – schließlich der Zunftmeister. Aber Adam Grimbach ist auf jeden Fall der bessere und fleißigere. Auch deswegen gab es wohl die Feindschaft.«

Was hatte der junge Gelehrte nun Neues erfahren? Eigentlich war es nur die Bestätigung von dem gewesen, was er schon vorher geahnt hatte. »Ist Euch sonst noch etwas Ungewöhnliches von heute Vormittag in Erinnerung?«, fragte Nikolaus weiter. Seine Enttäuschung war nicht zu überhören.

»Ungewöhnliches?«

»Vielleicht ein Vorfall oder jemand Unbekanntes, der noch nie da war.«

Der Priester überlegte einen Moment und platzte dann los: »Doch, natürlich! Ein zerlumpter Mann kam früh morgens in die Kirche. Er torkelte leicht. Entweder war er schon wieder betrunken oder immer noch. Ich habe ihn ganz genau im Auge behalten, damit er nicht andere Gläubige störte. Aber er kniete eine ganze Zeit ganz ruhig in der Ecke. Und irgendwann war er wieder verschwunden.«

»War er hinausgegangen?«

»Puh ... nehme ich an. Wo sollte er denn sonst hin sein?« Dann schlug sich Ulrich Trips vor die Stirn. »Ah! Ihr meint wohl, der könnte den Turm hochgestiegen sein! Der Mörder!«

»Die Möglichkeit besteht. Würdet Ihr ihn wiedererkennen?«

»Ich ... ich weiß nicht. Ich habe sein Gesicht nicht genau sehen können.«

Einem plötzlichen Gedanken folgend fragte Nikolaus: »Kennt Ihr Peter Finken, den Viehhändler?«

»Ja.«

»Kann er das gewesen sein?«

»Nein. Ganz bestimmt nicht. Unmöglich. Völlig ausgeschlossen.«

»Und wenn er sich verkleidet hat?«

Der Priester lachte auf und erhob seinen Zeigefinger. »Das geht gar nicht. Als der Betrunkene hier saß, haben sich der Händler und Meister Albrecht genau vor dem Portal gestritten.«

»Ach?« Der junge Mann konnte sein Erstaunen nicht verbergen.

»Ja. Es ging um irgendwelche Fehler, die an Finkens Scheune aufgetreten sind. Erst als ich dazwischenging, beruhigten sie sich. Genau dort, wo die Gläubigen hinein- und hinauswollen, fängt man doch keinen Zank an! Das gehört sich einfach nicht! Wie sieht das denn aus? Oder?«

»Da habt Ihr recht. Und was passierte, nachdem Ihr die Streithähne getrennt hattet?«

»Meister Albrecht stieg auf den Turm.«

»Und Finken?«

Trips zuckte mit den Schultern. »Als ich wieder hier hereinging, blieb er draußen stehen und fluchte auf unanständigste Art und Weise. Ein wirkliches Schandmaul! Und das vor allen Leuten. Der hat keinerlei Schamgefühl.«

»Könnte er später wohl wieder hier hereingekommen sein? Irgendwann, bevor die Schöffen kamen?«

Der Priester nickte wissend. »Ah! Ihr denkt wohl, der Händler könnte auf den Turm gestiegen sein und Albrecht heruntergestoßen haben?«

»Wenn die beiden sich nicht grün waren ...«

»Aber dann hätte man ihn doch entdecken müssen, als die aufgebrachte Meute dachte, die Arbeiter hätten den Meister umgebracht.«

»Den dritten Arbeiter hat man doch auch nicht entdeckt.«

Trips musste dem wohl oder übel zustimmen.

Nikolaus war mit seinen Fragen nun endgültig zum Ende gekommen. Seine Vermutungen zu den möglichen Kontroversen hatten sich allesamt bestätigt: Albrecht und Junk verband ein dunkles Geheimnis, sodass der eine den anderen in der Hand hatte. Albrecht und Grimbach lagen sich aus beruflichen Gründen und bestimmt auch wegen Helena in den Haaren. Albrecht und Finken hatten Streit wegen eines verpfuschten Baus. Aus jeder dieser Situationen ließe sich ein Mord spinnen, aber leider kein Selbstmord.

Der junge Mann bedankte sich für die Hilfe und verließ St. Gangolf. Er musste auf jeden Fall noch weiter nachforschen. Vielleicht sollte er mit Helena sprechen. Vermutlich war sie im Katharinenkloster und pflegte ihre Tante.

Nachdenklich stand er vor dem Portal und blickte sich um. Vor einem der schmalen Häuser auf der gegenüberliegenden Seite der kleinen Gasse standen drei Lederhändler und sprachen leise miteinander. Immer wieder schauten sie sich vorsichtig um, als wenn sie etwas Wichtiges erwarten würden. Aber ihre Neugier bezog sich nicht auf Nikolaus – ihn würdigten sie keines Blickes. Einer der Männer hatte ein geschwollenes, blaues Auge, und ein zweiter trug seinen linken Arm in einer Schlinge. Die beiden waren wohl in eine kleine Kneipenschlägerei geraten.

Nikolaus schlenderte hinüber und grüßte die Herren. Sie dachten sicherlich, er wäre ein Kunde, und erwiderten seinen freundlichen Gruß. Als er jedoch erklärte, dass er den Tod des Zunftmeisters Herrmann Albrecht im Auftrag des Dompropstes untersuchte, erstarb ihr Lächeln. Man sah ihnen ihren sehnlichsten Wunsch an, sich so schnell wie möglich zu verdrücken.

Der junge Mann beeilte sich deshalb: »Habt Ihr etwas vom Sturz des Meisters gesehen?«

»Erst als die Leute schrien«, antwortete der mit dem geschundenen Arm »und dann standen schon alle um die Leiche rum.«

»Hat jemand von Euch vorher etwas vom Turm her gehört?«

»Die beiden Meister schnauzten sich andauernd an. Nach gewisser Zeit ist das normal, und man hört nicht mehr so genau hin.«

Der unverletzte Mann ergänzte: »Kann ich aber auch verstehen. Der Ältere kam immer erst am Vormittag und war spätestens nach dem Mittag in einer Kneipe verschwunden. Der Jüngere musste dann allein weitermachen. Irgendwann hätte sich der Ältere in den Tod gesoffen. Nach dem, was man hört, hat er so manche Flasche Branntwein in sich hineingekippt.«

Der Höker mit dem verbeulten Gesicht beteiligte sich nun auch am Gespräch. »Als die vor ungefähr zwei Monaten hier am Dach begannen, war das mit dem Saufen noch nicht so schlimm. Aber in den letzten paar Wochen war der alte Meister immer kürzer hier und dafür mehr in der Kneipe. Ein Wunder, dass der nicht schon am Morgen hier besoffen auftauchte.«

»Vielleicht hatte er heute Morgen noch einen dicken Kopf, weil er gestern ganz schlimm gebechert hatte«, warf der Erste ein, »sodass er nicht wusste, wohin er trat oder wie er sich festhalten sollte.«

Die drei Höker nickten sich zustimmend zu.

Einer bemerkte: »Kein Wunder, dass dem keiner mehr Aufträge geben wollte. Entweder war er nie da oder baute in seinem Suff nur Mist.«

»Waren die Auseinandersetzungen zwischen dem jungen und dem alten Meister eher arg oder eher harmlos?«

Der mit dem blauen Auge antwortete: »Dass sie sich gekloppt hätten, habe ich nie gesehen – hätte mich aber kaum gewundert. Die Arbeiter da oben kennen wir mittlerweile schon ganz gut. Auch die haben so was bisher noch nicht mitbekommen.«

»Der Junge drohte schon ein paarmal: ›Ich bring dich um‹«, bemerkte nun ein anderer. »Aber wer sagt das denn nicht mal, wenn ihm so ein Aas auf die Nerven geht? Das habe ich doch selbst erlebt, wenn der zum Einkaufen kam. Erst hat er stundenlang gehandelt. Und wenn ich dann mit dem Preis ein bisschen runtergegangen bin, hat er gekniffen. Meistens behauptete er dann, dass er woanders bestimmt noch was Besseres bekommen würde. Zuletzt habe ich mich gar nicht mehr auf sein Gesülze eingelassen und ihn gleich weitergeschickt.«

Nikolaus hatte sehr interessiert zugehört. Herrmann Albrecht hatte anscheinend ein Händchen dafür gehabt, es sich mit seinen Mitmenschen zu verscherzen. »Habt Ihr heute Morgen zufälligerweise noch andere auf dem Turm gesehen?«

»Ihr meint, außer den beiden Meistern, den Arbeitern und dem Unbekannten mit der Gugel?«

»Genau.«

Alle drei verneinten nach kurzem Nachdenken.

»Habt Ihr die Honoratioren, die beiden Schöffen und die beiden Zunftmeister, gesehen? Wisst Ihr, ob die mit dem Meister Albrecht vorher noch gesprochen hatten?«

Plötzlich wurden die Händler nervös. Sie stießen sich gegenseitig an, und der mit dem blauen Auge beeilte sich zu sagen: »Wir haben leider keine Zeit, uns mit solch einem Kram zu beschäftigen. Wir haben zu tun.«

Ehe Nikolaus noch etwas sagen konnte, waren die drei in ihren Häusern verschwunden, und er stand mit offenem Mund allein in der Gasse. Aber plötzlich bekam er einen Stoß und wurde rüde zur Seite gedrängt. Zwei sehr junge, kräftige Burschen mit verschlossenen Mienen und grimmigen Augen schauten ihn drohend an, sagten aber nichts. Jeder Vorwurf wäre sicherlich mit schlagkräftigen Argumenten beantwortet worden. Sich ganz allein mit diesen anzulegen, wäre das Dümmste, das man machen konnte.

Nikolaus drehte sich flugs um und marschierte mit ein

wenig weichen Knien in Richtung des Durchgangs zum Markt. Aber kaum war er um die Ecke, machte er kehrt und lugte vorsichtig in die Gasse. Weswegen war er so unfreundlich verscheucht worden? Die beiden Rüpel schauten sich noch einmal kurz um und verschwanden dann im Laden des Mannes, der keine Verletzung hatte. Was wollten die denn von ihm? Sehr merkwürdig.

Plötzlich erklang neben Nikolaus eine Stimme. Vor Schreck blieb ihm fast das Herz stehen. »Steckt Eure Nase da lieber nicht hinein. Blaue Flecken sind das geringste Übel, das Ihr Euch damit einhandelt.«

Ein Mann mittleren Alters in ärmlicher und vor Schmutz starrender Kleidung stand neben ihm und grinste ihn breit an. Ein paar Zähne fehlten schon, und zwei ragten faulig schwarz hervor. Eine breite Narbe zog sich quer über sein Gesicht. Dies war entweder einer der vielen Tagelöhner, für die nur noch die unangenehmsten oder schwersten Arbeiten übrig waren, oder er hatte schon die unterste Schicht der menschlichen Gesellschaft erreicht und musste sich das Wenige, das für ihn übrig blieb, zusammenbetteln.

Nikolaus fragte erstaunt: »Warum sollte ich das nicht?«

»Es ist besser so.«

»Dann sagt doch, was hier los ist?«

Die ärmliche Gestalt drehte sich einfach um und verschwand in Richtung Markt. Ehe der junge Mann seine Verblüffung überwunden hatte und dem Unbekannten hinterhereilte, war der schon im Gewimmel des Platzes verschwunden.

»Wer war das denn?«, grummelte Nikolaus ärgerlich vor sich hin.

Trieb sich diese abgerissene Gestalt hier öfter herum? Wahrscheinlich. Denn irgendwie wusste der Kerl, was hier vor sich ging. War er am Morgen auch hier gewesen? Hatte er etwas sehen können, was den Sturz von Meister Albrecht erklären konnte? Oder hatte er an einem der vorherigen Tage eine wichtige Beobachtung gemacht? Solche bettelarmen Menschen wurden von Personen, denen es besser ging, geflissentlich übersehen. So mancher mochte sich einfach nicht mit dem Leid der anderen befassen. Diese Fußabtreter der Gesellschaft hatten dafür aber eine umso schärfere Beobachtungsgabe. Da sie selten einen Fürsprecher hatten, mussten sie sehr aufmerksam sein, um jeder möglichen Konfrontation früh genug aus dem Wege zu gehen. Nikolaus hoffte inständig, diesen Mann noch einmal zu treffen.

Im Katharinenkloster

Wenige Augenblicke, nachdem Nikolaus am Tor des Katharinenklosters geklopft hatte, öffnete eine ältere Nonne – offensichtlich die Pförtnerin – und fragte nach seinem Begehr. Er erklärte, wen er sprechen wollte. Eine jüngere Ordensschwester wurde gerufen, und ihr wurden einige Anweisungen ins Ohr geflüstert. Sie sagte kein Wort, sondern deutete dem Besucher mit Handzeichen an, ihr zu folgen. Zwischen der Mauer, die das Stift umschloss, und dem Klostergebäude lag ein Garten, in dem eine ganze Reihe von Nonnen und Novizinnen arbeitete. Entweder waren sie in ihre Arbeit so vertieft oder es war ihnen verboten worden, jedenfalls schauten sie nicht auf. Niemand würdigte Nikolaus eines Blickes. Es ging durch einen Eingang ins Hauptgebäude und von dort bis in den Kreuzgang. Die junge Nonne bedeutete ihm schweigend, zu warten.

Nikolaus schaute sich um. Der Innenhof war nichts Außergewöhnliches, vielleicht größer als in anderen Klöstern. Im Moment war hier niemand zu sehen. Nur ein paar Tauben saßen auf der Traufe und gurrten aufgeregt.

»Was kann ich für Euch tun?«

Der junge Mann drehte sich ruckartig herum. Helena Albrecht stand mitten im Gang und hatte ihre Hände vor dem Leib gefaltet. Sie war sehr blass und machte einen erschöpften Eindruck. Sie vermied es, Nikolaus direkt anzusehen, aber man erkannte sehr deutlich die Ränder unter ihren Augen.

»Ich benötige Eure Hilfe, aber ich werde mich bestimmt kurz fassen«, versprach er. »Ich möchte Euch nicht ungebührlich in Eurer Trauer stören.«

Sie nickte. »Danke. Ich erinnere mich, Euch heute Morgen gesehen zu haben.«

»Ja. Es geht um Euren Mann. Ihr habt angedeutet, dass Ihr nicht an einen Unfall glaubt. Ist das noch immer Eure Meinung?«

Endlich schaute sie auf und fixierte Nikolaus mit ihren Augen. Ihr Ton wurde schärfer. »Was geht Euch das an, wenn ich fragen darf?«

Er berichtete ihr in knappen Worten von dem Auftrag, den Dompropst Meuren ihm erteilt hatte.

Sie nickte kurz. »Und welche Hilfe könnte ich dabei sein?«

»Ihr könntet mir zum Beispiel sagen, warum Ihr Euren Vater so angefahren habt.«

Helena drehte sich langsam zur Seite und ging ein paar Schritte vorwärts, bis sie zwischen zwei Säulen des Kreuzgangs stand und auf die Beete schaute.

Nach einigen Momenten des Schweigens fragte Nikolaus vorsichtig: »Möchtet Ihr nicht darüber reden?«

Sie ließ sich wieder Zeit. »Was sollte das bringen?«

»Vielleicht kann ich Euch helfen.«

Sie starrte noch immer gedankenverloren in den Garten. »Wohl kaum. Aber da Ihr so hartnäckig seid, will ich Euch verraten, dass es zwischen meinem Vater und meinem Mann eine Absprache gab.«

»Und was für eine?«

»Das ist es ja gerade. Weder der eine noch der andere wollten mir etwas sagen. Aber ohne eine angemessene Gegenleistung setzt sich mein Vater, der so überaus reiche und mächtige Schöffenmeister Junk, nicht für einen kleinen Meister ein und gibt ihm dann auch noch seine Tochter zur Frau. Ich verstand mich zwar nie sehr gut mit meinem Vater – aus irgendeinem Grund, den ich nicht kenne, war ich für ihn eher ein notwendiges Übel als eine Tochter –, aber ich erkenne schon, wenn ich verkauft werde. Das könnt Ihr dem Dompropst so sagen. Soll er doch versuchen, etwas herauszubekommen. Ich habe es inzwischen aufgegeben.«

Nikolaus musste sich zurückhalten, um nicht vor Freude herumzuhüpfen. Er hatte mit seiner Ahnung bezüglich der Umstände, die zur Heirat führten, also recht gehabt. Jetzt ging es darum, welche Abmachung so peinlich verborgen gehalten wurde.

Die junge Witwe unterbrach seinen inneren Jubelmarsch und wandte sich ihm wieder zu: »Kann ich Euch sonst noch helfen?«

»Äh, ja. Nur damit ich die Umstände besser verstehe. Wann seid Ihr normalerweise hier im Stift?«

»Eigentlich die ganze Zeit.«

Nikolaus zog erstaunt die Augenbrauen hoch. »Auch als Euer Mann noch lebte?«

Sie nickte.

»Jemand anders hat dann für Euren Mann gesorgt?«

»Eine Magd können wir uns nicht leisten. Morgens und je nachdem am Mittag oder am Abend ging ich in das Haus meines Ehemanns und kochte, wusch seine Wäsche und was sonst noch nötig war. So konnte ich mich die andere Zeit – und besonders nachts – um meine Tante kümmern.«

»Hatte Euer Mann denn nichts dagegen?«

»Wenn meine Tante von ihren Leiden erlöst worden wäre, wäre ich ganz bei ihm gewesen.«

»Aber schließlich wart Ihr frisch verheiratet. Erwartete er dann nicht von Euch gewisse ...« Nikolaus kratzte sich am Kopf. Wie sollte er es bloß ausdrücken?

Doch Helena kam ihm zuvor. »Herrmann wusste ganz genau, dass diese Art von ehelichen Pflichten noch warten musste.«

»Aber Ihr hattet doch sicher eine gebührende Hochzeitsfeier und eine Hochzeitsnacht?«

Sie schaute zur Seite und räusperte sich. »Die Feier war für einen Zimmermannsmeister angemessen bescheiden. Aber da ich mich um meine Tante kümmern musste, hat mein Mann mit seinen Freunden alleine weitergefeiert.«

»Ah, ich verstehe.« Nikolaus verzog das Gesicht. Von einer solch eigenartigen Ehe hatte er noch nie gehört. Warum hatte sich der Meister Albrecht das gefallen lassen? Wieso akzeptierte ein schon älterer Mann, dass ihn seine junge und ansehnliche Frau so auf Abstand hielt? »Ist denn abzusehen, wie lange Eure Tante noch leiden muss?«

»Die ehrwürdigen Schwestern denken, dass sie nur ... nur ...« Sie wischte sich mit dem Ärmel die Tränen ab und atmete tief durch. Krampfhaft versuchte sie, die Fassung zu bewahren. »... nur noch wenige Wochen durchhalten muss. Höchstens drei oder vier.«

Nikolaus wechselte rasch das Thema. »Wart Ihr heute Morgen ganz zufällig bei St. Gangolf? Oder wolltet Ihr etwas Spezielles?«

»Ich wollte meinen Mann fragen, ob ich ihm seine Speise lieber am Mittag oder zum Abend hin bereiten sollte. Durch die verschiedenen Aufträge, die er in der Stadt zu erledigen hat, war sein Tagesplan von Tag zu Tag unterschiedlich.«

Wusste sie denn nicht, dass sich der Baumeister am Nachmittag meistens in Kneipen herumtrieb? Wahrscheinlich wollte sie es nicht zugeben, weil es ihr peinlich war, und versuchte, es zu beschönigen. »Wie steht Ihr eigentlich zum Meister Adam Grimbach? Wie man heute Morgen sehen konnte, scheint Ihr sehr vertraut miteinander.«

Verlegen drehte sich Helena Albrecht wieder zur Seite und fingerte nervös an ihrem Kragen herum. »Wir ... wir ...« Sie räusperte sich mehrfach, bevor sie weitersprach. »Wir kennen uns schon seit längerer Zeit und hatten beschlossen, zu heiraten. Als wir meinen Vater um Erlaubnis baten, wurde er sehr wütend. Denn er hatte längst beschlossen, dass ich Thomas von Buschfeld, den ältesten Sohn des Schöffen Philipp von Buschfeld, heiraten sollte.«

»Nicht den Meister Herrmann Albrecht?«

»Zuerst nicht. Aber plötzlich hieß es: Nächste Woche heiratest du Herrmann Albrecht.«

»So kurzfristig?« Nikolaus war überrascht.

»Ja.«

Er rechnete nach. »Also vor fünf Wochen?«

Helena nickte nur.

»Und warum so plötzlich? Wie hat Euer Vater diese unerwartete Entscheidung denn begründet?«

»Es sollte ein Zeichen der Versöhnung zwischen den Schöffen und den kleineren Zünften sein.«

Also dieselbe unglaubwürdige Erklärung, die Nikolaus schon von den Meistern beim Rathaus und von Junk persönlich gehört hatte. Hielt da jemand seine Mitmenschen wirklich für so dämlich? Als könnte niemand sonst eins und eins zusammenzählen!

»Aber Ihr spracht vorhin von der Absprache. Wie kamt Ihr darauf?«

»Ich hörte, wie mein Vater zu meinem Mann nach der Vermählungszeremonie sagte, dass nach der Erledigung des Problems die Rückzahlung des Darlehens vom Tisch wäre.«

Nikolaus atmete tief ein. Der Dompropst Meuren hatte also wegen der Schulden recht gehabt. »Welches Problem war denn gemeint?«

Helena drehte sich wieder herum. »Wie ich Euch schon sagte: Niemand wollte mir eine Antwort geben.«

Was hatten die beiden Männer ausgeheckt, das die Intervention bei der Ernennung zum Zunftmeister, den Verzicht auf Geld und die nicht standesgemäße Verheiratung der Tochter wert war? Er konnte sich keinen vernünftigen Grund vorstellen. Also fragte er unvermittelt: »Trefft Ihr Euch trotz der Heirat mit dem Meister Albrecht eigentlich noch mit Adam Grimbach?«

Helena zupfte wieder aufgeregt an ihrem Kragen. Sie versuchte beleidigt zu klingen: »Was erlaubt Ihr Euch! Das geht Euch nichts an!«

»Eigentlich nichts, aber wenn ich dem Dompropst sagen muss, dass Ihr Euch weigert, Auskunft zu geben, wird er dafür sorgen, dass der Stadtrat sich darum kümmern muss.«

»Ihr ... Ihr ...«

Nikolaus verneigte sich leicht. »Es tut mir leid, dass ich so drastisch werden muss. Aber wenn Ihr unschuldig seid, braucht Ihr auch keine Angst vor der Wahrheit zu haben.«

Sie presste hervor: »Ihr seid herzlos.«

»Das ist der Tod auch.«

Sie schwieg.

»Trefft Ihr Euch mit Adam Grimbach?«

Sie blickte Nikolaus einen Moment an und nickte dann kurz. »Wenn es dunkel ist, treffen wir uns unten am Kran und gehen ein wenig spazieren.«

»Wer weiß davon?«

»Niemand. Wir sind sehr vorsichtig.«

»Und Ihr geht nur spazieren?« Nikolaus konnte sich ein anzügliches Grinsen nicht verkneifen.

Wieder warf sie ihm einen bösen Blick zu. »Das geht Euch gar nichts an. Falls es etwas gäbe, wäre das eine Sache, die ich allein mit meinem Schöpfer ausmache.«

Nikolaus nickte. »Aber Ihr wisst sicher auch, dass Adam Grimbach und Herrmann Albrecht öfter Streit hatten?«

Sie suchte nach den richtigen Worten, ehe sie antwortete. »Mein Mann verlor immer sehr schnell das Interesse an einer Arbeit. Er fängt viel an, bringt aber selten etwas wirklich zu Ende. Adam ist das genaue Gegenteil. Kein Wunder, dass sie sich ... äh ... dass sie unterschiedlicher Meinung waren.«

»Traut Ihr Grimbach einen Mord zu?«

Erbost antwortete die junge Witwe: »Niemals!«

»Aber jetzt seid Ihr für Euren Geliebten wieder zu haben.«

»Mir gefällt nicht, dass Ihr ›Geliebter‹ sagt! Am Ende behauptet Ihr wohl noch, ich sei seine Komplizin! Warum müsst Ihr meinen Schmerz noch verschlimmern?« Sie schluchzte, während ihr die Tränen über die Wangen liefen. »Warum tut Ihr das?«

War ihr Weinen nun echt oder nur vorgetäuscht? Nikolaus war sich nicht sicher. Er konnte sie nicht einschätzen. Also entschuldigte er sich lieber damit, dass die Fragen nur der Wahrheitsfindung dienten. Mehr nicht. Doch Helena Albrecht antwortete nicht. Nach einem Moment des Schweigens fragte Nikolaus: »Und wenn es doch Selbstmord war?«

Helena hielt in der Bewegung inne. »Das glaub ich nicht.«

»Warum?«

»Er hat nichts gesagt und mir auch nichts hinterlassen.«

»Vielleicht wollte er Euch damit nicht belasten.«

»Selbst Überlegungen in diese Richtung habe ich bei ihm nicht gehört.«

»Woher wollt Ihr das wissen? Ihr habt Euch doch selten gesehen.«

Sie nagte an ihrer Unterlippe. »Es stimmt schon. Wir haben nur das Nötigste besprochen. Aber ich denke, ich hätte etwas bemerkt.«

»Oder habt Ihr noch einen anderen Grund, das zu glauben?«

Sie zuckte mit den Schultern. Schließlich antwortete sie:

»Ihr wisst doch, wie die Leute einen anschauen, wenn es um Selbstmord geht. Es gibt kein ordentliches Begräbnis, keine Unterstützung durch die Gilde, keine Messe. Auch wenn ich meinen Mann nicht gut gekannt und ihn nicht geliebt habe, hat er so ein Ende bestimmt nicht verdient.«

»Also ist das Leugnen eines Selbstmords eher ein frommer Wunsch als Gewissheit. Oder?«

Sie antwortete nicht, sondern blickte Nikolaus nur an.

Der junge Mann hatte die Witwe nun lang genug aufgehalten. Er bedankte sich für ihre Hilfe und wünschte ihr alles Gute, ebenso für ihre Tante.

Helena verschwand eiligen Schrittes in einer nahen Tür, während Nikolaus den Weg nahm, auf dem die junge Nonne ihn hereingeführt hatte.

Welche Absprache hatte es zwischen Theodor Junk und Herrmann Albrecht gegeben? Hatte der Zimmermannsmeister die versprochene Gegenleistung nicht erledigen wollen? Oder hatte er dabei kläglich versagt? War er wegen seines Nichtwollens oder seines Versagens zur Rechenschaft gezogen worden? Andererseits konnte es einen ganz anderen Grund geben, einen primitiveren, leidenschaftlicheren: Eifersucht. Adam musste tagein tagaus mit dem Mann zusammenarbeiten, der sein Liebchen nach Hause geführt hatte. Und der zu allem Überfluss noch sein Vorgesetzter war, obwohl ihm die notwendige Begabung fehlte.

Aus irgendeinem Grund traute Nikolaus Helena nicht. Er hatte den Verdacht, dass sie etwas verschwieg, was wichtig war. Sie hatte nur das erzählt, was offensichtlich war, was er schon selbst erkannt hatte. Aber alle weiteren Fragen hatte sie erbost zurückgewiesen. Warum hatte sie ihren Vater dann in aller Öffentlichkeit angeklagt?

Wer aber konnte ihm sonst Auskunft über den toten Meister geben? Albrechts Familie.

Gesine Albrecht

Nikolaus erfragte den Weg zur Staffelgasse. Anstatt auf direktem Weg zum Markt zu gehen, musste er sich links halten und kam auf einen großen Platz, von dem mehrere Straßen strahlenförmig ausgingen. Dies war unzweifelhaft einer der Kristallisationspunkte, von dem aus nach dem Niedergang der römischen Herrschaft und der düsteren Zeit danach die Stadt langsam wieder zu wachsen begonnen hatte. Trier hatte das Stapelrecht, demzufolge die auf der Mosel vorbeifahrenden Kaufleute verpflichtet waren, ihre Waren den Bürgern von Trier für drei Tage anzubieten. Der Platz wurde deshalb »am Staffel«, das heißt »am Stapel«, genannt. Und die Straße in Richtung des Hauptmarkts war deshalb die Staffelgasse.

Schnell fand er jemanden, der ihm das Haus zeigte, in dem Gesine Albrecht wohnen sollte. Er durchschritt den Torbogen, dessen eine Türhälfte offen stand und der in den Hinterhof führte. Nikolaus verschaffte sich einen kurzen Überblick. Im hinteren Bereich des Grundstücks gab es einen Stall mit Scheune, den dazugehörigen Misthaufen und einen Gemüsegarten mit diversen Obstbäumen. Eine Bebauung, wie sie überall in der Stadt zu finden war – nichts Besonderes.

Nikolaus nahm die schmale Holztreppe, die außen ans Haus angebaut war und vom Hinterhof aus in den ersten Stock und dann weiter zur Dachkammer führte. Er stieg bis ganz nach oben und klopfte an die morsche Tür. Riegel und Schloss waren vom Rost zerfressen und vermittelten nur noch eine vage Illusion der Sicherheit. Ein kräftiger Ruck, und man stand in der Kammer.

Er pochte noch einmal. Aber nicht zu stark, da er nicht

sicher war, ob die altersschwache Tür kräftigeres Klopfen aushalten würde. Doch statt dieser Tür öffnete sich die im ersten Stock. Ein grimmiges Gesicht, das fast vollständig von einem zotteligen Vollbart bedeckt war, erschien in der Tür. Nachdem die Augen den unbekannten Besucher erblickt hatten, schob sich eine kräftige Gestalt auf die Treppe. Nun war der Fluchtweg versperrt. Das schmutzige und viel zu enge Hemd spannte über dem Schmerbauch und war so weit hochgerutscht, dass der Bauchnabel sichtbar war. Ein sehr appetitlicher Anblick.

»Was willst du?«, knurrte der vierschrötige Kerl. »Wenn du klauen willst, gibt's was an den Hals. Hast du das verstanden?«

Nikolaus atmete tief durch und nannte seinen Namen. Er erklärte so ruhig wie möglich, dass er wegen des Todes von Herrmann Albrecht einige Fragen an die Schwester hatte. Hoffentlich würde die grobe Gestalt seine Erklärung akzeptieren. Ansonsten bliebe nur noch der Sprung von der Treppe. Diese Alternative war nicht weniger gefährlich.

Doch unvermittelt fragte der Mann: »Weiß man denn schon, wer's war?«

»Ihr denkt, er wurde umgebracht?«

»Das wird doch überall 'rumerzählt. Wenn seine Frau das schon sagt, muss doch was dran sein. Oder?«

»Genau das soll ich untersuchen.«

Der Mann unten auf der Treppe fuhr sich nachdenklich mit der Hand durch seinen Bart. Und schon hatte er einen Untermieter gefunden und zerquetschte den Quälgeist mit den Fingern seiner großen Pranke. »Gesine wird gleich kommen. Wenn du keinen Quatsch machst, darfst du hier warten.«

Nikolaus versprach es. Doch bevor der Nachbar verschwinden konnte, fragte Nikolaus: »Guter Mann, weiß Gesine Albrecht denn wohl schon vom Tod ihres Bruders?«

»Klar. Sie war kurz nach Mittag hier und erzählte vom Unglück. Die Arme wollte es sich nicht anmerken lassen, aber es hat sie ganz schön mitgenommen. Sie hat sich nur Trauerkleidung angezogen und ist gleich wieder los. Ihr Dienstherr, dieser Lackaffe; wollte ihr nicht freigeben. Auch so einer, der mal eine ordentliche Tracht Prügel gebrauchen könnte.«

»Das ist wirklich nicht nett. Wer ist denn ihr Herr?«

»Der alte Junk.«

»Der Schöffenmeister?«

»Genau der!« Der Mann war immer lauter geworden. Voller Zorn hatte er seine Fäuste erhoben. »Der nutzt uns kleine Leute doch aus, wo er nur kann. Eher könnte man aus einem Stein einen Tropfen Mitleid herauspressen. Von so einem bekommt keiner was geschenkt. Ein raffgieriger ...«

Die nun folgenden derben und unflätigen Titulierungen überhörte Nikolaus lieber. Einige Leute glichen eher Tieren, die laut kläffend um sich bissen, um ihre Verbitterung in die Welt hinauszuschreien, als mit Verstand ausgestatteten Menschen, die sich beherrschen und ihre Kritik in passende Worte kleiden konnten. Nachdem der aufgebrachte Nachbar seiner Wut Luft gemacht hatte, verzog er sich wieder in seine Wohnung.

Nikolaus setzte sich auf die Treppe und wartete. Warum hatte Theodor Junk heute Mittag nichts davon gesagt, dass Gesine Albrecht bei ihm arbeitete? War es ihm peinlich, dass die Schwester seines Schwiegersohns bei ihm saubermachen musste? Aber deswegen hatte er auch so genau sagen können, wo sie wohnte. Gab es noch mehr Verbindungen zwischen den Familien Junk und Albrecht?

Langsam kam die Dämmerung. Während Nikolaus auf der

Treppenstufe ausharrte, konnte er die anderen Bewohner unten im Hof beobachten. Das Vieh wurde versorgt, Kühe gemolken, der Misthaufen um einige Fuhren mit der Schubkarre erhöht. Ein kleines Mädchen holte frisches Gemüse aus dem Garten und lief damit ins Erdgeschoss.

Nachdem Nikolaus ungefähr eine Stunde gewartet hatte, wollte er aufbrechen und morgen noch einmal versuchen, Gesine Albrecht zu sprechen. Gerade als er aufgestanden war und seine steifen Beine gestreckt hatte, kam jemand in den Hof geschlichen. Langsam machte sich die Frau daran, die Treppe hochzusteigen. Stufe für Stufe zog sie sich am Geländer hoch, als wäre sie kaum in der Lage, sich auf den Beinen zu halten. Sie hatte ihren Kopf gesenkt, sodass man ihr Gesicht nicht erkennen konnte, aber man hörte, dass sie weinte.

Der junge Mann wollte die bedauernswerte Person nicht erschrecken und rief leise die Treppe hinunter: »Werte Frau.«

Die Frau hielt erschreckt inne. Sie hatte den Besucher also tatsächlich noch nicht bemerkt.

»Seid Ihr Gesine Albrecht?«

Die Frau starrte mit offenem Mund die Treppe hinauf und nickte.

»Mein Name ist Nikolaus Krebs. Ich bin der Jurist des Kurfürsten. Ich habe den Auftrag, den bedauerlichen Tod Eures Bruders zu untersuchen.«

»Warum?«

»Es scheint Zweifel zu geben, dass es ein Unfall war.«

Sie nagte an ihrer Unterlippe, bis sie schließlich antwortete: »Ihr meint sicherlich das, was Helena ihrem Vater an den Kopf geworfen hat?«

»Ja. Auch das.«

»Sie ist eine enttäuschte, junge Frau, die noch nicht weiß, wie man mit solchen Unglücksschlägen umgehen muss. Da sagt man manchmal Dinge, die eigentlich nicht so gemeint sind.«

»Vielleicht könntet Ihr mir das besser erklären.«

»Aber nicht hier draußen.« Gesine Albrecht schlug vor, das Gespräch in ihrer Wohnung fortzusetzen, da sie sich dringend hinsetzen und etwas ausruhen wollte.

Nikolaus ließ die Frau vorbei. Sie war wohl um die fünfzig Jahre alt, aber durch die schwere Arbeit schneller gealtert. Die dunklen Ränder um ihre Augen verstärkten diesen Eindruck noch. Passend dazu lugten ein paar Strähnen grauer Haare unter der Leinenhaube hervor.

Die Kammer lag direkt unter dem Dach und hatte fast nur schräge Wände. Als eine Kerze schließlich die Dunkelheit vertrieb, konnte man die einfache Ausstattung sehen: ein wackeliger, kleiner Tisch, ein einfacher Stuhl, ein Hocker und neben der kleinen Feuerstelle eine große Kiste, in der Gesine ihre persönlichen Sachen verstauen konnte. Sie bot ihm einen Platz an, sodass sie sich schließlich am Tisch gegenübersaßen.

»Was wollt Ihr wissen?«, fragte sie schließlich.

»Was könnt Ihr mir über die Heirat zwischen Eurem Bruder und Helena Junk erzählen?«

Gesine Albrecht schaute zu Boden. Sie kämpfte verbissen gegen ihre Tränen an. »Die Heirat kam sehr plötzlich.«

Nikolaus wartete einen Augenblick. Als sie nicht weitersprach, warf er ein: »Eigentlich sollte doch der Sohn dieses Philipp von Buschfeld Helena zur Frau bekommen.«

Gesine nickte nachdenklich. »Das fand ich auch eigenartig. Gerade der Herr von Buschfeld verzichtet darauf, mit der Familie Junk verbunden zu sein? Es muss schon einen gewichtigen Grund gegeben haben.«

»Könnt Ihr Euch vorstellen, was es war?«

Sie zuckte mit den Schultern. »Was es genau war, wollte mir Herrmann nicht sagen. Auch Helena hat nichts aus ihm herausgebracht. Und ihr Vater wollte es ihr erst recht nicht sagen.«

»Warum wollte keiner sprechen?«

Sie wischte sich die Tränen ab, blieb aber stumm. Es schien, als wüsste sie etwas, was ihr schwer auf der Seele lag.

Also sprach Nikolaus es aus: »Es ging um einen Handel, und als Gegenleistung bekam Euer Bruder dann Helena. Nicht wahr?«

Ihre Antwort war so leise, als würde sie eher mit sich selbst sprechen als mit ihrem Gast. »Das arme Mädchen wurde wie ein Stück Vieh verschachert.«

»Was kann Euer Bruder denen denn angeboten haben? Geld?«

Plötzlich huschte ein kurzes Lächeln über ihr Gesicht. »Geld? Man sollte nie schlecht über die Verstorbenen sprechen, besonders wenn es der eigene Bruder ist. Aber wenn Ihr Euch lange genug umhört, werdet Ihr es früher oder später auch von anderen hören.« Sie schniefte kurz und starrte wehmütig in die Kerzenflamme. »Herrmann hatte nie Geld. Er traf lieber Absprachen, als selbst zu arbeiten. Er versuchte immer, mit geringster Anstrengung den größtmöglichen Gewinn zu erzielen. Er konnte klug reden und wusste auch sehr viel, bekam aber nichts vernünftig auf die Reihe. Auch wenn es mein Bruder war, Helena hatte er nicht verdient. Am liebsten hätte ich die drei Halunken zur Rede gestellt, als ich von der Abmachung hörte. Oder besser noch: Heimlich Gift ins Essen gemischt, damit sie daran jämmerlich verrecken.«

Bei den letzten Worten hatte sich Gesine Albrechts Stimme von traurig zu energisch verwandelt. Ihre Augen blitzten verdächtig. Man sah ihr an, dass sie eher zu Helena hielt als zu ihrem Bruder.

»Also habt Ihr keinerlei Ahnung, was die Abmachung umfasste?«, hakte Nikolaus nach.

Sie schüttelte hastig den Kopf.

»Könnte Euer anderer Bruder etwas wissen?«

»Franz?«

»Ich hörte, dass Ihr noch einen zweiten Bruder habt.«

»Ich habe schon lange keinen Kontakt mehr zu ihm. Ich sehe ihn zwar ab und zu, wage es aber nicht, ihn anzusprechen. Er zum Glück auch mich nicht. Er ist oft betrunken und stand schon mehrfach am Pranger wegen Schulden oder Zechprellerei.« Sie lächelte wieder. »Wir nannten ihn Morgen-Franz. ›Morgen‹ ist sein Lieblingswort. Bei unseren Eltern sagte er jeweils: Morgen werde ich bei der Arbeit mithelfen. Morgen werde ich aufräumen. Morgen fange ich an, zu lernen. Und als er erwachsen war: Morgen werde ich mich ändern. Morgen höre ich mit dem Trinken auf. Morgen suche ich mir Arbeit. Obwohl ich das jüngste Kind bin, habe ich oft genug für ihn gesorgt. Aber er hat es mir nicht gedankt. Darum war irgendwann Schluss.«

»Hatte Herrmann möglicherweise Kontakt zu Franz?«

Gesine zuckte wieder mit den Schultern. »Seitdem Herrmann mit Helena verheiratet war, habe ich es vermieden, mehr als nötig mit ihm sprechen. Ich kann also nicht sagen, ob sich die beiden in letzter Zeit überhaupt noch gesehen haben.«

»Wo kann man Franz finden?«

»Überall und nirgends. Er sitzt bestimmt in einer Kneipe der Stadt und bettelt um Branntwein.«

Gesine gähnte herzhaft. Sie hatte einen langen, arbeitsreichen und vor allem schlimmen Tag gehabt. Nikolaus wollte sie deshalb nicht zu lange aufhalten, aber eine Frage lag ihm noch auf der Zunge. »Verzeiht mir bitte, werte Frau, als jüngerer Mensch habe ich sicherlich kein Recht, Euch das zu fragen, aber macht es Euch etwas aus, zu sagen, warum Ihr nicht verheiratet seid?«

Sie atmete tief durch. Ihre Antwort kam recht leise. »Der Herr Junk hat es nicht erlaubt.«

»Aha. Warum denn nicht?«

»Er brauchte jemanden, der die Kinder erzieht.«

»Seine Frau konnte das nicht?«

Mit einer zitternden Hand schob sie eine Strähne grauen Haares, die ihr ins Gesicht gerutscht war, wieder unter die Haube. »Des Herrn Junks erste Frau hatte mich noch als Dienstmagd eingestellt. Doch die Arme war unfruchtbar. Selbst nach fünfzehn Jahren Ehe hatte sich kein Nachwuchs eingestellt. Eines Tages ...« Sie stockte. »Eines Tages stürzte die Herrin die Treppe hinunter und brach sich das Genick. Ihre ... Ihre Kerze muss ausgegangen sein, sodass sie ins Stolpern kam.« Gesine kämpfte gegen ihre Tränen.

»Ein Unfall also.«

Gesine blickte starr auf einen Punkt an der gegenüberliegenden Wand. »Der Herr Junk heiratete sofort wieder. Sabine Wiesenfeld, die siebzehnjährige Tochter eines anderen Schöffen. Sie hätte gut und gerne seine eigene Tochter sein können. Allen war klar, dass es nur um die Zeugung eines Nachfolgers ging. Die junge Herrin wurde sehr schnell erwachsen und entwickelte ein festes Selbstbewusstsein. Statt Liebe und Zuneigung herrschten Hass und Krieg zwischen den Eheleuten. Der Herr nahm sich einfach, was ihm zustand. Kein ganzes Jahr nach der Hochzeit war die Tochter Fausta da. Dann folgten rasch Konstantin und Crispus. Helena kam schließlich vier Jahre später. Nachdem die Nachfolge mit den beiden Jungen gesichert war, hatte keiner mehr mit weiterem Nachwuchs gerechnet. Die Herrin hatte die Geburt ganz gut verkraftet, half schon wieder im Haushalt, als sie plötzlich Fieber bekam und innerhalb weniger Tage verstarb.«

Junk hatte wirklich kein Glück mit seinen Frauen. Aber

Nikolaus hatte durch die heutigen Gespräche solch eine Abneigung gegen diesen berechnenden und ehrgeizigen Schöffen entwickelt, dass sich seine Gedanken sehr schnell verselbstständigten: Waren die beiden Tode wirklich nur tragische Schicksalsschläge oder steckte mehr als ein Zufall dahinter? Erst fehlte ein Stammhalter, also musste die Unfruchtbare ersetzt werden. Die nächste Frau wurde bald zu aufmüpfig und hatte ihren Zweck erfüllt, nachdem sie genug Kinder in die Welt gesetzt hatte.

Nikolaus musste sich beherrschen, um sich nicht zu verzetteln. Er wandte sich wieder an Gesine Albrecht: »Dann kennt Ihr Helena ja gut.«

»Ja. Ich habe sie erzogen, ihr die Mutter ersetzt. Sie ist ein gutes Mädchen, wissbegierig und klug. Da ähnelt sie ihrer Mutter. Doch der Herr Junk hat sie immer abgelehnt, ihr nie die Aufmerksamkeit und Zuneigung geschenkt, die die beiden Söhne und die erste Tochter bekamen. Vielleicht gibt er Helena die Schuld für den Tod der Herrin. Sie hat immer wieder versucht, die Liebe ihres Vaters zu gewinnen, aber er behandelte sie wie ein Wechselbalg[21]. Und so hat Helena schmerzlich gelernt, dass es oft besser ist, ihre wahren Gefühle zu verstecken und das zu zeigen, was die Menschen erwarten.«

Nikolaus zog erstaunt die Augenbrauen hoch. Was hatte die Witwe ihm im Katharinenkloster also erzählt? Waren ihre Tränen, ihre Entrüstung wahr oder nur gespielt? Hatte er sich von ihr blenden lassen?

»Entschuldigt bitte«, warf Gesine ein, »es ist schon spät. Und der Tag war alles andere als erholsam.«

»Natürlich. Es ist meine Schuld«, beeilte sich Nikolaus zu versichern. »Aber eine kurze Frage habe ich noch. Ist das möglich?«

Sie nickte zustimmend.

»Was läuft zwischen Helena und Adam Grimbach?«

»Die beiden lieben sich schon seit bald drei Jahren. Sie lernten sich kennen, als Adam am Haus des Herrn arbeitete. Sie waren sich schon längst einig. Als sie sich endlich trauten, ihren Wunsch zu offenbaren, hat es der Herr Junk natürlich verboten.«

»Aber dann hat er sie doch einem Handwerker gegeben.«

Gesine Albrecht schaute zur Seite, während ihr wieder Tränen übers Gesicht liefen. »Genau. Der Herr hat das arme Mädchen verkauft.«

»Und Helena und Adam lieben sich noch?«

Sie nickte. »Doch seitdem sich Helena um ihre Tante kümmert, habe ich sie kaum noch gesprochen. Ich kann nicht genau sagen, was zwischen den beiden läuft.«

»Hat sie schon bei ihm übernachtet?«

Die müde, traurige Frau lächelte. »Ich glaube nicht, dass Helena mir das gesagt hätte. Sie weiß sehr genau, wie ich dazu stehe. Ich hätte es nicht toleriert.«

»Und was denkt Ihr?«

Gesine schloss die Augen und überlegte einen Moment. »Die beiden sind so aufeinander fixiert, dass es mich nicht wundern würde. Als Helena begann, Tag und Nacht für ihre Tante zu sorgen, dachte ich schon, sie wollte auf die Weise versuchen, ihren wachsenden Leib zu verbergen. Aber ich konnte beim besten Willen nichts erkennen, als ich sie letzte Woche im Haus des Herrn Junk zufälligerweise traf.«

Nikolaus erhob sich. »Herzlichen Dank für Eure Hilfe.«

Er verabschiedete sich höflich und ging hinaus. Inzwischen war es fast ganz dunkel geworden. Er musste schon genau hinsehen, um die Treppenstufen zu erkennen und sich nicht wie Sabine Junk das Genick zu brechen. Nachdenklich schritt er durch das Tor auf die Straße. In den Fenstern einiger Häuser schimmerten Lichter. Ganz langsam kam Trier zur Ruhe und legte sich schlafen. Auch der junge Mann wollte seinen langen Tag endlich ausklingen lassen.

Entweder wusste Gesine Albrecht tatsächlich nichts zu der Abmachung zwischen Theodor Junk und ihrem Bruder oder sie ahnte etwas, traute sich aber nicht, es zu offenbaren. Es blieb geheimnisvoll und undurchsichtig. Inzwischen hatte Nikolaus auch ernsthafte Zweifel an der Ehrlichkeit Helenas. Hatte sie ihn an der Nase herumgeführt? Verheimlichte sie ein ehebrecherisches Verhältnis mit Adam Grimbach? Sie hatte Herrmann nie zum Mann gewollt, und die Pflege ihrer sterbenskranken Tante ließ leider nicht zu, dass sie bei ihm übernachtete. So ein Zufall! Auch der junge Zimmermannsmeister hatte allen Grund, Albrecht verschwinden zu lassen. Der andauernde Ärger, weil ihm ein unfähiger Meister vor die Nase gesetzt worden war, der ihm noch dazu die Braut weggeschnappt hatte. Wie hatte Herrmann das bloß geschafft? Was besaß er, dass Junk dafür seine jüngste Tochter verschacherte?

Nikolaus blieb wie versteinert stehen. Hatte er hinter sich Schritte gehört? Nervös drückte er sich an die Mauerwand und blickte vorsichtig zurück. Jetzt war nichts mehr zu hören. Er konnte auch keinen sich bewegenden Schatten erkennen. Still wartete er und wagte kaum zu atmen. Irgendwo kläffte ein Hund, über ihm im Haus plärrte ein Kind, das nicht ins Bett wollte, gegenüber hantierte jemand mit einem Kessel oder Topf. Hatte er sich die Schritte nur eingebildet?

Er blieb noch einen Moment stehen und ging dann schnellen Schrittes weiter. Er drehte seinen Kopf ein wenig zur Seite, um besser hören zu können, was hinter ihm vorging. Jetzt waren die Tritte wieder zu hören. Schnell sprang er in einen Hauseingang und schaute zurück. Tatsächlich war ein Stück hinter ihm eine Gestalt in einer Toreinfahrt verschwunden.

Nikolaus nutzte diesen Augenblick und rannte los. Nach zwei Dutzend Sätzen war er auf dem Marktplatz, wo sich noch einige wenige Leute beeilten, nach Hause zu kommen. Hier würde es niemand wagen, ihn anzugreifen. Jetzt schaute er sich um. Aber niemand folgte ihm. War es doch nur eine Einbildung gewesen? Oder hatte der Verfolger die Jagd abgebrochen, weil er nicht riskieren wollte, auf dem offenen Platz erkannt zu werden? War es wieder der unbekannte Mann mit der Kapuze von heute Mittag gewesen?

Dem jungen Mann pochte das Herz bis in den Hals – vor Anstrengung und vor Aufregung. Er eilte weiter. Als er die Wache am Tor zur Domstadt passiert hatte, war er sich sicher, dass ihm der Unbekannte nicht folgen konnte. Schnell lief er in die kleine Kammer, die ihm in einer der Domherrenkurien zugeteilt worden war. Mit einem Krachen war der Riegel vorgeschoben, und er lehnte sich am ganzen Leib zitternd an die Tür. Endlich fühlte er sich einigermaßen sicher. Aber bis er wieder zur Ruhe gekommen war, um sich endlich schlafen legen zu können, brauchte es drei Becher Wein. Zum Glück hatte der Kurfürst ihm ein paar köstliche Tropfen zur Verfügung stellen lassen.

Bei der Stadtkirche

Die Nacht war grausam gewesen. Leicht angesäuselt hatte sich Nikolaus schlafen gelegt. Aber im Traum war er immer wieder von einem schwarzen Unbekannten, dessen Gesicht von einer Kapuze verborgen war, verfolgt worden. Jedes Mal hatte er bereits die Hand des Verfolgers im Nacken gespürt, bevor er mit einem heiseren Schrei aufgewacht war.

Nachdem sich Nikolaus gewaschen hatte, ging er in die Küche, um sich ein kleines Frühstück zu holen. Zum Glück war er nicht gezwungen, sich den Priestern anzuschließen, die sich schon vor Stunden erst zum Gebet und dann im Refektorium zur Morgenmahlzeit versammelt hatten. Seine Ausnahmestellung als Jurist des Kurfürsten kam ihm jetzt zugute. Doch kaum war er wieder in seiner Kammer, um in Ruhe Brot, Butter, Käse und einen kleinen Krug frischer Milch zu genießen, platzte der Dompropst herein. Ohne ein Wort der Begrüßung begann von Meuren sofort: »Wo seid Ihr denn? Ich habe Euch schon gestern Abend und den ganzen Morgen suchen lassen.«

Nikolaus spülte seinen Bissen hastig mit einem Schluck Milch hinunter: »Entschuldigt bitte, Euer Ehrwürden. Ich habe gestern bis zur Dunkelheit Nachforschungen angestellt.«

»Und? Warum seid Ihr nicht gleich zu mir gekommen?«

Der junge Mann musste sich beherrschen. Er stellte sein Frühstück zur Seite und stand auf. Er wollte sich nicht von oben herab anschnauzen lassen. »Ich bin noch zu keinem Ergebnis gekommen.«

Meuren warf die Arme in die Luft. »Egal, was es ist, ich will jederzeit unterrichtet sein. Das habe ich doch gestern deutlich genug gesagt. Oder habt Ihr das schon wieder vergessen?«

Nikolaus verneigte und entschuldigte sich. Göttliche Eigenschaften wie Demut und Selbstbeherrschung waren jetzt angebracht. Alles andere hätte nur noch mehr Ärger verursacht. Wie der Herr Jesus schon gesagt hatte: »Wenn dich jemand auf die linke Wange schlägt, halte ihm auch die rechte hin.« Der Dompropst saß eindeutig am längeren Hebel und hätte die Laufbahn des jungen Doktors beenden können, bevor sie so richtig begonnen hatte.

Er gab einen kurzen Bericht seiner Ergebnisse. Er erzählte von den andauernden Reibereien zwischen Adam Grimbach und Herrmann Albrecht. Davon, dass Helena dem einen gegeben worden war, aber vom anderen begehrt wurde. Und dass sich die jungen Leute näher standen, als so mancher wusste. Natürlich erwähnte er die geheimnisvolle Abmachung mit Theodor Junk, von der alle wussten, dass es sie gab, aber niemand sie wirklich kannte. Und zuletzt berichtete er auch vom Streit mit dem Viehhändler Finken wegen eines verpfuschten Baus.

»Was wollt Ihr als Nächstes tun?«, fragte der Dompropst anschließend.

»Am liebsten würde ich mir das gestrige Geschehen bei St. Gangolf von den Arbeitern am Dach erzählen lassen.«

»Wo ist das Problem?«

Nikolaus kratzte sich am Kinn. »Eigentlich gibt es keins. Außer ... Was werden die wohl sagen, wenn Adam Grimbach noch in der Nähe ist? Denn der wird auf jeden Fall dort sein. Was traut sich ein einfacher Arbeiter, der vom Wohlwollen seines Herrn abhängig ist, zu sagen, wenn mögliche Konsequenzen über seinem Haupt schweben? Am besten wäre, wenn der Meister überhaupt nicht erfährt, dass ich mit seinen Männern geredet habe.«

Meuren überlegte kurz und schlug dann vor: »Ich lass den Grimbach gleich rufen. Ich werde ihn fragen, ob er Zeit hat, dem Dombaumeister demnächst bei einem Auftrag zu helfen. Nur so zum Schein natürlich. Ich werde mich hüten, einen Meister der Bürgerschaft an unseren geliebten Dom oder die Liebfrauenkirche zu lassen.« Dabei tippte er sich vielsagend an die Stirn. »Ich werde den Burschen lang genug beschäftigen, sodass Ihr freie Bahn habt. Sonst noch etwas?«

»Äh ... ja. Habt Ihr zufälligerweise einen Hinweis oder eine Idee, warum Meister Albrecht Helena Junk bekommen hat? Was konnte er bieten?«

Hastiger als nötig antwortete der Dompropst: »Darüber habe ich nichts gehört. Das ist Eure Aufgabe.« Und schon hatte er sich umgedreht und verließ eiligst den Raum.

Nikolaus blieb mit offenem Mund zurück und wusste nicht, wie ihm geschehen war. Simeon von Meuren wollte ihm tatsächlich helfen. Damit hatte er nicht gerechnet. Aber dieses rasante Verschwinden machte einen eigenartigen Eindruck. Als wollte der Dompropst unangenehmen Fragen aus den Weg gehen. Konnte es sein, dass Meuren doch etwas wusste – oder zumindest ahnte? Gab es da doch eine engere Verbindung zu den Junks? Wenn es irgend möglich war, sollte Nikolaus auch einmal Erkundigungen über den Dompropst einziehen. Aber bei wem?

Aber nun ging es erst um die heimliche Befragung der Arbeiter. Der junge Mann schlang sein Frühstück herunter, denn er musste ja wissen, wann Adam Grimbach abkommandiert wurde. Eilig lief er zum Domvorplatz. Vorsichtig schaute er sich um, konnte den Gesuchten aber nirgends sehen. Nikolaus stellte sich in einen Eingang in der Nähe des Tores zum Marktplatz, damit er zwar gut sehen, aber weniger leicht gesehen werden konnte, und wartete.

Schon nach kurzer Zeit kam der Zimmermannsmeister in Begleitung eines jungen Priesters vorbei. Nikolaus verzog sich weiter in den Eingang hinein. Niemand bemerkte ihn. Als die Luft rein war, eilte er über den Marktplatz zur Kirche St. Gangolf. Schnell war Ulrich Trips gefunden, der sich sofort bereit erklärte, ihn zu den Zimmerleuten auf das Dach zu führen. Beide steigen die Holztreppe zum Dach hinauf.

Oben angekommen atmete Nikolaus mehrmals tief durch. Er hatte die Stufen schneller als nötig genommen. Nun stand er genau an der Öffnung, durch die Herrmann Albrecht gestürzt war. Die Brüstung war nicht ganz hüfthoch, sodass es sicherlich einfach wäre, jemanden, der genau hier stand, mit einem Schubs hinauszustoßen.

Nikolaus lehnte sich gegen eine Bretterwand gegenüber dem Fenster, um sich auszuruhen. Doch die Wand gab unvermittelt mit einem leisen Knirschen nach. Es war eine einfache Brettertür ohne Griff und Riegel, die den Weg in einen kleinen, dunklen Verhau verschloss. Zum Glück konnte sich Nikolaus noch rechtzeitig am Rahmen festhalten.

»Ist was passiert?« Der Priester erschien gerade am oberen Ende der Treppe. »Habt Ihr Euch verletzt?« Aufgeregt kam er näher.

Nikolaus schüttelte den Kopf. »Was ist das hier?« Im Halbdunkel erkannte er eine kleine Kiste, Holzbretter in verschiedenen Längen und einen Stapel Schieferplatten.

»Hier lagern wir Werkzeuge, Baumaterial und so weiter. Falls mal ein Loch im Dach ist, haben wir die Sachen gleich parat und müssen sie nicht erst mühsam hochschleppen.«

Nikolaus schaute sich genauer um. Alles war von einer dicken Staubschicht bedeckt, also schon lange nicht mehr benutzt worden. Aber am Boden erblickte er Fußspuren, frische Fußspuren. Denn in den frei getretenen Stellen hatte sich noch kein neuer Staub gesammelt.

»Wird der Raum auch von den Arbeitern benutzt?«

»Nein. Die haben ihr eigenes Werkzeug. Das haben sie immer bei sich.«

»Und wann wart Ihr das letzte Mal hier drin?«

Trips kratzte sich an der Stirn. »Das weiß ich gar nicht mehr so genau.«

»Ungefähr.«

»Vor einigen Monaten etwa.«

Nikolaus nickte und griff hinter den Holzstapel. »Wer trinkt denn hier oben heimlich Branntwein? Ihr?«

Der Priester riss Augen und Mund auf, bekam aber keinen Ton heraus.

Nikolaus hielt ihm eine Tonflasche entgegen.

»Die ... die ... die ist nicht von ... von mir«, stotterte er. »Ich schwör's!«

Der junge Mann lächelte. »Ich glaube Euch das schon.«

Jemand hatte die Flasche hier zurückgelassen. Nikolaus untersuchte sie genauer. Es war tatsächlich Branntwein darin, mindestens noch halb voll. Auch sie stand noch nicht lange hier.

»Trinkt hier jemand?«

Ulrich Trips schaute ganz verdattert. »Bitte glaubt mir. Doch nicht in Gottes Haus! Das würde ich niemals wagen.«

Nikolaus nickte. »Ich glaube Euch. Ganz bestimmt. Aber vielleicht einer von den Arbeitern?«

»Betrunken? Hier auf dem Dach? Das kann ich mir kaum vorstellen. Das wäre doch Selbstmord! Wie schnell kann man mit einem benebelten Blick danebentreten und ...« Unvermittelt schlug er seine Hände vors Gesicht. »Ihr denkt doch nicht etwa ...?«

»Habt Ihr denn schon einmal bemerkt, ob der Meister Albrecht angetrunken war?«

Der Priester schaute verlegen zur Seite. Die offene, ehrliche aber auch grausame Wahrheit kämpfte gerade gegen die zurückhaltende Rücksicht, nichts Negatives über einen Toten zu sagen. Schließlich antwortete Trips: »Ja, der arme Meister hatte wohl ein Problem. Morgens machte er immer den Eindruck, als wäre er verkatert, und spätestens am Nachmittag saß er in einer der Schänken.«

»Und zwischendurch?«

»Ich dachte immer, er wäre so klug und verkniff sich bei der Arbeit den Griff zur Flasche. Tja, wie leicht man sich irren kann.«

Gerade als Nikolaus die Flasche auf den Holzstapel gestellt hatte, fielen ihm einige Holzspäne auf, die in der Kammer nahe der Tür lagen. Er hob die Stückchen auf. Sie waren mit einem Messer irgendwo abgeschabt worden. Einem plötzlichen Gedanken folgend schloss er die Tür von innen. Auf Augenhöhe befand sich ein Astloch. Nikolaus untersuchte es etwas genauer. Es war mit einem scharfen Werkzeug vergrößert worden, sodass man besser hindurchsehen konnte. Er konnte nun die Treppe und das Fenster gut erkennen.

Hatte hier jemand gewartet? Das Guckloch und die Fußabdrücke ließen es vermuten. War es die Gestalt mit der Gugel gewesen, die gestern nach dem Sturz hinausgeschaut hatte? Oder hatte sich jemand nur die Kopfbedeckung übergestülpt, um nicht sofort erkannt zu werden? Möglicherweise war die Branntweinflasche nur ein Zufall. Irgendjemand hatte das Versteck für den Schnaps genutzt, um sich selbst zu verbergen. Wer war hier drinnen gewesen? Hatte derjenige den Sturz gesehen? Dann konnte er auch sagen, ob es Mord, Selbstmord oder nur ein Unfall war. Oder hatte hier der Mörder auf sein Opfer gelauert?

Nikolaus wandte sich wieder an den Priester: »Ihr sagtet gestern, ein betrunkener Bettler hätte in der Kirche gesessen. Hatte der eine Flasche bei sich?«

»Puh. Daran kann ich mich beim besten Willen nicht erinnern. Ist es denn wichtig?«

»Ich sah gestern auch einen Bettler mit einer breiten Narbe im Gesicht. Genau hier vor St. Gangolf.«

Trips lächelte vergnügt. »Ach, das war nur der Eberhard. Den sieht man andauernd hier herumschleichen. Der ist ganz harmlos. Ein freundlicher und netter Mann, kommt aber nie herein. Den hätte ich sofort erkannt.«

Nikolaus beließ es erst einmal dabei und bat den Priester, ihn nun zu den Arbeitern zu führen. Wer weiß, wie lange Meuren Grimbach noch aufhalten konnte. Unter dem Dach ging es über einige Bohlen zum anderen Ende des Baus. Es war fast stockdunkel, und man musste genau aufpassen, wohin man trat. Überall lagen einzelne Latten, alte Stühle, irgendwelche Kisten und andere ausrangierte Möbel. Es war ein idealer Ort, um sich zu verstecken. Nur durch ein paar kleine Öffnungen drangen einige Lichtstrahlen. Beim Näherkommen hörte man das Hämmern und Schlagen der Handwerker. Nikolaus bedankte sich, und Trips machte sich wieder auf den Rückweg nach unten.

Die Arbeiter hatten das Dach geöffnet und ersetzten alte, morsche Balken gegen neue. Sie erkannten ihren Helfer von gestern sofort und bedankten sich nochmals überschwänglich.

Nikolaus erklärte sein Anliegen und kam schnell zur Sache: »Habt Ihr vor dem Sturz des Meisters etwas Auffälliges beobachten können?«

Die beiden überlegten einen Moment, sahen sich kurz an und zuckten dann mit den Schultern. Der eine antwortete: »Nichts.«

»Habt Ihr jemanden außer den Meistern gesehen?«

»Nein.«

»Gab es gestern Streit zwischen Herrmann Albrecht und Adam Grimbach?«

Die beiden drucksten herum. Keiner wollte so recht damit herauskommen. Erst als Nikolaus versicherte, dass dieses Gespräch unter ihnen bleiben würde, waren sie bereit, sich zu äußern. Nun sprach der zweite Handwerker: »Ab und zu waren die beiden unterschiedlicher Meinung. Der Albrecht war halt ein komischer Kauz. Mit dem kam niemand gut aus.«

»Wo wart Ihr gestern beim Sturz?«

»Genau hier und haben die beiden Balken ausgetauscht.« Er zeigte auf die Balken zu seiner Linken. Sie sahen noch neu und hell aus.

Nikolaus nickte. »Kann das jemand bezeugen?«

Die beiden Arbeiter blickten ihn entrüstet an. »Wir dachten, Ihr glaubt uns? Gestern habt Ihr noch Euren Hals für uns riskiert. Und jetzt das?«

Er versuchte, die aufgebrachten Männer zu beruhigen. Es ging nur darum, dass er sich ein genaues Bild machen musste. Und da war jedes Detail wichtig – auch wenn noch jemand Fragen haben sollte. Schließlich beruhigten sie sich wieder.

»Hattet auch Ihr ... äh ... Differenzen mit dem Meister Albrecht?«

»Unsereiner hat besser keinen Ärger mit einem Meister. Sonst weiß das ganz schnell jeder andere Meister in der Stadt, und man bekommt keine Arbeit mehr. Dann kann man nur noch seine sieben Sachen packen und schnellstens verduften. Wir kommen mit Adam Grimbach aber wirklich gut aus. Der versteht was vom Handwerk und steht zu seinen Leuten. Das konnte man vom Meister Albrecht nun gar nicht sagen.«

»Habt Ihr gesehen, wo sich Adam Grimbach aufhielt, als Herrmann Albrecht abstürzte?«

Beide antworteten ohne langes Zögern. »Nein.«

»Aber er war vorher hier?«

»Eine ganze Zeit. Wir haben hier zu dritt die alten Balken herausgestemmt. Und dann ist er gegangen. Wohin, keine Ahnung. Dann hörten wir die Schreierei und sind nach vorn zum Turm gegangen. Kaum waren wir da, hat uns schon die Meute empfangen und runtergeschleppt. Und da haben wir den Meister erst wiedergesehen.«

»Und hier oben habt Ihr ihn nicht mehr gesehen?«

Sie schüttelten ihre Köpfe.

Wo könnte Adam gewesen sein? In der kleinen Abstellkammer? Wenn er sich versteckt und einen Unfall beobachtet hätte, könnte er das ohne Weiteres sagen, und der Fall wäre gelöst. Falls er trotzdem nichts sagte, hatte er etwas zu verheimlichen. Einen Mord? Seinen Mord?

»Würdet Ihr dem Meister denn zutrauen, dass er bei Albrechts Sturz ... sagen wir mal ... nachgeholfen hat?«

Die beiden Handwerker schauten sich wieder an. Erst nach längerem Zögern antwortete einer. »Wenn jemand lange genug gereizt wird, weiß man nie, wozu das führen wird. Und der Meister Albrecht konnte das gut.«

Nach allem, was Nikolaus bisher gehört hatte, konnte er sich das sogar sehr gut vorstellen. Er fragte weiter: »Wisst Ihr, dass Grimbach und Helena, Albrechts Frau, verbandelt sind?«

Beide Arbeiter grinsten. »Das weiß doch jeder. Die beiden haben sich ab und zu hinter der Kirche getroffen und geküsst. Von hier oben kann man das gut beobachten.«

»Könnt Ihr mehr dazu sagen?«

»Erst war Grimbach sauer, dass er beim alten Junk eine Abfuhr bekommen hatte, und dann war er richtig wütend, als bekannt wurde, dass Albrecht sie stattdessen bekommt.

Aber das hat ihn nicht davon abgehalten, Helena zu treffen.«

»Bleibt sie bei ihm wohl auch mal über Nacht? Hat Grimbach irgendwann einmal etwas erwähnt oder angedeutet?«

Beide schüttelten den Kopf.

Na gut. Das war auch nicht so wichtig, das sollen die beiden unter sich ausmachen. Nikolaus war kein Priester, der Adam und Helena die Beichte abnehmen musste, weil sie sich versündigt hatten. Das war deren Angelegenheit. Nikolaus wechselte das Thema. »Im Bretterverschlag im Turm habe ich eben eine Branntweinflasche gefunden. Ist das Eure?«

Die Handwerker verneinten dies sofort.

»Der Meister würde uns dafür rausschmeißen!«, erklärte der eine.

»Das wäre doch Leichtsinn«, ergänzte der zweite. »Dann kann man ja gleich mit verbundenen Augen übers Dach laufen.«

Nikolaus fragte weiter: »Wer sonst könnte die Flasche dort versteckt haben?«

»Keiner von uns.«

»Die Meister?«

»Sowohl Grimbach als auch Albrecht haben nie nach Schnaps gerochen. Das hätten wir gemerkt. Auch wenn der Albrecht in den letzten beiden Wochen morgens immer so aussah, als würde er noch die Reste vom Vorabend intus haben.«

Nikolaus ärgerte sich. Er hätte nach dem Sturz kontrollieren sollen, ob Albrecht getrunken hatte. Sturzbesoffen wäre der Meister auch nicht mehr in der Lage gewesen, sich in der Luft zu drehen. Er wäre wie ein nasser Sack zu Boden gegangen. Unter diesen Umständen wäre sogar ein Unfall einleuchtend.

»Wisst Ihr, ob Albrecht noch mit anderen Leuten Streit hatte?«

Beide verneinten. Sie kannten den Meister zu wenig und

hatten zum Glück nicht oft mit ihm zu tun gehabt.

Nikolaus bedankte sich und machte sich wieder auf den Rückweg. Die Arbeiter waren zwar keine große Hilfe gewesen, aber die Entdeckung in dem Bretterverschlag war dafür viel interessanter. Aber statt Fragen zu beantworten, stiftete sie noch mehr Verwirrung. Wenn er nur wüsste, wer sich dort versteckt hatte? Herrmann Albrecht, der dort seinen Schnaps verwahrt hatte und nur herauskam, wenn er sah, dass die Luft rein war? Oder Grimbach, um seinen Konkurrenten um Helena loszuwerden? Vielleicht auch der Bettler, den Ulrich Trips gesehen hatte? Oder die vier Honoratioren, die erst kurz vor dem Sturz angekommen waren? Es hätte jeder sein können. Andererseits sollte man aber auch in Betracht ziehen, dass das Branntweinversteck möglicherweise überhaupt nichts mit dem Unglück zu tun hatte.

Die jungen Burschen

Nikolaus spazierte langsam zurück zum Marktplatz. Irgendwie drehte sich alles einerseits darum, was gestern Morgen im Turm von St. Gangolf geschehen war, andererseits darum, welche Vereinbarung zwischen Theodor Junk und Herrmann Albrecht ausgehandelt worden war. Doch wen konnte er dazu befragen? Er kannte doch niemanden hier in der Stadt. Und wieder fehlten ihm die Verbindungen, um den richtigen Leuten die richtigen Fragen stellen zu können.

»So etwas Blödes!«, schimpfte er leise vor sich hin. »Womit habe ich das verdient? Warum hat dieser schreckliche Dompropst gerade mich damit beauftragt? Was habe ich ihm getan?«

Mürrisch trat er gegen einen Kiesel, der durch den Staub hüpfte und eine kleine Staubfahne hinter sich herzog. Erst an der Marktsäule blieb er liegen. Nun wurde Nikolaus auf zwei junge Burschen aufmerksam, die neben der Säule standen und sich unterhielten. Sie taten zwar gelangweilt, aber immer wieder drehte sich einer von ihnen zur Seite, um die Menschen um sie herum genau zu betrachten, so als würden sie auf etwas oder jemand warten.

Nikolaus hatte sie erkannt und wandte sich rasch um. Das waren die, die gestern Nachmittag bei St. Gangolf die ramponierten Händler besucht hatten. Was hatte der Tagelöhner – der Priester hatte ihn Eberhard genannt – noch gesagt? Er sollte seine Nase da lieber nicht hineinstecken. Blaue Flecken wären das geringste Übel. Nikolaus tat so, als wollte er Gemüse kaufen, und ging von Höker zu Höker. Er beobachtete die Burschen aus dem Augenwinkel. Sie versuchten, lässig zu wirken, lehnten sich gegen die Säule und pfiffen jungen Mägden hinterher. Wenn diese wohlweislich nicht reagierten, wurden ihnen auch schon mal zotige Bemerkungen hinterhergerufen.

Nikolaus wollte schon aufgeben, als ein dritter Bursche herankam. Auch dieser war nicht älter als Anfang zwanzig. Die beiden begrüßten den Neuankömmling freundschaftlich. Alle drei steckten die Köpfe zusammen und tuschelten miteinander. Nun hatten sie auch für junge, hübsche Mädchen, die direkt an ihnen vorbeigingen, kein Auge mehr. Die beiden von gestern verabschiedeten sich dann von dem Dritten und marschierten über den Markt, während der Neuankömmling an der Marktsäule zurückblieb. Vorsichtig folgte Nikolaus. Jetzt war er der Verfolger und nicht immer nur der Verfolgte. Es ging in die Dietrichstraße, wo es eine ganze Reihe von Eisenhändlern gab. Nach kurzem Weg bogen sie in eine kleine Werkstatt und waren verschwunden. Nikolaus schlich langsam näher und tat so, als betrachtete er die Auslagen eines Feilenmachers. Schon nach wenigen Augenblicken waren die Burschen wieder da und gingen sofort zum nächsten Handwerker, einem Topfmacher. Doch hier kamen sie nicht so schnell wieder heraus.

Langsam näherte sich Nikolaus dem Haus. Von der anderen Straßenseite aus schaute er durch die offene Tür in die Werkstatt. Doch er konnte niemanden sehen. Wie zufällig schlenderte er hinüber, um einen besseren Blick zu haben, aber schnell wurde klar: Der Arbeitsraum war leer. Werkzeuge und Töpfe in allen möglichen Größen lagen auf den Werkbänken herum, es war jedoch niemand da, der arbeitete. Aus einem der hinteren Zimmer waren Stimmen zu hören – keine normale Unterhaltung, sondern mehrere zornige Männerstimmen und eine flehentlich, ja geradezu verzweifelt klingende Frau. Nikolaus atmete tief durch und betrat die Werkstatt. Auf Zehenspitzen pirschte er sich an die Tür heran, die zu den Wohnräumen führte. Ganz vorsichtig lugte er hinein. Erst konnte er gar nicht glauben, was er dort sah.

Einer der jungen Männer hielt einen älteren, offensichtlich den Topfmacher, von hinten fest, während der andere Bursche ihm immer wieder Ohrfeigen verpasste und ihn unflätig anschnauzte. Eine grauhaarige Frau stand daneben, hatte ihre gefalteten Hände bittend erhoben und flehte um Gnade. Wieder und wieder rief sie verzweifelt: »Bitte, wir haben kein Geld, wir können nicht bezahlen. Bitte glaubt uns, wir sind arm und alt und können nicht mehr so viel arbeiten wie früher!« Doch wie eine lästige Fliege wurde sie von den Burschen zur Seite gestoßen.

»Habt doch Erbarmen, Ihr Herren!«, rief sie und fiel auf die Knie. »Wir tun alles, was Ihr verlangt, aber lasst meinen Mann am Leben.«

»Du alte Hexe!«, knurrte der Schläger. »Ich weiß ganz genau, wie viel ihr beide verkauft. Wir lassen uns nicht so einfach übers Ohr hauen. Wir verlangen unseren Anteil! Wir haben dich und deinen Alten gewarnt. Wenn ihr nicht zahlen könnt, brech′ ich einem von euch den Arm. Du kannst es dir aussuchen: deinen Arm oder den von deinem Alten.«

Der Handwerker konnte sich kaum noch auf den Beinen halten. Wenn ihn der zweite Bursche losgelassen hätte, wäre er sofort zu Boden gegangen. »Bitte tut meiner Lisa nichts!«

»Schnauze!«, schrie der grimmige Jüngling und schlug wieder zu.

»Nein, nein!«, rief die Frau. »Ich nehme es auf mich! Wenn Ihr meinem Mann etwas antut, kann er gar nicht mehr arbeiten.«

Jetzt konnte sich Nikolaus nicht mehr zurückhalten. Er stellte sich mitten in die Tür und fragte laut: »Was geht hier vor?«

Augenblicklich war Ruhe, und vier überraschte Gesichter drehten sich ihm zu. Der junge Bursche, der den Handwerker hielt, hatte sich als Erster gefangen: »Was willst du denn?«

»Ich will, dass ihr zwei Rabauken die Herrschaften in Ruhe lasst.«

»Was?«, schrie er. »Dir hat die Sonne wohl den Verstand verbrannt.«

Die beiden Burschen sahen sich an und nickten kurz. »Den kaufen wir uns«, murmelten sie.

Nikolaus hatte so etwas schon geahnt. Als die beiden das Handwerkerehepaar grob zur Seite stießen, nahm er seine Beine unter den Arm und rannte los. Fast wäre er mit einer fülligen Frau zusammengestoßen, die just in diesem Augenblick die Werkstatt betrat. Er konnte noch so gerade eben zwischen Türrahmen und ihrer massigen Gestalt hinausschlüpfen, aber die beiden Verfolger prallten genau mit ihr zusammen. So kugelten plötzlich drei Gestalten laut schreiend auf die Dietrichstraße. Diejenigen, die gerade die Werkstatt passierten, verstanden nicht, was hier vor sich ging, und blickten völlig verblüfft auf die am Boden liegende Gruppe. So bekam der junge Jurist einen ausreichenden Vorsprung. Als er sah, dass sich die beiden Räuber aufrappelten, um ihn wild fluchend zu verfolgen, war er schon fast am Marktplatz. Sein Ziel war die Domstadt. Am Tor gab es immer ein, zwei Wachen, die ihm helfen konnten, die Halunken zu ergreifen und einzusperren.

Gerade als Nikolaus auf Höhe der Marktsäule war, an der der dritte Bursche noch immer lehnte, erreichten seine Komplizen den Platz. Sofort schrien sie zu ihrem Kumpan herüber, sich Nikolaus zu schnappen. Augenblicklich hatte der also einen neuen Verfolger. Einen, der sehr schnell laufen konnte und ihn in wenigen Sekunden erwischen würde. Der

Bursche kam immer näher. Nikolaus schnaufte wie wild, dass seine Lungen schon schmerzten. Er mobilisierte seine letzten Kräfte. Gerade als er spürte, wie eine Hand nach seinem Kragen griff, rief er die Wachen am Tor um Hilfe.

Die Soldaten mussten nicht lange überlegen. Gleich vier Mann preschten vor und nahmen die beiden heranstürmenden Männer in Empfang. Geübte Hände ergriffen die Läufer und warfen sie zu Boden. Als man Nikolaus erkannte, ließ man ihn wieder los, aber der Gauner wurde gnadenlos in den Staub gedrückt. Nikolaus wies auf seine beiden anderen Verfolger, die mitten auf dem Marktplatz stehen geblieben waren, als ihr Freund gefangen genommen worden war, und gab Befehl, auch sie zu ergreifen. Ohne weitere Fragen zu stellen, stürmten einige Soldaten den nun Fliehenden hinterher. Die Jagd ging in Richtung Fleischstraße. Nach wenigen Augenblicken waren die Männer hinter einer Hausecke verschwunden.

Nikolaus konnte sich nun wieder dem Gefangenen zuwenden, der noch immer am Boden lag. Seine Hände waren inzwischen auf dem Rücken gebunden. Er versuchte sich zu wehren, hatte gegen die erfahrenen Wachen aber keine Chance. Nach und nach wurde seine Gegenwehr geringer. Ihm war klar geworden, dass er nicht entkommen konnte.

»Wer bist du?« Nikolaus hatte sich neben dem Burschen niedergebeugt.

Die Antwort waren ein grimmiger Blick und Zähneknirschen.

»Wer sind deine Kumpane?«

Wieder blieb er still.

»Deine Freunde werden auch bald gefangen sein, und dann geht es euch an den Kragen. Die Schikane der kleinen Händler und Handwerker ist nun vorbei.«

Der Bursche drehte sich weg. Er wollte nicht antworten.

In diesem Augenblick erscholl ein Ruf. »Was geht hier vor?«

Der Dompropst eilte herbei – es war beinahe ein Laufen. Seine Soutane wehte hinter ihm her. Als er bei Nikolaus angekommen war, fuhr er ihn an: »Was hat das zu bedeuten? Redet!«

»Ich weiß jetzt, wieso einige Händler mit verbeultem Gesicht oder gebrochenem Arm herumlaufen.«

»Was hat das denn hiermit zu tun?«

»Eine Bande junger Burschen stellt die Ladenbesitzer vor die Wahl: entweder Geld abliefern oder Prügel bekommen. Und eben habe ich sie auf frischer Tat ertappt. Hier ist einer von ihnen. Hinter den anderen sind die Soldaten her.«

Von Meuren stand mit offenem Mund im Tor zum Dombezirk und blickte abwechselnd auf den Gefangenen am Boden und auf den Juristen des Kurfürsten. Endlich hatte er sich wieder gefangen und fragte mit heiserer Stimme: »Und jetzt?«

»Wir warten, dass die Wachen die anderen bringen. Ansonsten müssen wir versuchen, aus diesem Kerl hier wenigstens seinen Namen herauszubekommen. Vielleicht finden wir dann noch weitere, die zu den Gaunern gehören.«

»Er will also nichts sagen?«

»Genau.«

Meuren reckte seine kleine Gestalt. Langsam bekam er sich wieder in den Griff. »Ich werde mich schon darum kümmern, dass der stumme Fisch sprechen lernt. Ich glaube, bald wird er singen wie ein Vogel, wie eine Lerche so schön.«

Dann grinste er böse.

Nikolaus wollte sich gar nicht vorstellen, was der Gefangene heute noch auszuhalten hätte. Egal ob Verbrecher oder nicht, Folter hatte nichts mit Strafe zu tun.

Der Dompropst wandte sich wieder an Nikolaus: »Befragt die Händler oder wer auch immer von diesen Spitzbuben ausgeraubt wurde. Ich will Namen hören. Ich will wissen, warum der Rat das nicht unterbunden hat.«

»Aber solange noch nicht alle Burschen gefangen wurden, wird keiner etwas sagen wollen. Die werden entweder aus Angst oder aus Scham nichts sagen.«

»Quatsch! Kümmert Euch darum! Das ist Eure Aufgabe! Ihr habt ungefragt Eure Nase da hineingesteckt. Jetzt müsst Ihr sehen, wie Ihr damit klarkommt.«

Gerade wollte sich Meuren umdrehen und verschwinden, als die Soldaten ankamen, die die beiden Burschen verfolgt hatten. Mit hängenden Schultern und außer Atem mussten sie nun beichten, dass ihnen die beiden entwischt waren. In der Fleischstraße waren sie plötzlich in eine Gasse gelaufen und wie vom Erdboden verschluckt gewesen. Keiner hatte sie mehr gesehen.

Der Dompropst kanzelte die Soldaten in wenig priesterlicher Manier ab und schickte sie wieder los. Dann befahl er den anderen, den Gefangenen in die Wachstube zu bringen, damit er verhört werden konnte.

Eine Wache meldete sich zu Wort: »Sollten wir ihn nicht erst zum Zender bringen?«

»Was? Der bleibt so lange in der Domstadt, wie ich es für nötig befinde. Ist das klar?«

Der Soldat nickte nur und brachte den Gefangenen fort.

Nikolaus fragte den Dompropst: »Entschuldigt bitte die Frage. Wer oder was ist der Zender?«

Der schaute den jungen Mann von oben bis unten an und antwortete nach einem Moment. »Der Zender war ursprünglich der Marktvorsteher, dessen Funktionen auch die der städtischen Polizei umfassten. In der ältesten Ordnung für den Zender heißt es, das er in allen Sachen, die nicht an Haut und Haar gehen, also nicht Hochgerichtssachen sind, die Bürger strafen soll.«

»Er ist also eher der Vertreter des Rates.«

»Genau. Daneben haben wir den Schultheißen als Vertreter der Hoheitsrechte des Erzbischofs gegenüber der Stadt. Aber der Schultheiß zu Trier darf keinen Bürger gefangen nehmen ohne Urteil der Schöffen. Außer wegen öffentlichen Mordes oder Diebstahls oder wenn der Verbrecher auf frischer Tat erwischt wird. Wurden früher die Gefangenen in den kurfürstlichen Palast geliefert, so werden sie nun ins städtische Gefängnis im Rathaus gebracht.«

»Und das Gefängnis verwaltet der Zender.«

»Ihr habt es erfasst.«

»Daher also die Frage des Soldaten.«

»Stimmt. Aber nun ist genug mit der Schulstunde. Ich habe noch etwas zu erledigen.«

Und ehe sich Nikolaus versah, stand er ganz allein im Tor zwischen Dom und Markt. Auch die gaffende Menge, die sich unbemerkt auf dem Platz versammelt hatte, um ja nichts zu verpassen, zerstreute sich wieder.

»Und nun?« Der junge Mann schaute sich verlegen um. Erst einmal klopfte er sich den Staub von der Kleidung, den er sich eingehandelt hatte, als ihn die Wachen zu Boden geworfen hatten. Dann atmete er ein paarmal tief durch und ordnete seine Gedanken.

Was hatte er vor diesem Zwischenfall eigentlich vorgehabt? Ach ja, er hatte bei den Schöffen und Meistern auf den Busch klopfen wollen, damit er endlich herausbekam, warum Herrmann Albrecht Helena Junk bekommen hatte. Vielleicht würde er so auch darauf kommen, warum sich der Meister zu Tode stürzte – oder gestürzt wurde.

Es war kurz vor Mittag. Wo konnte Nikolaus die Honoratioren am besten finden? Bestimmt waren die meisten zu Hause beim Essen. Das Haus von Theodor Junk kannte er ja, auf diesen anmaßenden, ehrsüchtigen Schöffen hatte er keine Lust. Ansonsten kannte er leider nur das Rathaus am Kornmarkt. Einen Versuch war es auf jeden Fall wert. Auch auf die Gefahr hin, dass er wieder Verfolger haben würde, wollte er endlich zu einem Ergebnis kommen.

Zum Glück geriet Nikolaus diesmal nicht an den verschlafenen Wachposten am Rathaus. Der diensthabende Kollege war sehr hilfsbereit und nahm Nikolaus' Wunsch, mit dem Rat sprechen zu dürfen, freundlich entgegen. Daraufhin rief er einen Diener, der den Gast in den Versammlungssaal bringen sollte. Es ging eine Treppe hoch und dann zu einer großen, schweren Eichentür. Der Bedienstete klopfte an. Erst nach mehreren Versuchen bekam er eine Antwort und huschte hinein.

Nach wenigen Augenblicken wurde auch Nikolaus hereingebeten. An einem Tisch saßen zwei ihm unbekannte Herren – nach der Kleidung zu urteilen, waren sie alles andere als arm –, die den unerwarteten Besuch eingehend musterten. Der eine war um die fünfzig Jahre alt, der andere sicher schon an die sechzig. Nikolaus trat näher, begrüßte die Herren mit einer Verbeugung und nannte seinen Namen. Die beiden Ratsmitglieder blieben am Tisch sitzen und erwiderten den Gruß nur knapp. Hinter dieser offensichtlichen Unhöflichkeit steckte mehr als nur Verachtung für den Bediensteten des Kurfürsten, sie war Absicht. Die beiden waren gestern in der Stube bei Theodor Junk nicht anwesend gewesen, mussten aber sehr wohl erfahren haben, an welchem Auftrag der junge Jurist gerade arbeitete. Der Einfluss des Schöffenmeisters war auch hier spürbar.

Nikolaus musste sich sehr zusammenreißen, um diese Taktlosigkeit nicht mit gleicher Münze heimzuzahlen. Aber er konnte es sich nicht verkneifen zu fragen: »Würden die edlen Herren mir bitte verraten, wer sie sind?«

Die beiden tauschten einen kurzen Blick, während ihr Gesichtsausdruck noch düsterer wurde. Schließlich sagte der Ältere: »Dies hier ist der ehrwürdige Schöffe und Ratsmitglied Dominikus Vierland, und ich bin Walther Kirn, der Zunftmeister der Weber.

Nikolaus nickte beiden jeweils zu. Endlich lernte er den vierten der Honoratioren kennen, die gestern Morgen so ganz zufällig beim Sturz des Meisters in St. Gangolf anwesend gewesen waren.

Kirn ergänzte: »Fasst Euch kurz, da wir noch wichtige Angelegenheiten zu besprechen haben«, und wedelte dabei mit der Hand, als wollte er den lästigen Besucher zur Eile antreiben.

»Wisst Ihr, dass einige von den Händlern und Handwerkern hier in Trier von einer Bande junger Männer erpresst werden?«

Plötzlich richtete sich der Schöffe Vierland auf: »Was sagt Ihr da? Was für eine Erpressung?«

Nikolaus lächelte. Wahrscheinlich hatten die beiden gedacht, er würde sofort eine Frage zum Tod von Herrmann Albrecht stellen. »Die Burschen verlangen von den Leuten Geld oder sie werden verprügelt, manchen wird auch ein Arm gebrochen.«

Jetzt mischte sich der Zunftmeister ein: »Das ist eine schwerwiegende Behauptung. Aber man darf nicht jeder Bemerkung, die man zufälligerweise hört, zu viel Gewicht beimessen. Vielleicht hat man nur die Hälfte gehört. Aber wenn man alles wüsste, ergäbe sich ein anderes Bild. Manche Menschen haben immer etwas zu sagen. Nur um davon abzulenken, dass ihr Geschäft nicht so läuft, wie sie es gerne hätten. Mal ist es das Wetter, mal die Steuern, und jetzt unzufriedene Kunden. Ihr macht aus einer Mücke einen Ochsen.«

»Leider muss ich Euch sagen, dass drei Männer heute Morgen auf frischer Tat von mir ertappt wurden. Allerdings konnte nur einer gefasst werden. Aber die anderen werden es sich jetzt zweimal überlegen, wen sie noch abkassieren wollen.«

»Euer Tonfall gefällt mir nicht. Ihr tut so, als wären wir, der Rat der Stadt, schuld daran. Kann es nicht sein, dass sich eher Euer Herr, der Kurfürst Otto von Ziegenhain, darum kümmern sollte? Schließlich betont er bei jeder passenden und unpassenden Gelegenheit, dass Trier ihm unterstellt ist.«

Nikolaus zuckte mit den Schultern. »Wer hier in der Stadt welche Aufgabe und welche Rechte hat, ist ja schon lange ein Streitpunkt. Aber ich dachte daran, dass die Zünfte ja sehr genau wissen, wie es um ihre Mitglieder bestellt ist. Und bei Euch im Rat darf sich ja jede Zunft zu ihren Problemen äußern. Nicht wahr?«

Die beiden Ratsmitglieder starrten den jungen Mann gereizt an, sagten aber nichts.

»Ich finde es deshalb ausgesprochen lobenswert, dass sich die St. Jakobsspitalsbruderschaft auch mit Vertretern der kleinen Zünfte durch Heirat verbindet. So habt Ihr einen hervorragenden Kontakt auch zu denen, die nicht direkt im Rat vertreten sind.«

Wer Ironie findet, darf sie behalten, dachte Nikolaus und versuchte verzweifelt, sein Lächeln in Grenzen zu halten.

Nach einem längeren Moment des Schweigens antwortete Walther Kirn: »Ihr meint sicherlich die Heirat zwischen dem

Meister Albrecht und der Tochter unseres Mitstreiters Junk. Ja, das war ein Zeichen des guten Willens zwischen den großen und den kleinen Ämtern.«

»Mehr steckte also nicht hinter der Heirat?«

»Wie meint Ihr das?«

»Es gibt das Gerücht, dass der ehrenwerte Schöffe Junk und der Meister Albrecht eine weitergehende Abmachung getroffen haben. Wisst Ihr etwas darüber?«

»Von solch einer Abmachung habe ich noch nie gehört. Und wenn es sie gibt, ist es eine private Angelegenheit, die mich nichts angeht.«

Nikolaus tat überrascht. »Oh, ich dachte, Ihr würdet regen Anteil an den Angelegenheiten von Theodor Junk nehmen.«

»Auch da müsst Ihr etwas falsch verstanden haben.«

Der junge Mann nickte und kratzte sich nachdenklich am Kinn. »Warum eiltet Ihr dann mit den Herren Hans Schauf, Philipp von Buschfeld und Theodor Junk in den Turm von St. Gangolf, kurz bevor der arme Herrmann Albrecht herabstürzte?«

Der Zunftmeister sprang erregt auf. Er hatte schon die Hand erhoben und den Mund geöffnet, um dem impertinenten Jüngling eine Strafpredigt zu halten. Aber im allerletzten Moment besann er sich und antwortete einfach: »Wir waren nicht im Turm. Wir waren in der Kirche, um zu beten. So wie das jeder gute Christenmensch von Zeit zu Zeit tut.«

»Ihr wurdet aber dabei beobachtet.«

»Von wem?«

»Muss ich das sagen?«

Kirn wurde laut und spielte den Beleidigten. »Natürlich! Hier geht es um eine infame Verleumdung!«

»Im Moment sage ich es lieber nicht. Die Person muss ja noch in Trier leben.«

»Ich habe das Recht, solche falschen Beschuldigungen richtigzustellen.«

»Sind sie denn falsch?«

Der zornige Zunftmeister kam langsam näher. Ärgerlich fuchtelte er mit den Armen. »Wer hat das gesagt? Ich will das jetzt wissen. War es einer der Arbeiter? Oder Grimbach? Keiner von denen bekommt je wieder Arbeit!«

»Seht Ihr? Schon wollt Ihr jemanden unter Druck setzen, anstatt offen und ehrlich zu antworten.«

»Was erlaubt Ihr Euch! Es geht hier schließlich um die Wahrheit!«

»Ganz Eurer Meinung. Aber was wäre, wenn mir dies jemand ganz anders gesagt hätte? Keiner, der auf dem Dach war?«

Walther Kirn stockte. Fieberhaft dachte er nach, wer etwas erzählt haben konnte. Nikolaus konnte die fieberhaften Gedanken in seinem Gesicht geradezu ablesen. Einer von den drei anderen, mit denen der Zunftmeister dort war? Der Priester? Oder jemand, den sie in der Eile übersehen hatten? Was wusste der Besucher? Wie viel war nur Vermutung?

Nikolaus musste lächeln und fragte: »Also, hochverehrter Meister Kirn, was habt Ihr auf dem Turm von St. Gangolf gewollt?«

Endlich hatte sich das Ratsmitglied wieder gefangen. Mit einer Handbewegung bedeutete er dem ungebetenen Gast endlich zu verschwinden. »Für so etwas haben wir keine Zeit. Wir haben Wichtigeres zu tun. Ihr dürft jetzt wieder gehen.«

»Ihr gebt also zu, oben gewesen zu sein?«

»Ich gebe gar nichts zu. Ihr solltet lieber endlich gehen. Ihr haltet uns auf.«

Nikolaus ließ nicht locker. »Was hattet Ihr vier ehrenwerten Herren mit Herrmann Albrecht zu schaffen?«

Mit hochrotem Kopf zischte Walther Kirn: »Nichts!« Seine Hände waren zu Fäusten geballt und drohend erhoben.

»Durch welche Abmachung wurde Junks Tochter verschachert?«

Der andere Ratsherr hatte bisher voller Unruhe zugehört. Er war immer wieder auf seinem Stuhl hin und her gerutscht. Nun sprang er aber auf und stellte sich zwischen die beiden Kontrahenten. Er spürte ganz genau, dass sein Kollege kurz davor war, die Beherrschung zu verlieren.

Dominikus Vierland wandte sich an Nikolaus: »Bitte geht jetzt. Es ist besser so.«

Der junge Mann verneigte sich übertrieben höflich, wünschte den Herren noch einen schönen Tag und verließ beschwingten Schrittes den Raum. Er hatte gewonnen. Er hatte diesen selbstherrlichen und arroganten Schnösel verunsichert und in die Defensive gedrängt. Es würde nicht lange in Kirn gären, und er liefe zu seinen Kumpanen hinüber, um sich mit ihnen zu beraten. Deshalb musste Nikolaus sofort zu Theodor Junk und dem die gleichen Fragen stellen. So hatten die vier Honoratioren keine Zeit, sich abzusprechen. Es wäre sehr interessant, die Unterschiede in den Geschichten zu analysieren.

Der junge Mann war endlich mit sich selbst zufrieden. Er hatte es satt, immer nur von den anderen getreten und angetrieben zu werden. Nun gab er das Tempo vor. Wenn du deine Feinde nicht sofort besiegen kannst, dann verwirre sie.

Die trauernde Witwe

Nikolaus eilte in die Brotstraße zum Haus des Theodor Junk. Gerade als er klopfen wollte, öffnete sich die Tür und Helena Albrecht erschien. Beide erschraken gleichermaßen. Die junge Witwe hatte rot unterlaufene Augen und weinte. Aber als sie den Besucher erblickte, richtete sie sich auf, wischte ihre Tränen ab und räusperte sich. Nach einem knappen »Guten Tag« fragte sie: »Was kann ich für Euch tun?«

»Ich wollte mit Eurem Vater sprechen.«

»Eigentlich wollte ich nach Hause ... ich meine ... in die Wohnung meines verstorbenen Mannes.« Sie blickte verschämt zu Boden.

»Wo wohnte Euer Gemahl denn?«

»In der Webergasse. Es ist eine kleine Wohnung über dem Geschäft des Tuchhändlers Reichenau. Aber wenn Ihr wünscht, kann ich Euch zu meinem Vater führen.«

Nikolaus bedankte sich und folgte ihr ins Haus. Immer wieder musste er an ihren gestrigen Auftritt denken. Was konnte er ihr glauben? Dass sie um ihren Ehemann trauerte, mit dem sie nach der Hochzeit keine einzige Nacht zusammen gewesen war? Dass sie nicht wusste, weshalb sie dem Meister zur Frau gegeben worden war? Oder wie ihr Verhältnis zu Adam Grimbach wirklich aussah? Und jetzt weinte sie schon wieder?

Was soll's?, dachte er und fragte kurz entschlossen die junge Witwe: »Trauert Ihr sehr um Euren verstorbenen Mann?«

Sie blieb stehen und blickte ihn scharf an. »Ich weiß nicht, was Euch das angeht.«

»Nichts. Aber gestern machtet Ihr einen gefassteren Eindruck als jetzt.«

»Vielleicht liegt es daran, dass es noch mehr Dinge gibt, die mich belasten.«

»Darf ich erfahren, was es ist?«

Helena drehte sich um und wollte weitergehen. Nikolaus ärgerte sich schon, dass er zu aufdringlich gewesen war, als sie nach nur zwei Schritten wieder stehen blieb. Sie blickte zu Boden, schaute sich aber nicht um. »Mein Leben ist alles andere als erfreulich. Erst diese unmögliche Heirat, dann das Verschwinden meiner beiden Brüder, und nun der Tod Herrmanns.«

Nikolaus horchte auf: »Was ist denn mit Euren Brüdern?« Er erinnerte sich an die Ausführungen des Dompropstes über die Familie Junk, das mussten Konstantin und Crispus Junk sein.

»Ich weiß nicht, wo sie sind. Sie sind einfach los, ohne Lebwohl zu sagen. Das ist nicht ihre Art.«

»Sie sind verschwunden?«

»Sie haben mit Vater abgesprochen, wohin sie wollten. Aber mir haben sie nichts gesagt. Obwohl sie sonst immer Bescheid geben.«

»Und wann sind sie fort?«

»Vor drei Tagen.«

»Und Ihr wisst nicht, wohin?«

Helena Albrecht drehte sich langsam um. Sie schüttelte den Kopf. »Vater sagte, sie hätten etwas sehr Wichtiges zu erledigen.«

»Und was?«

»Das wollte er mir nicht sagen. Aber auch Herrmann wusste Bescheid. Das fand ich schon eigenartig. Er sagte das Gleiche wie mein Vater. Er meinte, es ginge mich nichts an und ich solle ruhig sein. Aber das kann ich nicht!« Bei den letzten Worten stampfte sie ärgerlich mit dem Fuß auf den Boden.

Theodor Junk liebte wohl Heimlichkeiten und vertrauliche Absprachen. Aber bei zu viel Geheimniskrämerei drängte sich immer der Verdacht auf, dass Unredlichkeiten verborgen werden sollten. Bei der Heirat war zu offensichtlich etwas vertuscht worden. Und warum wurde selbst die eigene Tochter im Unklaren darüber gelassen, wo sich ihre Brüder befanden?

»Sind Eure Brüder verheiratet, sodass die Ehefrauen etwas wissen könnten?«

»Nein. Nur Konstantin hat ein Mädchen im Wirtshaus in der Brückenstraße. Ich glaube, sie heißt Elise.«

»Hat er ihr etwas gesagt?«

Nun lächelte Helena zum ersten Mal. »Wie könnte ich sie fragen? Solch eine Schänke ist nicht angemessen für eine Frau, die ihren guten Ruf bewahren möchte.«

Nikolaus sollte dieser Elise auf den Zahn fühlen. Vielleicht war Konstantin seinem Liebchen gegenüber gesprächiger gewesen. Nach einigen Humpen Bier, neben einem schnuckeligen Mädchen, dem man imponieren wollte, wurde schon so manches kleine Geheimnis ausgeplaudert. Vielleicht hatte sie auch gehört, wieso Herrmann Albrecht Helena bekommen hatte. Dann fiel Nikolaus noch etwas ein. Er erzählte Helena, dass er gestern Gesine Albrecht getroffen und erst dort erfahren hatte, dass sie in diesem Hause Magd war. »Euer Vater erwähnte sie nur als Herrmanns Schwester, nicht als seine Bedienstete. Warum wohl?«

Sie zupfte an ihrem Kragen. »Sie verstand sich gut mit meiner Mutter. Die beiden waren so etwas wie Freundinnen. Als meine Mutter starb, sorgte sie für uns Kinder. Sie hat alles getan, was sonst eine Ehefrau getan hätte. Sie hat sogar auf eine Heirat verzichtet, weil sie dachte, nun würde Vater sie zur Frau nehmen.« Sie lächelte wieder und bemerkte Nikolaus' missbilligenden Blick. Sofort erklärte sie: »Bitte versteht mich nicht falsch. Ich habe nichts gegen Gesine. Sie ist auch für mich so etwas wie eine Freundin und Mutter, nicht eine Schwägerin. Aber damals war sie wohl ein bisschen naiv. Für einen Mann wie meinen Vater kommt eine Heirat nur infrage, wenn es sich finanziell lohnt oder er seinen Einfluss vergrößern kann. Aber Gesine kam ihm als Dienstmagd billiger. Und schließlich war sie zu alt zum Heiraten und blieb gezwungenermaßen hier.«

»Haben Eure Brüder auch solch ein gutes Verhältnis zu ihr?«

Helena schüttelte den Kopf. »Konstantin und Crispus sind die genauen Abbilder ihres Vaters. Für sie ist Gesine nur eine Magd, obwohl sie sie erzogen hat. Die beiden gaben ihr unschöne Namen und haben sie schäbig behandelt, sie sogar geschlagen. Ich hätte gern ihre Stärke. Sie hält immer still, gibt nie ein böses Wort zurück, egal was kommt. Aber ich habe ihr angesehen, wie wütend sie oft war. Es hätte mich nicht gewundert, wenn sie sich eines Tages gewehrt hätte.«

»Und Ihr habt das geschehen lassen?«

»Wie wollt Ihr das beurteilen?«

Nikolaus hob abwehrend die Hände. »Ich frage ja nur.«

Helena entspannte sich wieder. »Was sollte ich gegen Konstantin und Crispus sagen? Wenn man als kleines Kind ein paarmal Prügel einstecken musste, überlegt man es sich zweimal, sie zu reizen. Sie sind halt so.«

»Trotzdem vermisst Ihr sie?«

»Ja. Sie sind nun mal meine Brüder. Auch wenn sie sich manchmal wie herzlose Strolche benehmen. Sie gehören zu meinem Leben und meiner Familie.«

Freunde kann man sich aussuchen. Auch wen man sich zum Feind macht, kann man noch beeinflussen. Aber man ist machtlos, wenn es darum geht, wer zur Familie gehört. Wie der weise Sprücheschreiber Salomo schon sagte: »Es gibt Gefährten, die bereit sind, einander zu zerschlagen, aber da ist ein Freund, der anhänglicher ist als ein Bruder.«[22]

Nikolaus bedankte sich und bat, nun ihren Vater sprechen zu dürfen. Helena meldete den Gast an und führte ihn in das Zimmer, das er gestern schon kennengelernt hatte. Dann war sie verschwunden.

Theodor Junk stand neben dem Tisch, auf dem noch Teller, Platten mit den Resten von Braten und Gemüse und zwei wertvolle Kristallbecher standen. Er hatte die Arme vor der Brust verschränkt und sah seinen Gast alles andere als einladend an.

Nikolaus versuchte höflich zu sein und begrüßte den Hausherrn. Doch er konnte nur schlecht gegen seine Vorurteile gegenüber dem Schöffen ankämpfen, sodass seine Verbeugung verkrampft war und nur kurz ausfiel.

Junk verzichtete ganz auf die Höflichkeitsfloskeln und brummte: »Ich denke, wir hatten schon alles besprochen. Was wollt Ihr noch?«

»Verzeiht, wenn ich Euch noch einmal stören muss. Ich habe inzwischen erfahren, dass Ihr gestern kurz vor dem Sturz mit Philipp von Buschfeld und zwei Zunftmeistern auf den Kirchturm hinaufgestiegen wart. Ihr hattet es sehr eilig. Was wolltet Ihr so Dringendes von Eurem Schwiegersohn so mitten am Vormittag?«

Der alte Schöffenmeister ließ sich Zeit, seine Worte gut zu planen. »Wer sagt, dass wir dort hinauf sind?«

»Ihr wurdet beobachtet.«

»Bestimmt vom Priester.«

Nikolaus sagte nichts dazu.

»Jaja. Unser lieber Ulrich Trips ist ein eifriger, zur Nervosität neigender Mann Gottes. Er macht sich viele ... viel zu viele Sorgen. Das tut ihm nicht gut. Und seine Aufgeregtheit überträgt sich schnell auf andere.«

»Was möchtet Ihr mir damit sagen?«

»Nichts. Ich wollte es nur einmal erwähnen.«

Gute Taktik, dachte Nikolaus bei sich. Anstatt zu leugnen, zog er die Vertrauenswürdigkeit des Augenzeugen in Zweifel. Aber er wollte sich nicht so einfach davon abhalten lassen, ein wenig auf den Busch zu klopfen.

»Was habt Ihr denn bei Herrmann Albrecht gewollt?«

»Nur kurz mit ihm reden. Nichts Wichtiges. Nichts, was wir nicht auch zu anderen Zeiten hätten erledigen können. Einige meiner lieben Kollegen im Rat der Stadt wollen zusätzliche Mittel zum Ausbau von St. Gangolf spenden. Wir würden sehr gerne den Turm noch erhöhen. Wir sind der Meinung, dass er gegenüber dem des Doms ein wenig ... kümmerlich aussieht. Wir wollten beim Meister Albrecht eine Schätzung der Kosten in Auftrag geben. Deshalb waren wir vier als Abordnung der Bürgerbruderschaft, der Schöffen und der Zünfte bei ihm.«

Nikolaus lächelte. Gestern hatte Philipp von Buschfeld noch behauptet, sie wären zur Andacht dort gewesen – genau wie Walther Kirn vorhin. Also musste Junk längst bewusst geworden sein, dass Nikolaus diese Absprache durchschaut hatte. Aber der junge Mann wollte nicht weiter darauf eingehen. Er genoss den stillen Triumph und fragte deshalb: »Mit den Zünften meint Ihr sicher die großen Ämter, denn die kleinen sind ja nur bedingt im Rat vertreten.«

»Nicht jedes Amt kann im Rat vertreten sein, dann müsste er aus hundert Mitgliedern oder noch mehr bestehen. Wie soll das denn funktionieren?« Er lachte wohlwollend über seinen kleinen Scherz. »Sonst noch etwas?«

Doch anstatt sich zu verabschieden, fragte Nikolaus: »Schade, dass ich Eure Söhne noch nicht kennenlernen konnte. Wie ich hörte, sind sie geschäftlich unterwegs.«

Theodor Junk war durch die unerwartete Frage ein wenig verwirrt. »Ach. Das habt Ihr gehört?«

»Ja. Eure Tochter sagte es mir.«

»Ihr meint Helena?«

Nikolaus hob erstaunt die Augenbrauen. »Ja. Wen denn sonst? Soweit ich weiß, wohnt Eure älteste Tochter doch in Koblenz. Oder?«

»Wenn meine Söhne wieder zurück sind, werde ich sie Euch vorstellen. Sie sind außerordentlich tüchtig, sie haben viele neue Ideen für Trier. Konstantin wird mein würdiger Nachfolger werden.«

»Eure Tochter behauptet jedoch, sie wären plötzlich verschwunden, ohne sich zu verabschieden.«

»Das ist unsinnig. Sie mussten halt schnell los. Manchmal ist das eben nötig. Helena hat von geschäftlichen Dingen keine Ahnung. Wenn meine Söhne in ein paar Wochen wieder zurück sind, werden alle über ihre Tüchtigkeit staunen.«

»Ihr seid sehr stolz auf Eure Söhne.«

»Natürlich, das wäre jeder.«

»Und Ihr habt sicherlich schon die zukünftige Braut Konstantins ausgesucht.«

Theodor Junk stockte einen Augenblick. Ob er in diesem Augenblick an die wenig passende Freundin in der zwielichtigen Schänke dachte? Schließlich antwortete er betont langsam: »Er wird eine angemessene Braut bekommen.«

»Eine aus den Zünften? Die Tochter eines Meisters zum Beispiel?«

»Wie kommt Ihr darauf?«

Nikolaus lächelte gewinnend. »Ihr habt Eure Tochter doch einem Handwerksmeister gegeben.«

Der Schöffenmeister antwortete hastig: »Ich hatte meine Gründe dafür. Für meinen erstgeborenen Sohn kann es nur eine edle Braut geben.«

»Welche anderen Gründe gab es denn bei Helena?«

»Das geht Euch nichts an.«

»Nur, falls es nichts mit dem Unglück des Herrmann Albrecht zu tun hat. Sonst geht es mich sehr viel an.«

Junk reckte sich wieder. »Ich denke, Ihr geht zu weit. Es wäre besser, wenn Ihr mein Haus sofort verlasst. Ich werde mich beim Kurfürsten über Euer aufdringliches und unverschämtes Auftreten beschweren. Ich bin sicher, dass er auf mein Wort hören wird. Wir haben schon lange ein freundschaftliches Verhältnis.«

Nikolaus verbeugte sich und grinste. Diese letzte Behauptung nahm er dem Schöffen nicht ab. Seit Jahren gab es ständig Reibereien zwischen Otto und dem Rat. Die Stadtverwaltung beschwerte sich sogar beim Kaiser selbst gegen das verbriefte Recht des Kurfürsten. Und diese beiden Kontrahenten sollten Freunde sein? Einfach nur lachhaft!

Wenn Junk dick auftragen konnte, war er auch dazu in der Lage. »Ich freue mich schon darauf, dem ehrwürdigen Kurfürsten meine Stellungnahme zu geben. Meinen juristischen Rat hat er bisher immer sehr geschätzt.«

Mit vor Aufregung zitternden Beinen, aber einem siegesgewissen Lächeln auf den Lippen verließ Nikolaus das Zimmer. Auf der Straße musste er dennoch erst einmal tief durchatmen. Eigentlich hatte er nur auf den Busch klopfen wollen. Aber unbewusst war er in diese offene Konfrontation hineingeschlittert. Anstatt den Tod des Meisters diplomatisch zu untersuchen, hatte er sich von seiner inneren Abneigung dem Schöffenmeister gegenüber fortreißen lassen. Entweder hatte sich Nikolaus gerade riesigen Ärger eingehandelt und die Untersuchung war zu einem frühen Ende gekommen, weil er es sich mit dem Rat komplett verscherzt hatte, oder dieses undurchdringliche Gewebe von Intrigen und Absprachen zerriss unter dem Druck, der sich langsam aufgestaut hatte, mit einem gewaltigen Knall.

Albrechts Wohnung

Als sich Nikolaus wieder beruhigt hatte, machte er sich auf den Weg zum Markt. Wie sollte er jetzt vorgehen? Er hatte die Schöffen aufgeschreckt, die so peinlich darauf bedacht waren, dass keinerlei Hinweise auf die Absprache zwischen Theodor Junk und Herrmann Albrecht ans Tageslicht kamen.

»Albrechts Unterlagen, genau!«

Nikolaus schnippte triumphierend mit den Fingern. Vielleicht konnte er darin etwas finden. Und gerade jetzt hatte er die Möglichkeit, die Papiere des Meisters zu durchsuchen. Helena hatte doch erwähnt, dass sie in die Wohnung ihres verstorbenen Mannes gehen wollte. Hoffentlich war sie noch da. Nikolaus erfragte auf dem Markt den Weg zur Webergasse. Diese verband die Brotstraße und die Fleischstraße einen Häuserblock weiter südlich als der Kornmarkt und das Rathaus. Schnell war er dort. Auch der Tuchhändler Reichenau war schnell gefunden.

Im Geschäft wurde er sehr freundlich vom Händler willkommen geheißen, der ihm sofort einige Ballen Stoff zeigen wollte. Doch leider musste der vermeintliche Kunde gestehen, dass er zur Witwe Albrecht wollte.

»Schade«, antwortete Reichenau und zeigte ihm die Treppe in die kleine Wohnung über den Verkaufsräumen.

Schon nach dem ersten Klopfen öffnete Helena die Tür. Sie war völlig überrascht, Nikolaus so schnell wiederzusehen. »Kann ich noch etwas für Euch tun?«, fragte sie erstaunt. »Ich sagte Euch doch, dass ich nichts weiter weiß.«

»Bitte verzeiht mir meine Aufdringlichkeit. Vielleicht würdet Ihr mir gnädigerweise erlauben, die Unterlagen Eures

Mannes einmal anzuschauen. Vielleicht findet sich darin ein Hinweis auf die Umstände seines Todes.«

Die junge Witwe sagte kein Wort. Ihre Lippen waren zu einem dünnen Strich zusammengepresst. Sie blickte ihren Gast starr an, als versuchte sie, seine wahren Beweggründe zu erforschen.

»Bitte. Ich sehe doch, wie Euch die Ungewissheit quält.«

Schließlich antwortete sie: »Ich weiß nicht, was Ihr zu finden hofft, aber ich erlaube es Euch, solange ich noch hier zu tun habe. Ich koche für meine Tante.«

Nikolaus bedankte sich und versprach, sich zu beeilen. Die Wohnung bestand nur aus einem Raum. In der Mitte stand ein kleiner Tisch. Links befand sich eine Feuerstelle, auf der Helena gerade ein Feuer angezündet hatte. Es qualmte noch recht kräftig. An der rechten Wand standen zwei Betten. Nach der Verfärbung des Holzes zu urteilen, war eines schon älter. Die dort liegenden Decken waren zerwühlt und wirkten schmuddelig. Hier hatte offensichtlich Herrmann Albrecht seine Nächte verbracht. Das zweite Bett daneben war neueren Datums. Der noch pralle Strohsack war lediglich von einem weißen Leinentuch bedeckt. Die junge Frau hatte hier noch keine Nacht verbracht – so wie sie es gestern behauptet hatte.

Helena führte Nikolaus in einen kleinen Nebenraum neben der Feuerstelle. Darin stand ein Tisch, auf dem einige Pergamente und Papiere lagen. Noch ehe Nikolaus sich versah, hatte Helena ihn schon allein gelassen.

Er schaute sich die Unterlagen genau an. Sie bestanden hauptsächlich aus groben Zeichnungen mit eigenartigen Kürzeln. Als Gedächtnisstütze waren sie für Herrmann Albrecht bestimmt ausreichend, aber ein anderer konnte beim besten Willen nicht sagen, was hier gemeint war. Es gab auch Skizzen von St. Gangolf. Nikolaus vermutete es jedenfalls, weil der Name am oberen Rand stand. Wahrscheinlich stellten die hingeschmierten Striche die Balken dar, die ausgetauscht werden sollten. Teile der Zeichnungen waren mehrfach durchgestrichen und übermalt worden, sodass man kaum noch etwas erkennen konnte. Wie sollte jemand nach diesen Vorlagen etwas bauen wollen?

Doch so sehr Nikolaus auch suchte, außer diesen Entwürfen waren sonst keine brauchbaren Unterlagen zu finden. Keine schriftlichen Notizen oder Briefe, keine Verträge, keine sauberen Zeichnungen. Abgesehen von diesem Tisch mit den Unterlagen darauf war der Raum völlig leer. Ernüchtert ging Nikolaus wieder in den Hauptraum und fragte die Witwe: »Hatte Euer Mann sonst noch irgendwelche Papiere oder Zeichnungen?«

Sie nahm die Kelle aus dem Suppentopf und drehte sich herum. »Warum? Sind das denn nicht seine Sachen?«

»Doch, sicherlich. Aber es sind so wenige. Hatte er sonst noch welche?«

Helena dachte einen Moment nach. »Ab und zu hatte er so eine Mappe bei sich.« Sie deutete mit den Händen eine Größe von einer Elle im Quadrat an. »Ganz aus Leder. Er hatte sie bestimmt schon länger. An der Kante, wo er sie immer anfasste, war sie schon ganz blank.«

»Und wo ist sie jetzt?«

Sie zuckte mit den Schultern. »In der Marktkirche vielleicht, wo er die letzte Zeit immer gearbeitet hat.«

»Ich war dort, auch oben unterm Dach. Mir ist nichts aufgefallen. Und weder der Priester noch die Arbeiter haben etwas gesagt. Aber das soll ja nichts heißen. Wo sonst könnte er die Mappe haben?«

»Mir fällt da nur noch Gesine ein. Aber ich wüsste nicht,

warum er sie gerade bei ihr zurücklassen sollte.«

Nikolaus musste noch einmal in St. Gangolf genauer nachschauen, ob die Mappe dort lag. Ansonsten würde er Gesine Albrecht fragen. Oder sollte sich der mögliche Mörder die Unterlagen geschnappt haben, weil er wusste, dass sie ihn verraten würden? Das klang logisch. Dazu müsste derjenige aber gewusst haben, dass sich darin ein Hinweis auf ihn befand – oder es zumindest geglaubt haben. Wenn das so war, stand der Mörder höchstwahrscheinlich in geschäftlicher Beziehung zum Zimmermannsmeister.

Helena schreckte ihn aus seinen Gedanken auf: »Habt Ihr mit meinem Vater über meine Brüder gesprochen?«

Wie ein ertapptes Kind stotterte er: »Wie ... wie ... kommt Ihr darauf?«

Sie lächelte. »Ich habe es vermutet.«

»Wieso?«

»Wer so neugierig fragt, wird auch vor meinem Vater bestimmt nicht haltmachen.«

Nikolaus verneigte sich leicht. »Erwischt. Ich bekenne mich in allen Anklagepunkten schuldig.«

Helena drehte sich wieder zur Feuerstelle und rührte die Suppe.

Der junge Mann kämpfte mit sich. Durfte er jetzt noch Fragen stellen, wo sie ihn gerade erst auf seine ungezügelte Neugier aufmerksam gemacht hatte? Sollte er nicht besser gehen? Andererseits war es nun auch egal. Ist der Ruf erst ruiniert ...

»Was haben Konstantin und Crispus wohl vorgehabt? Euer Vater sagte nicht, dass er sie auf Geschäftsreise geschickt hat. Er meinte aber, dass sie viele neue Ideen für Trier hätten. Haben sie denn ein eigenes Geschäft aufbauen wollen?«

Helena wandte sich nicht um, als sie antwortete. »Sie sprachen ab und zu davon, dass sie Vater beweisen wollten, dass sie auch ohne seinen Einfluss erfolgreich sein konnten. Könnte sein, dass sie ihm zwar sagten, was sie vorhatten, aber auf eigene Faust los sind.«

»Haben die beiden schon einmal eine Reise ohne den Vater gemacht?«

»Ja, vor einem halben Jahr.«

»Und wohin?«

»Ich glaube, nach Italien. Sie brachten meinem Vater zwei wunderschöne Glaskelche mit.«

»Und ansonsten?«

Helena überlegte einen Moment. »Mit Vater waren sie vorher nur einmal in Frankreich. Sie redeten immer von einem mir bis dahin unbekannten Ort. Ähm ... Gleich fällt es mir wieder ein ... Saint ... Saint ... irgendwas mit ›H‹ ... Saint Hippo und noch etwas.«

»Saint-Hippolyte?«

»Genau.«

»Davon gibt es mehrere. Eins am oberen Lauf des Rheins im Elsass. Waren sie dort?«

Sie zuckte mit den Schultern. »Kann sein. Sie reisten jedenfalls den Rhein hinauf.«

»Ein zweites Saint-Hippolyte liegt in Burgund.«

Sie schüttelte den Kopf. »Ich weiß es nicht.«

»Sagten sie, dass sie über Basel gereist sind?«

»Ja.«

Nikolaus nickte nur.

»Wart Ihr schon dort?«

»Nein. Ich habe nur davon gehört. Was wollten Eure Brüder denn dort?«

»Das wollten sie mir nicht sagen. Sie meinten, das würde ich sowieso nicht verstehen. In ihren Ansichten ähneln sie sehr unserem Vater. Leider. Er glaubt nicht, dass eine Frau genug Verstand hat, um klug, vorausschauend und geschäftstüchtig handeln zu können.«

Plötzlich erklang ein lautes Klopfen an der Tür. Mit einem leisen Schrei fuhr Helena Albrecht zusammen. Auch Nikolaus war erschrocken.

Nun hörte man eine dröhnende Stimme: »Macht auf! Ich weiß, dass Ihr da seid!« Und wieder hämmerte es gegen die Tür.

Helena blickte ihren Gast ängstlich an. Leise versicherte er ihr, dass er ihr helfen würde. Zum zweiten Mal verlangte die durchdringende, wütende Stimme Einlass. Plötzlich wusste Nikolaus, woher er sie kannte.

Noch ehe die Witwe etwas sagen konnte, wurde die Tür aufgestoßen und ein untersetzter Mann schob sich herein. Er schritt auf Helena zu und baute sich mit in die Seiten gestemmten Fäusten bedrohlich vor ihr auf. Der wütende Kerl hatte nur auf die Frau geachtet, sodass sich Nikolaus unbemerkt in den Nebenraum zurückziehen konnte. Er wollte unbedingt sehen, was passieren würde. Im Notfall wäre er schnell zur Stelle.

»Wer seid Ihr?« Helenas Stimme zitterte, während sie die Hände ängstlich vor ihrer Brust gefaltet hatte.

»Finken. Ich will mein Geld haben! Sonst lasse ich Euch noch heute in den Stock legen!«

»Welches Geld?«

»Für meine Scheune. Durch Albrechts Pfusch ist meine Scheune zusammengebrochen.«

»Was habe ich damit zu tun?«

»Was?« Der Viehhändler schrie die junge Witwe aus kürzester Distanz an. »Ihr seid doch seine Frau. Oder?«

Helena nickte.

»Dann müsst Ihr dafür geradestehen. Gebt mir das Geld

oder ich bin noch heute beim Rat der Stadt, um Euch zu verklagen. Im Notfall gehe ich auch zum Kurfürsten. Dann könnt Ihr Euch warm anziehen!«

Die junge Frau wich Schritt für Schritt zurück, während Finken ihr folgte. »Bitte! Ich habe kein Geld. Mein Mann hat mir auch nichts hinterlassen.«

Plötzlich wurde die Stimme des Wüterichs ein wenig sanfter. »Tja, mein Täubchen, dann hätte ich da noch eine Idee.«

»Und welche?«

Grinsend kam er näher. Doch Helena stand schon mit dem Rücken an der Wand und konnte nicht mehr zurückweichen. Plötzlich umfasste er ihre Taille und zog sie an sich heran. Die junge Frau versuchte verzweifelt, den aufdringlichen Kerl von sich fortzudrücken. Doch sie war viel zu schwach, um ihm erfolgreich Widerstand zu leisten.

»Was erlaubt Ihr Euch?« Sie klang angsterfüllt. »Lasst mich los! Ich rufe sonst um Hilfe.«

»Das würde ich mir an deiner Stelle gut überlegen. Entweder tröstest du mich freiwillig über meinen Verlust hinweg oder endest im Kerker. Was ist dir lieber?«

Jetzt fasste Finken sie am Kopf und versuchte, sie zu küssen. Helena schlug nach ihrem übermächtigen Gegner und wehrte sich mit aller Kraft. Aber es war aussichtslos. Sein grinsendes Gesicht kam immer näher.

Nun hatte Nikolaus genug gesehen. Es wurde Zeit, dieses ungleiche Spiel zu beenden. Er trat heran und rief laut: »Lasst sofort die Frau los.«

Finken ließ Helena erschrocken los und wirbelte herum. Wütend funkelte er den Störenfried an. Nun hatte die Witwe genug Zeit, sich in Sicherheit zu bringen. Sie eilte in die gegenüberliegende Zimmerecke.

»Ich kenn dich, du Bürschchen. Du warst doch schon

gestern am Rathaus. Willst du erst 'ne Tracht Prügel haben oder soll ich dich gleich die Treppe runterwerfen?«

Nikolaus war sich bewusst, dass er gegen den stämmigen und kräftigen Viehhändler keine Chance hatte, einen Zweikampf länger als einen kurzen Augenblick durchzustehen. Aber es war heller Tag, sie waren in einer zivilisierten Stadt, und die Nachbarn mussten den Lärm schon längst mitbekommen haben. Möglicherweise war schon jemand losgeflitzt, Soldaten zu holen. Was hatte der junge Mann also zu befürchten?

»Wollt Ihr es wagen, Hand an den Beauftragten des Kurfürsten zu legen?«

»Was faselst du da?«

»Ich bin der Jurist des Kurfürsten.«

Finken starrte ihn mit offenem Mund an. Der grimmige Kerl schaute mit einem Mal gar nicht mehr so siegessicher aus. Doch schnell hatte er sich wieder gefangen. »Dann haben wir doch gleich den Richtigen zur Stelle. Diese Frau hier schuldet mir Geld. Nehmt sie in Gewahrsam.«

»Das kann und will ich jetzt nicht beurteilen.«

Der Viehhändler hob drohend die Faust. »Dann werde ich mich bei deinem Herrn über dich beschweren. Er wird sich brennend dafür interessieren, dass du Verbrecher und Betrüger ungeschoren lässt, während unschuldige Bürger unter deiner Willkür zu leiden haben.«

Nikolaus hob die Schultern. »Bitte schön. Dann habt Ihr ja auch nichts dagegen, dass ich sage, dass Ihr Helena Albrecht Gewalt antun wolltet.«

Außer sich brüllte Peter Finken: »Das ist eine dreckige Unterstellung!«

»Ich kann das bezeugen.«

Der Grobian lachte kurz auf. »Dann steht Aussage gegen Aussage. Ich freue mich darauf.«

»Helena Albrecht ist ja auch noch da. Sie wird dies bestimmt bestätigen.«

»Sie wird es nicht wagen!«

»Und wenn nicht, ist auch egal. Was wird aber Eure Frau dazu sagen? Oder Eure Geschäftspartner hier in Trier?«

Finken zögerte und schaute sichtlich verunsichert zwischen Nikolaus und Helena hin und her. Mit einem Gegner wäre er leicht fertig geworden. Doch nun stand er unverhofft zweien gegenüber. Er machte eine abwertende Handbewegung, als würde er eine lästige Fliege verscheuchen wollen, und knurrte: »Ich werde einfach alles abstreiten. Dann werden wir ja sehen, ob das irgendwelche Konsequenzen hat.«

»Etwas bleibt immer. Schließlich habt Ihr ja nicht die Tochter eines Tagelöhners belästigt, sondern die Tochter des Schöffenmeisters. Theodor Junk wird dafür sorgen, dass das keiner so schnell vergisst. Wollen wir wetten?«

Der Händler brummte etwas Unverständliches und eilte dann wild fluchend hinaus. Man hörte ihn noch auf der Treppe die wüstesten Verwünschungen ausstoßen, während er den Tuchhändler, der dem Lärm aus dem oberen Stockwerk auf den Grund gehen wollte, rüde zur Seite stieß.

Nikolaus erklärte dem aufgeregten Reichenau in kurzen Worten die Situation. Der rief schnell seine Frau, die sofort kam und sich um Helena kümmerte. Die Witwe hatte sich inzwischen auf ihr noch nie benutztes Bett gesetzt und begonnen, herzzerreißend zu weinen. Nikolaus empfahl dem Händlerehepaar, die junge Frau ins Katharinenkloster zu begleiten, damit der Viehhändler nicht erneut die Möglichkeit bekam, ihr aufzulauern und sie zu belästigen.

Schließlich stand der junge Mann wieder auf der Straße und schaute sich um. Hatte sich Peter Finken hier irgendwo versteckt? Wartete er in einem Hauseingang oder hinter einem Pferdekarren? War er der ominöse Verfolger? Oder hatte er die Bespitzelung beauftragt? Er hatte ja zugegeben, Nikolaus erkannt zu haben. Wer wusste schon so genau, zu was Finken in der Lage war, wenn es um sein Geld ging? Würde er dafür auch einen Mord begehen? Jemanden, der nicht bezahlen konnte, als Vergeltung vom Turm werfen?

Nikolaus wollte mehr über die Auseinandersetzung zwischen Finken und Albrecht wegen der verpfuschten Scheune erfahren. Als mögliche Quelle fiel ihm da nur Adam Grimbach ein.

Adam Grimbach

Nikolaus eilte zur Marktkirche St. Gangolf. Es war kurz nach Mittag, und der Zimmermannsmeister sollte eigentlich auf dem Dach sein. Schon von Weitem war das Hämmern der Arbeiter zu hören. Gerade als der junge Mann durch das Portal hetzte, um die Treppe im Turm zu nehmen, wurde er von Ulrich Trips beinahe umgerannt.

»Da seid Ihr ja!«, rief er ihm aufgeregt entgegen. »Wir suchen Euch schon die ganze Zeit.«

»Was ist denn? Wer sucht mich?« Nikolaus war wie angewurzelt stehen geblieben.

Der Priester war ganz aufgelöst. »Wir haben schon im Domkapitel und im Rathaus nach Euch gefragt. Aber nirgends wart Ihr zu finden.«

»Worum geht es denn?«

»Wir brauchen Eure Hilfe. Ich meine ... äh ... nicht ich. Sondern der Meister Grimbach.«

»Und was will er?«

Trips öffnete den Mund, hielt inne und klappte ihn dann wieder zu. »Nun ja ... das weiß ich nicht.«

Nikolaus fuhr sich über die Stirn. Der Kerl machte erst die halbe Welt verrückt und wusste dann nicht wieso. »Und wo ist Grimbach jetzt?«

»Er ist mit seinem Freund in die Gaststube hier gleich nebenan.« Er wies mit dem Finger in die Richtung. »Die beiden wollten etwas essen.«

»Dann gehe ich da sofort hin.«

»Danke«, schnaufte der Priester. Man sah förmlich, dass ihm eine Last von der Seele genommen wurde. Wie schaffte es dieser so leicht erregbare Mann eigentlich, sich um seine

Schäfchen in der Gemeinde zu kümmern? Wie konnte er eine Hilfe sein, wenn er schon bei kleinen Problemen beinahe durchdrehte?

Nikolaus verließ St. Gangolf, wandte sich nach links, ging um den Turm in die kleine Gasse, die oberhalb des Kornmarkts auf die Straße zur Konstantinbasilika mündete. Nach wenigen Schritten erreichte er eine Gaststube, aus der lautes Stimmengewirr erscholl und der Duft von Gebratenem entströmte. Eigentlich war es Zeit für eine Mahlzeit. Wenn der Meister noch da war, konnte er sein Anliegen ja vorbringen, während Nikolaus etwas aß.

Er betrat die Gaststube und schaute sich um. Überall an den Tischen saßen Leute und aßen und tranken. In der hintersten Ecke saß Adam Grimbach mit einem anderen jüngeren Mann. Die beiden hatten ihre Köpfe zusammengesteckt und tuschelten miteinander. Nikolaus zwängte sich durch die Reihen. Erst als er den Tisch der beiden erreicht hatte, bemerkte man ihn.

»Welch ein Zufall!«, rief der Zimmermannsmeister aus und sprang auf. »Setzt Euch doch bitte zu uns.« Er holte einen freien Stuhl und stellte ihn dazu.

»Kein Zufall. Ich suchte Euch und traf auf den ehrwürdigen Trips. Der schickte mich hierher.«

»Sehr gut.«

Und schon saßen sie zu dritt am Tisch. Grimbach und sein Freund hatten bereits gegessen. Ihre benutzten Teller standen noch vor ihnen. Aber noch ehe Nikolaus etwas sagen konnte, stand der Wirt neben ihm und fragte nach seiner Bestellung. Eine Scheibe Ochsenbrust mit Gemüse und ein Humpen Bier sollten ausreichend sein.

Adam Grimbach fragte: »Ihr habt mich auch gesucht?«

»Ja. Ich habe da noch ein paar Fragen, die Ihr mir am besten beantworten könnt. Aber dem aufgeregten Ulrich Trips nach zu urteilen, scheint Euer Anliegen dringender. Womit kann ich Euch dienen?«

Der Meister schaute seinen Freund kurz an. Ihre Mienen waren versteinert. Es musste sich um eine sehr ernste Angelegenheit handeln. Doch ehe Grimbach den Mund aufmachen konnte, stieß sein Freund ihn mit dem Ellbogen an. Denn in diesem Augenblick kam der Wirt und schob den Teller mit den Speisen auf den Tisch und stellte das Bier daneben.

»Zwei Heller«, brummte der Mann.

Nikolaus reichte ihm die Münzen und wartete, bis der Wirt einige Schritte fort war. »Ihr wollt nicht, dass jemand von dem etwas mitbekommt, was Ihr mir zu sagen habt?«

Der Freund nickte und sagte leise: »Hier sind mir zu viele Ohren. Es war eine dumme Idee, hier zu warten.«

»Gleich wird es schon leerer«, beruhigte ihn Grimbach. »Die meisten müssen ja noch ein paar Stunden arbeiten.«

Nikolaus schaute sich vorsichtig um. Einige andere Gäste saßen ziemlich in der Nähe, und man konnte nie wissen, was die zufällig mitbekamen. Also schlug er vor: »Entschuldigt bitte, aber ich habe Hunger. Dann könnt Ihr mir vorher meine Fragen beantworten. Die kann ruhig jeder hören.« Und er schob sich den ersten Bissen in den Mund.

Die beiden Männer nickten zustimmend.

»Wie geht es nun bei St. Gangolf ohne Herrmann Albrecht weiter?«

Der Meister kratzte sich im Nacken. »Wie schon? So wie bisher auch.«

»Und wer übernimmt seine Arbeit?«

Grimbach lächelte. »Die habe ich bisher doch sowieso schon gemacht.«

»Wie kam es dazu?«

»Albrecht hatte das Arbeiten wahrlich nicht erfunden. Er hat andauernd darüber diskutiert, wie man dieses oder jenes leichter oder schneller machen könnte. Er wusste immer alles besser. Aber selber Hand anlegen war ihm denn doch zu viel.«

»Er war also eher einer, der aufhielt, als einer, der etwas schaffte.«

»Genau.«

»Seid Ihr froh, dass er nun weg ist?«

Grimbach richtete sich auf. »Ich denke, ich sollte jetzt genau auf das achten, was ich sage.« Er hielt einen Moment inne. »Denkt Ihr, ich hätte den Albrecht umgebracht?«

Nun lächelte Nikolaus: »Habt Ihr?«

»Nein.«

»Wer könnte es denn gewesen sein?«

Der junge Meister überlegte einen Moment. »Herrmann ging einem ganz schön auf die Nerven, und seine Arbeit war alles andere als empfehlenswert. Aber ihn deswegen zu ermorden, finde ich ziemlich weit hergeholt.«

»Was ist denn Eure Vermutung zu den Todesumständen?«

»Ganz klar ein Unfall. Er war unvorsichtig, ist abgerutscht und abgestürzt.«

»Und Ihr meint wirklich nicht, dass es auch ein Selbstmord gewesen sein könnte?«

Grimbach lächelte breit und schüttelte den Kopf. »Selbstmord? Herrmann war so von sich selbst überzeugt, dass er niemals einen Fehler zugegeben hätte. Er, der Einzige mit dem absoluten Durchblick, der Einzige, der die Weisheit mit Löffeln gefuttert hat. Da hätte etwas anderes passieren müssen als ein schiefes Dach oder ein wackeliges Fachwerk.«

»Habt Ihr gestern Morgen jemanden auf dem Turm gesehen, der nicht dort hingehörte?«

Der Meister ließ sich Zeit mit der Antwort. »Sofort nachdem ich die Schreie gehört hatte, lief ich die Treppe runter. Einige Leute waren ein ganzes Stück vor mir.«

»Wer?« Doch eigentlich kannte Nikolaus schon die Antwort.

»Ich konnte sie nicht genau erkennen.«

»Wirklich?«

Er musste sich sichtlich überwinden zu antworten. »Es waren Junk, Buschfeld, Kirn und Schauf. Ich sah sie dann unten bei der gaffenden Meute.«

»Habt Ihr schon mit jemandem darüber gesprochen?«

»Lieber nicht. Wenn ich diese Herren gegen mich aufbringe, bekomme ich nie wieder Arbeit in Trier.«

»Was können die von Albrecht gewollt haben?«

Grimbach zuckte mit den Schultern.

»Haben sie Herrmann Albrecht wohl noch gesprochen?«

»Keine Ahnung.«

Was war da im Turm geschehen? Was hatten die vier vom Zunftmeister gewollt? Wer sonst könnte dieses Geheimnis lüften?

Plötzlich duckte sich der Freund und hielt eine Hand schützend vors Gesicht.

Der Zimmermannsmeister schaute sich sofort um. »Was ist?«, fragte er leise.

»In der Tür steht jemand.«

»Wer?«

»Später.«

»Ich sehe aber niemanden.«

Der verstörte Mann blickte vorsichtig auf. Seine Augen flitzten nervös hin und her. Langsam entspannte er sich wieder. »Vielleicht habe ich mich geirrt. Entschuldigt bitte.«

Nikolaus hatte sein Mahl beendet und schob den Teller zur Seite. »Schon gut.« Er wandte sich wieder an Adam Grimbach. »Übrigens, wisst Ihr, wo Albrechts Mappe mit seinen Zeichnungen ist?«

»Die hatte er immer bei sich, wenn er kam, und nahm sie am Nachmittag auch immer wieder mit.«

»Und wo ist sie nach dem Sturz hin?«

Der Meister verzog das Gesicht. »Stimmt. Als ich die Treppe hinunterlief, lag sie noch auf einer kleinen Kiste in der Ecke des Turms. Dort, wo er sie immer hinlegte. Ich erinnere mich. Fast hätte ich sie heruntergestoßen. Und am Nachmittag ...« Er dachte angestrengt nach. »Am Nachmittag war ich gar nicht mehr oben. Die anderen auch nicht. Erst heute Morgen wieder. Aber da lag sie dort nicht mehr. Wo ist die Mappe geblieben?«

»Wenn ich das wüsste«, antwortete Nikolaus.

Wer hatte sie bloß genommen? Der Unbekannte, der im Bretterverschlag gewartet hatte? Der Priester? Einer aus dem Pöbel, die die beiden Arbeiter heruntergeschleppt hatten? War einer der vier Honoratioren wieder auf den Turm gestiegen, nachdem sich die Aufregung gelegt hatte? Oder hatte jemand die Mappe genommen, um sie Helena oder Gesine zu geben? Doch zumindest bis vorhin hatte die Witwe die Unterlagen noch nicht bekommen.

Sollte Nikolaus nun Finkens Besuch bei Helena erwähnen? Wahrscheinlich hätte das den Meister noch mehr aus der Fassung gebracht. Von der unerfreulichen Begegnung würde die Witwe ihm schon früh genug erzählen.

»Was war denn da mit der angeblich verpfuschten Scheune von Peter Finken?«

»Ach.« Adam Grimbach schüttelte den Kopf und verzog sein Gesicht, als hätte er plötzlich Zahnschmerzen bekommen. »Finken wollte seine Ställe vergrößern. Sie sollten um ein Stockwerk erhöht werden und ein neues Dach bekommen. Aber wie es scheint, sind die Fundamente zu schwach, und ein Teil der Wände hat sich durch das nun größere Gewicht gesenkt. Dadurch verschob sich das Dach, eine Hälfte brach ein, und die andere wird es auch nicht mehr lange machen.«

»Ist das Herrmann Albrechts Schuld?«

»Er hat die Pläne gemacht, aber den Boden und die Fundamente nicht richtig überprüft. Er weiß es ja sowieso immer besser. Und nun will Finken natürlich Ersatz für den Schaden. Kann ich gut verstehen.«

»Und nun?«

Grimbach zuckte mit den Schultern. »Es war ein offenes Geheimnis, dass Herrmann nur so mit Ach und Krach über die Runden kam. Er hatte nie Geld, musste sich andauernd etwas borgen. Also wird der Finken auf seinem Schaden sitzen bleiben.«

»Hat Helena Junk keine Mitgift in die Ehe gebracht?«

Das Gesicht des Meisters verfinsterte sich. »Junk war schon immer knauserig, und Helena war für ihn nur ein notwendiges Übel. So wie ich verstanden habe, ging die Mitgift voll für den Ausgleich von Herrmanns Schulden drauf.«

»Aber weswegen hatte Albrecht Helena dann bekommen? Jetzt kommt mir bloß nicht wieder mit der Leier von dem Zeichen der Verbundenheit zwischen Schöffen und Zünften. Das glaube ich nämlich nicht. Da steckt doch mehr dahinter.«

Grimbach schwieg und starrte auf den leeren Teller vor sich. Schließlich antwortete er leise: »Das glaube ich auch. Aber ich weiß nicht was. Auch Helena hat mir versichert, dass sie keine Ahnung hat.«

Nikolaus nickte. Schon wieder war er an diesem geheimnisvollen Punkt, der ihn schon die ganze Zeit beschäftigte. Welche Abmachung hatten Theodor Junk und Herrmann

Albrecht getroffen? Es war zum aus der Haut fahren!

»Wo wohnt der Händler Finken eigentlich? Ich würde mir die Scheune gerne einmal ansehen.«

»Am Ende der Neustraße. Ihr werdet sie schon von Weitem erkennen.«

Nun meldete sich der Freund des Zimmermannsmeisters wieder zu Wort. »Langsam halte ich es nicht mehr aus. Können wir jetzt zu meinem Anliegen kommen?«

Die drei Männer schauten sich vorsichtig um, ob jemand in der Nähe saß und zuhören konnte. Aber während ihres Gesprächs hatte sich die Stube beinahe geleert. Nur noch an drei Tischen saßen einige Männer, die sich unterhielten.

Nikolaus fragte Grimbach deshalb: »Um was geht es?«

Der zeigte auf seinen Nebenmann. »Mein Freund Sebastian hat Euch etwas zu sagen. Mir hat er auch noch nichts verraten, außer dass nur Ihr in der Lage wärt, ihm zu helfen.«

Sebastian blickte verstört um sich, anscheinend hatte er wirklich große Sorgen. Er knetete ohne Unterlass seine Hände. Schließlich begann er so leise zu sprechen, dass wirklich nur seine beiden Tischnachbarn ein Wort verstehen konnten. »Ich heiße Sebastian Vierland. Mein Vater ist Dominikus Vierland.«

Nikolaus zog überrascht die Augenbrauen hoch. »Dann habe ich Euren Vater heute Morgen kennengelernt, als ich im Rathaus war.«

»Genau deswegen wollte ich auch nur mit Euch reden.«

»Aha.«

»Ihr erwähntet, dass eine Bande von einigen Händlern und Handwerkern Geld verlangte.«

»Genau. Ich habe heute Morgen drei auf frischer Tat ertappt. Leider konnte nur einer erwischt werden.«

Vierland räusperte sich mehrmals und überprüfte noch

einmal, ob auch wirklich sonst niemand zuhören konnte. »Ich weiß, wer die Männer sind. Ich kenne sie alle. Auch die Anführer.« Nachdem er dies gesagt hatte, fiel er fast in sich zusammen.

Grimbach legte die Hand auf die Schulter seines Freundes: »Woher kennst du die? Davon hast du mir noch nie etwas gesagt.«

»Ich ... ich ... ich gehörte auch dazu.«

»Was?« Der Meister war so laut geworden, dass plötzlich die anderen Gespräche in der Gaststube verstummten. Peinlich berührt schaute er sich um und blickte in neugierige Gesichter. Um einiges leiser fragte er dann: »Sag mal, spinnst du? Bei so was kannst du doch nicht mitmachen!«

Sebastian hatte seinen Blick verschämt abgewandt: »Das hat sich so entwickelt. Zu Anfang waren wir nur so zusammen. Wir haben gemeinsam gefeiert, uns mit den Mädchen vergnügt, einfach nur Spaß gehabt. Irgendwann wurde das Geld knapp, und wir haben überlegt, wo wir Bares herbekommen könnten; denn unsere Eltern wollten uns bald nichts mehr geben. Und da hatte einer 'ne Idee. Na ja ... so bin ich halt dazu gekommen.«

»Und wer gehört alles dazu?«, wollte Nikolaus wissen.

Der junge Mann atmete tief durch. »Ich brauche Schutz.«

»Was für Schutz?«

»Wenn ich etwas ausplaudere, bringen die anderen mich um.«

Grimbach fuhr dazwischen: »So schnell geht das auch nicht.«

»Du kennst die nicht!« Sebastians Stimme klang immer flehentlicher. »Die haben keine Skrupel! Ich wäre nicht der Erste, dem sie den Hals umdrehen.«

Nikolaus hielt es vor lauter Nervosität kaum noch auf seinem Stuhl. »Wen haben Eure Freunde umgebracht? Herrmann Albrecht?«

Sebastian schüttelte energisch den Kopf. »Ich sage nichts, bevor ich nicht in Sicherheit bin.«

»Und wo sollte das sein? Wollt Ihr Trier verlassen?«

»Ich weiß es nicht. Aber sobald die anderen wissen, dass man hinter uns her ist, werden sie versuchen, den Verräter zu finden. Dann komm ich nicht mehr lebend ins Haus oder wieder heraus.«

»So viel Macht traut Ihr Euren ... äh ... Geschäftsfreunden zu?«

»Sie gehören zu den angesehensten und reichsten Familien der Stadt. Die werden immer einen armen Schlucker finden, der für sie die Drecksarbeit macht.«

Langsam verstand Nikolaus. »Deshalb wolltet Ihr mich also so dringend sprechen! Damit ich Euch in der Domstadt Asyl und Schutz biete.«

Sebastian nickte nur.

»Und dann werdet Ihr uns Eure Kumpanen verraten?«

Wieder ein Nicken.

»Ich kann aber für nichts garantieren. Wenn Eure Freunde so einflussreich sind, haben sie bestimmt auch die Möglichkeit, sich in den Einflussbereich des Kurfürsten zu schleichen.«

»Aber da gebe ich mir mehr Chancen als hier oder im Haus meines Vaters.«

Einen Moment saßen die drei Männer wortlos zusammen. Die Tragweite dieses Geständnisses war gar nicht absehbar. Es würde das Gesprächsthema der nächsten Wochen sein, und das Gerichtsverfahren würde einigen Staub aufwirbeln.

Schließlich stand Nikolaus auf. »Wir sollten sofort aufbrechen. Bevor noch jemand mitbekommt, dass Ihr längst mit mir gesprochen habt.«

Schnell warf man noch ein paar Münzen auf den Tisch und eilte dann hinaus. Die drei wandten sich nach rechts, um St. Gangolf herum und dann durch den kleinen Durchgang auf den Marktplatz. Es war früher Nachmittag, und der Marktplatz füllte sich gerade wieder mit geschäftigen Leuten, die Waren hin und her schleppten oder im Karren hinter sich herzogen. Überall gab es Grüppchen von sich unterhaltenden Menschen. Einige reiche Händler in wertvoller Kleidung mit samtenen Hüten sprachen über ihre Geschäfte, Mägde mit Körben voller Lebensmittel tuschelten über ihre Herrinnen, Tagelöhner standen gelangweilt herum, und viel anderes Völkchen war hier einträchtig versammelt. Nikolaus ging voran und kurvte geschickt durch die Leute, während die beiden anderen ihm, wie er glaubte, auf dem Fuß folgten.

Unvermittelt erscholl hinter ihm der Schrei einer Frau. Schnell drehte er sich um. Eine junge Magd stand dort, raufte sich die Haare und schrie wie am Spieß. Zu ihren Füßen lag Sebastian Vierland und starrte mit weit aufgerissenen Augen in die Luft. Seine Hände lagen auf einer Stelle knapp unterhalb der Rippen, wo das Blut langsam aus der Wunde sickerte und das helle Leinenhemd rot färbte. Nikolaus kniete sich sofort neben ihn und fühlte am Hals vergeblich nach dem Puls. Verstört stand er auf und schaute sich um. Er musste sehr laut sprechen, um die hysterische Magd zu übertönen. »Hat jemand was gesehen? Was ist passiert?«

Eine immer dichter werdende Menschenmenge sammelte sich um den Leichnam. Alle wollten gaffen und ihre Neugier befriedigen. Jeder wollte eine saftige Geschichte erzählen und damit vor den Freunden oder der Familie prahlen können. Die Leute waren wie Geier, die nur darauf warteten, sich auf ihr Opfer zu stürzen.

»Kann einer mal die Frau beruhigen?« Nikolaus verlor langsam die Geduld. Erst jetzt wurde die Magd, der der

Ermordete vor die Füße gefallen war, von einer älteren Marktfrau zur Seite geführt.

»Hat jemand etwas gesehen?«

Niemand reagierte.

»Weiß jemand, wer der Täter ist?«

Statt einer Antwort bekam er dümmliche Blicke zugeworfen.

Plötzlich kam Bewegung in die Menge – jemand wühlte sich durch die Menschen. Einige beschimpften den Störenfried, dass er sich gefälligst hinten anstellen solle, wie alle anderen auch. Doch er ließ sich nicht beirren. Schließlich kam Adam Grimbach zum Vorschein. Er atmete schwer und hatte einen hochroten Kopf.

»Wo wart Ihr?«, rief Nikolaus ihm ärgerlich entgegen.

»Ich habe versucht, den Dreckskerl zu fangen, der das gemacht hat.«

»Ihr habt ihn gesehen?«

»Sebastian ging vor mir her. Mit einem Mal prallte er mit jemandem zusammen. Und dann fiel Sebastian auch schon zu Boden. Der Schweinehund gab Fersengeld, und ich bin hinter ihm her. Aber hinter dem Bogen zur Fleischstraße habe ich ihn verloren.«

»Konntet Ihr ihn erkennen?«

Grimbach schüttelte den Kopf. »Es ging so schnell, dass ich sein Gesicht nicht gesehen habe. Er sah mir noch recht jung aus. Aber das ist auch alles.«

Nun kamen auch Wachen der Stadt und fragten, was hier passiert war. Nikolaus erklärte die Lage der Dinge, verschwieg aber wohlweislich, wohin er mit Vierland hatte gehen wollen und besonders warum. Dann ging er rasch zu der Magd, die sich inzwischen ein wenig beruhigt hatte. Aber sie hatte noch weniger gesehen als Grimbach, sie war lediglich über den zu Boden fallenden Sebastian gestolpert.

Also musste Sebastian Auskunft geben. Nikolaus untersuchte deshalb den Leichnam. Es interessierte ihn im Moment nicht, dass alle Leute ringsherum ihn beobachten konnten. Er öffnete das Hemd und wischte das heraussickernde Blut fort. Die Wunde lag unterhalb des linken Rippenbogens und war auffällig klein. Dies war kein üblicher Dolch gewesen, der einen breiteren Schnitt verursacht hätte. Es war ein trapezförmiger Stich von knapp zwei Zoll[23] mal einen halben Zoll. Die Waffe musste recht lang gewesen sein, mehr als eine Spanne[24]. Nikolaus nahm einen Strohhalm, der am Boden lag, und steckte ihn vorsichtig in die Wunde. Der Wundkanal war aufwärts und zur Mitte gerichtet – genau ins Herz. Deswegen war so viel Blut herausgesickert. Entweder hatte der Angreifer vor Sebastian gestanden und mit der rechten Hand zugestochen oder er war von der Seite beziehungsweise von hinten gekommen und hatte mit links zugestochen. Bei einem frontalen Angriff hätte der Mörder aber leichter erkannt werden können. Adam Grimbach, der genau hinter Sebastian ging, hätte ihn sehen müssen. Nikolaus schaute noch einmal genauer hin. Auffällig waren zwei Rötungen zu beiden Seiten der Wunde – jeweils eine halbe Spanne entfernt, so als hätten die Enden einer Parierstange[25] Male hinterlassen.

Er stand wieder auf und winkte den Wachen, die schon auf das Ende der Untersuchung warteten. Schnell hatte man den Leichnam auf eine Trage gelegt, um ihn ins elterliche Haus zu bringen. Grimbach begleitete den Zug. Danach verzog sich die Menschenansammlung so schnell, wie sie sich gebildet hatte. Die Leute gingen wieder ihrer Beschäftigung nach, als wenn nichts gewesen wäre. Nikolaus schaute sich um. Der Ort für den Mord war ideal gewesen. Es geschah in aller Öffentlichkeit, aber trotzdem völlig anonym. Die vielen Menschen hier auf dem Platz waren so in ihre Angelegenheiten vertieft gewesen, dass sie dabei so gut wie gar nicht auf die Leute um sie herum geachtet hatten.

Was hatte Sebastian Vierland ihm berichten wollen? Wer waren seine Kumpane gewesen? Welche weiteren Verbrechen hätten noch durch sein Geständnis aufgeklärt werden können? Aber immerhin blieb noch der Gefangene von heute Morgen. Hoffentlich sang der so schnell wie möglich, bevor noch andere Personen dran glauben mussten.

Für Nikolaus war nun klar, dass die Angst des jungen Mannes berechtigt gewesen war. Seine Bande hatte keinerlei Skrupel, einen vermeintlichen Verräter kaltblütig zu beseitigen. Ging der Tod von Herrmann Albrecht auch auf ihr Konto? War er ihren Geschäften auf die Spur gekommen, sodass sie ihn beseitigen mussten? Hatten ihm diese Burschen im Bretterverschlag oben im Turm der Marktkirche aufgelauert?

Nikolaus verspürte nach dieser Aufregung das Bedürfnis, ein wenig zur Ruhe kommen. Der Garten des Dominikanerklosters erschien ihm als der ideale Ort zum Entspannen. Die Wege zwischen den Blumenbeeten und die Schatten der Bäume luden immer wieder gerne zum Verweilen ein. Er hoffte außerdem auf eine zündende Idee, wie er weiter vorgehen sollte, um Klarheit in diese verzwickte Situation zu bekommen.

Konstantins Freundin

Der Tag neigte sich dem Ende, als Nikolaus das Dominikanerkloster wieder verließ. Nach einem kurzen Spaziergang in dem herrlichen Garten hatte er sich in die kleine, aber feine Bibliothek gesetzt und in einigen Handschriften geblättert und gelesen. Die Erschaffer dieser Bücher waren wirkliche Künstler gewesen – die gleichmäßige Schrift, die reich verzierten Initialen und die zahlreichen kleineren oder auch ganzseitigen Abbildungen waren ein Genuss. Zum Glück hatte man den Schreibern und Illustratoren genug Zeit gegeben, damit sie ihre Arbeit so gut wie möglich machen konnten. Heutzutage wirkten die Leute immer gehetzter, es musste alles immer schneller gehen, man hatte immer weniger Zeit, alles erschien oberflächlicher. Schade.

Wäre der Mord an Sebastian Vierland zu verhindern gewesen? Möglicherweise. Hätte Nikolaus nicht auf seinem Mittagessen bestanden, und wären die drei gleich losgegangen, hätte der Nachmittag vielleicht nicht so blutig geendet. Der oder die Mörder mussten sie im Wirtshaus beobachtet haben und aus den angstvollen Blicken von Sebastian und Nikolaus' Anwesenheit geschlossen haben, dass die Bande verraten werden sollte.

Nikolaus nahm sich vor, morgen beim Dompropst nachzufragen, ob der Gefangene schon geplaudert hatte. Vielleicht konnte man auf diesem Weg der Schläger und ihrer Hintermänner habhaft werden. Diese Pestbeule Triers musste so schnell wie möglich entfernt werden. Für heute nahm er sich nur noch vor, mit Konstantins Freundin zu sprechen, in der Hoffnung, dass sie etwas Licht in die Heimlichtuerei um Helenas Hochzeit und die Unterstützung Herrmann Albrechts bringen konnte. Welchen Nutzen hatte Theodor Junk durch diese Verbindung gehabt?

Nikolaus ging also in die Brückenstraße und suchte nach dem Wirtshaus, wo Elise arbeiten sollte. Die Straße war die Verlängerung der Fleischstraße und führte – wie der Name vermuten ließ – geradewegs zur alten, steinernen Brücke über die Mosel. Hier gab es ein halbes Dutzend Schänken. Die meisten sahen alles andere als einladend aus – jedenfalls für den jungen Juristen. Der Hauptteil der Gäste bestand aus Tagelöhnern und Schiffern, die hier ihren kärglichen Lohn für Branntwein und billige Frauen ausgaben. Entsprechend laut und rüde ging es zu. Nikolaus betrat eine Spelunke nach der anderen, in der Hoffnung Elise zu finden. Jedes Mal, wenn er eine Schankstube betrat, fühlte er sich unwohl und deplatziert, mit seiner sauberen und ordentlichen Kleidung fiel er sofort auf. Die Gäste beobachteten ihn misstrauisch. Einige machten abfällige Bemerkungen, andere spuckten ihm verächtlich vor die Füße. Auch die knappen Antworten der Wirte zeugten vom Widerwillen, ihm Auskunft zu geben.

Die Sonne war inzwischen hinter den Bergen verschwunden, der Abend nahte. Eine Spelunke war noch übrig in der Straße – als Erkennungszeichen hing die aus Brettern gezimmerte Silhouette eines Schiffs über der Tür. Eigentlich hatte er schon alle Lust verloren, Konstantin und seinem Bruder hinterherzuschnüffeln. Aber eine Abfuhr mehr oder weniger spielte jetzt auch keine Rolle mehr. Hier sah man das gleiche grölende Gesindel, die gleichen Frauen jeden Alters, die allzu offenherzig ihr Fleisch zu Markte trugen.

Doch umso überraschter war Nikolaus, als der Wirt statt des üblichen ›Kenn ich nicht‹ auf eine junge, blonde Frau zeigte, die bei einem Mann Mitte vierzig auf dem Schoß saß und mit ihm herumturtelte. Auch sie zeigte den Gästen ungeniert, was sie zu bieten hatte.

»Lise«, grunzte der Wirt. Als sie nicht hörte, wiederholte er ihren Namen lauter.

Nun reagierte sie, schaute dabei aber nicht herüber. »Was ist?« Dann flüsterte sie ihrem Buhlen etwas ins Ohr, sodass er laut auflachte.

»Der da will was von dir«, antwortete der Wirt

Endlich drehte sie sich herum und betrachtete Nikolaus mit einem abschätzenden Blick. Nach ihrem Gesicht zu urteilen, war sie noch jünger, als er auf den ersten Blick vermutet hätte. Sie war noch einiges von zwanzig entfernt, höchstens achtzehn Jahre. Er wollte gar nicht daran denken, in welchem Alter sie begonnen hatte, sich den Männern anzubieten.

»Ich bin beschäftigt. Komm später wieder. Vielleicht habe ich dann Zeit.« Und zwinkerte ihm lächelnd zu.

Der Mann, auf dessen Schoß sie saß, wandte sich auch herum und brummte nur kurz: »Vattene!«

Aber Nikolaus wollte sich nicht so schnell abspeisen lassen. »Ich komme wegen Konstantin.«

»Was?« Sofort war Elise aufgesprungen. Ihr Lächeln war verschwunden. »Was weißt du von ihm?« Langsam kam sie näher. Ihren ellenlangen Zopf blonden Haares, der ihr über die Schulter hing, warf sie mit einem lässigen Schwung nach hinten.

Auch der Italiener war aufgesprungen und rief ihr in einem ärgerlichen Ton hinterher: »Ragazza!«

»Ach, halt die Klappe!«, schnauzte sie ihren Verehrer an. »Red' gefälligst so, dass ich auch verstehe, was du sagst. Wenn das 'ne Schweinerei war, hau' ich dir den nächstbesten Krug über die Birne. Ist das klar?«

Er hob nur die Hände und brummte leise: »Alles gut.«

Dann setzte er sich wieder und griff zu seinem Humpen, um sich einen ordentlichen Schluck Bier zu gönnen.

Nun wandte sich die junge Frau wieder an Nikolaus: »Was weißt du von Konstantin?«

Doch noch ehe er antworten konnte, ergriff sie sein Handgelenk und zog ihn am Wirt vorbei zu einer offen stehenden Tür. Im Halbdunkel konnte man verschiedene Fässer erkennen. Hier wurde der Wein- und Biervorrat der Schänke gelagert.

Kaum hatte sie den Raum betreten, begann Elise zu zetern. »Dieses Schwein ist einfach ohne Abschied weg. Die Zeche von seinem letzten Abend ist noch offen, und jetzt will der Wirt das Geld von mir! Und wo soll ich das nun hernehmen? Kannst du mir das mal sagen?«

Nikolaus musste sich zusammenreißen, um nicht immer auf die Körperpartien zu starren, die das weit offen stehende Leinenkleid fast gänzlich entblößte. »Wo ist Konstantin denn hin?«

Jetzt blickte sie ihn erstaunt an. »Ich dachte, du hättest eine Nachricht von ihm.«

»Nein. Ich wüsste auch gerne, wo er ist.«

Wild fluchend trat sie gegen ein Fass. »Dieser Dreckskerl! Der soll sich bloß warm anziehen, wenn er sich wieder blicken lässt. Dem kratz' ich die Augen aus. Dieser Hundesohn!«

Als sie sich wieder etwas beruhigt hatte, fragte Nikolaus: »Ist Konstantin öfter fort?«

»Ab und zu. Die letzte Nacht vor 'ner längeren Reise verbringt er aber immer bei mir. Wie vor 'nem Jahr, als ihn sein Vater den Rhein hoch mitnahm. Oder wie vor'n paar Monaten, als er mit Crispus und seinen Freunden los war.«

»Was waren das für Reisen?«

»Woher soll ich das denn wissen?«

»Hat er denn gar nichts erwähnt?«

»Jah, schon«, kam es gedehnt. »Bei der Reise mit seinem Vater ging es um irgendein großes Geschäft. Sie wollten etwas kaufen. Etwas sehr Wertvolles. Aber frag mich nicht was.«

»Und was war bei der zweiten Reise?«

»Er sagte nur, dass er jemanden treffen wollte, der ihnen helfen sollte, Trier berühmt zu machen und sie reich. Er war fast zwei Monate lang weg.«

»Das war aber eine weite Reise.«

»Ich glaub, die waren in Venedig. Seitdem hat Konstantin vom Leben in Venedig geschwärmt. Er hat mir versprochen, dass er mir dort ein Haus kaufen will, wenn er Trier endlich berühmt gemacht hat.«

Nikolaus erinnerte sich an Helenas Erzählung. Konstantin hatte dem Vater außergewöhnliche Glaskelche mitgebracht. Bestimmt welche aus Murano, das für seine Glasherstellung berühmt war. »Wer hat Konstantin begleitet?«

»Nur der zweite Augustus und der Caesar.«

»Was?«

Elise lachte auf. »Die Jungs haben da so ein Spiel, bei dem sie sich komische Titel geben. Konstantin ist Augustus senior, Crispus Augustus junior und Thomas von Buschfeld ist Caesar.«

»Ach, guckt an. Die sind befreundet? Helena Albrecht sollte doch eigentlich Thomas von Buschfeld heiraten.«

Sie nickte beflissen. »Mann, war der sauer! Der hat auf den Herrmann Albrecht geschimpft! Kannst mir glauben! Tagelang war der besoffen. Das kam ja alles so plötzlich.«

»Hat der Thomas dem Herrmann denn auch gedroht?«

Elise zuckte mit den Schultern. »Hab ich nichts von mitbekommen. Aber er hat öfter gesagt: Den bring ich um. Thomas wär' durch die Heirat in die mächtigste Schöffenfamilie hineingekommen. Konstantin und Crispus haben auch nicht verstanden, warum ihr Vater das gemacht hat. Die waren stinksauer – nicht auf ihren Alten, nee – auf diesen Zimmermann, und haben ihm die Pest an den Hals gewünscht. Stell dir das mal so richtig vor: Das reiche Mädchen bekommt nur 'nen alten, armen Handwerker ab. Das versaut einem die ganze Jugend! Zum Glück ist der Kerl ja schnell genug abgekratzt.«

Die drei Freunde hatten also allen Grund gehabt, Herrmann Albrecht den Tod zu wünschen. Also hatten die Söhne von Theodor Junk auch nicht gewusst, was ihr Vater mit der Heirat bezweckt hatte. Aber vielleicht hatten sie sich gedacht, wenn der Meister erst aus dem Weg geräumt wäre, könnte Thomas von Buschfeld seine Chancen bei Helena wieder erhöhen. Aufgeschoben ist nicht aufgehoben. Und um nicht in Verdacht zu geraten, taten die drei so, als wären sie auf Reisen, versteckten sich aber für zwei Tage bei irgendeinem anderen Freund, ermordeten Albrecht und verließen dann erst die Stadt. In einigen Tagen kämen sie frohen Mutes zurück und wären aus dem Schneider. Keiner könnte ihnen etwas anhaben.

Plötzlich merkte Nikolaus, dass Elise schniefte. »Was ist?«, fragte er.

Sie antwortete sehr leise. »Ich musste daran denken, dass Konstantin mich bestimmt nie heiraten wird. Ich bin nur die Tochter eines Tagelöhners und einer Magd. Ich bin doch nur da, um ihm die Zeit zu vertreiben. Und wenn er nicht da ist, mach' ich das Gleiche für andere Männer. Sobald ich ihm zu alt bin, sucht er sich bestimmt 'ne andere.«

Nikolaus atmete tief durch und wagte es nicht, dazu eine Bemerkung zu machen. Elise hatte den Kern der Sache erfasst. Für Konstantin kam nur eine standesgemäße Heirat infrage. Dass eine Straßenhure von einem edlen Prinzen erlöst würde, kam noch nicht einmal in Märchen vor.

Elise richtete sich plötzlich auf und wischte sich die Tränen mit dem Ärmel ab: »Was bedeuten eigentlich die Titel, die die Jungs immer benutzen? Konstantin meinte immer, dass ich das sowieso nicht verstehen würde. Du scheinst das aber zu kennen, ne?«

»Die spielten Tetrarchie[26].«

»Was?«

Jetzt durfte Nikolaus keinen Rückzieher machen – er wollte es Konstantin Junk nicht gleichtun. Also musste er versuchen, die Sache so verständlich wie möglich zu erklären. »Die Tetrarchie war ein Herrschaftssystem zur Zeit des römischen Kaisers Konstantin, der für einige Jahre ja auch hier in Trier residierte. Zwei Herrscher mit dem Titel Augustus teilten sich das Reich. Der höhere der beiden war der senior, der niedrigere der junior – also Konstantin und Crispus. Jeder dieser beiden wählte sich einen Vertreter oder Nachfolger, das waren dann die zwei Caesaren.«

»Moment mal«, unterbrach ihn Elise. »Thomas von Buschfeld war der Einzige, den sie Caesar nannten.«

»Vielleicht war ein zweiter Caesar noch nicht bestimmt worden.«

Die junge Frau nickte. »Konstantin, Crispus und, wie ich hörte, auch ihr Vater sind glühende Verehrer von diesem römischen König. Und die nahmen das mit den Titeln verdammt ernst.«

»Waren noch mehr dabei?«

»Konstantin, Crispus und Thomas waren am längsten dabei. Dann gab's da noch den Rudolf Schauf, der war Prokonsul[27].«

»Entschuldige bitte, hat der Rudolf etwas mit dem Metzgermeister Hans Schauf zu tun?«

»Klar. Das ist sein jüngster Sohn. Und Heinrich von Buschfeld und Peter Kirn waren die Präfekten[28]. Eigentlich sind die beiden nur die Laufburschen der anderen. Die beiden sitzen übrigens dort hinten an der Wand.«

Elise deutete mit dem Kopf in die Richtung. Nikolaus machte einen Schritt zur Tür und lugte vorsichtig hinaus. Er sah nur die Hinterköpfe der beiden. Sie hatten sich über den Tisch gebeugt und tuschelten miteinander.

»Bitte nicht so auffällig«, bat Elise. »Die müssen nicht wissen, dass wir von ihnen reden. Sonst werden sie nachher wieder unangenehm.«

Welch ein Zufall. So wie die vier Väter einträchtig im Rat zusammenhockten und Geschäfte machten, hatten sich auch ihre Söhne gefunden und übten schon einmal für später. Ob die beiden dort drüben wussten, wo sich Konstantin und Crispus aufhielten? Aller Wahrscheinlichkeit nach ja. Aber würden sie es Nikolaus verraten wollen? Das war nicht zu erwarten. Schon aus den Vätern hatte er so gut wie keine Information herausbekommen.

Plötzlich erschien der Wirt in der Tür. »Lise!«, schnauzte er sofort los. »Wenn du dich nicht gleich bewegst, gibt's was hinter die Ohren. Wozu bezahl' ich dich denn?«

Doch Elise konnte im gleichen schnoddrigen Ton antworten: »Lass mich in Ruh'! Die Kerle können ruhig noch warten. Die kommen noch früh genug zu ihrem Recht. Ich bin gleich da.«

Nikolaus musste sich beeilen. »Also waren Konstantin und seine Busenfreunde nicht besonders gut auf den Meister Herrmann Albrecht zu sprechen. Kannten die sich denn näher?«

»Die haben ab und zu miteinander gequatscht und zusammen getrunken. Na ja, jedenfalls bevor Herrmann die Helena bekam.«

»Waren sie befreundet?«

Elise lachte und schüttelte ihren Kopf so heftig, dass ihr ein paar lose Strähnen ins Gesicht flogen. »Niemals! Ich glaube eher, der Herrmann wollte sie aushorchen! Ich traute ihm nicht über den Weg. Er tat immer so klug und erzählte, was er in der Stadt alles besser machen würde. Aber es war genau der Kram, den Konstantin gerne hören wollte.«

»Hast du Konstantin das gesagt?«

»Klar. Aber er wollte das nicht wahrhaben. Er meinte, er sei so 'nem einfachen Zimmermann haushoch überlegen. So einer könnte ihn niemals hereinlegen.«

Wirklich? Wie Gesine sagte, war Herrmann Albrecht doch ständig in Geldnot. Am liebsten verdiente er sein Geld mit so wenig Arbeit wie möglich. Hatte er es geschafft, die Gemeinschaft der Ratsherrensöhne hereinzulegen? Die Frage war nur: womit? Hatte er mit seinem Wissen daraufhin Theodor Junk zwingen können, ihm Helena zu geben? Und als die Freunde herausgefunden hatten, durch wen und wie sie betrogen worden waren, hatten sie kurzen Prozess gemacht und den Zimmermannsmeister vom Turm gestoßen. Zur Tarnung wurde dann eine Geschäftsreise vorgetäuscht.

»Gibt es noch andere, die etwas über den Verbleib von Konstantin und Crispus sagen könnten?«, wollte Nikolaus wissen.

»Wenn es die gäbe, hätte ich die schon längst gefragt. Das kannste mir glauben. Die sechs haben meist für sich allein gesessen. Alle anderen sahen in ihnen die Söhne von Schöffen und Zunftmeistern. Kein normaler Mensch wollte mit denen was zu tun haben.«

»Gab es wegen der Standesunterschiede denn schon einmal Streit?«

»Die Jungs halten zusammen. Da traut sich kein anderer, sich mit ihnen anzulegen.«

»Also gab es nie Krach?«

Elise grinste verschlagen. »Nur wer sie nicht kennt. Aber wer sich sein erstes blaues Auge eingefangen hat, wird sie nie wieder unterschätzen.«

»Und es blieb nur bei einem blauen Auge?«

Die Blondine schaute sich kurz um und kam dann näher, sodass Nikolaus einen hervorragenden Einblick in ihr offenes Kleid bekam. »Der Mann tat mir zuerst leid. Aber im Grunde genommen hat er sich einfach zu dämlich benommen. Statt sich mit den paar Backpfeifen zufriedenzugeben, versuchte er, sich beim alten Junk zu beschweren. Wie kann man nur so blöde sein?« Dabei schlug sie sich mit der flachen Hand vor die Stirn. »Also fing er sich 'ne gehörige Abreibung ein.«

»Sehr schlimm?«

»Seitdem fehlen ihm einige Zähne. Aber wie ich die Tage gesehen habe, humpelt er auch. Hat wohl was am Knie abbekommen. Da kann er froh sein, dass er überhaupt noch laufen kann. Kein Wunder, dass er sich nicht mehr hierhertraut.«

»Wann war das?«

Sie dachte kurz nach. »So etwa vor zwei Monaten. Höchstens drei.«

»Und wer war der leichtsinnige Mann?«

»Der Monheimer Jakob.«

»Wo kann ich ihn finden?«

Plötzlich platzte der Italiener in den Lagerraum, ergriff Elises Hand und zog sie rüde zu sich herüber. »Komm endlich! Du schuldest mir einen Tanz.« Sein südländischer Akzent war unverkennbar. Und zu Nikolaus gewandt grunzte er: »Du solltest besser abhauen. Solche wie dich mögen wir hier nicht.«

Aber Elise schüttelte ihren Galan ab: »Lass mich gefälligst

los! Ich gehöre dir nicht! Warte gefälligst, bis ich so weit bin! Du bekommst noch früh genug, was du willst!«

Sie stieß ihn so heftig zur Seite, dass er gegen den Türrahmen taumelte. Er funkelte Elise böse an, man hörte förmlich das Knirschen seiner Zähne. Das junge Mädchen hob nur stolz das Kinn und wandte sich dann demonstrativ wieder Nikolaus zu. Der Italiener eilte laut fluchend davon.

Als der Freier hinaus war, atmete Elise tief durch: »Dann muss ich nachher wieder besonders nett sein. Sonst verprügelt er mich wieder.«

Nikolaus entschuldigte sich für die Unannehmlichkeiten.

»Nicht so schlimm. So was erlebe ich jeden Tag. Nichts Besonderes.«

»Ich werde mich nun am besten verziehen. Du hast mir schon sehr geholfen.

»Sorg nur dafür, dass Konstantin wiederkommt.«

»Du magst ihn so sehr?«

Sie nickte.

»Ich versuche es. Danke und Lebwohl.«

Er wollte schon gehen, als sie ihm die Hand auf den Arm legte und flüsterte: »Wenn du die Brotstraße vom Markt aus weitergehst, im letzten Haus auf der rechten Seite wohnt Jakob Monheim. Das Haus genau an der Stadtmauer.«

Nikolaus bedankte sich für die Hilfe und betrat die Schankstube. Sie war noch voller und lauter als vorhin. Mehrere Männer grölten ein unanständiges Lied und schwenkten ihre Humpen über den Köpfen. Dass ab und zu Bier herausschwappte und dem Zecher oder seinem Nachbarn auf den Kopf tropfte, störte niemanden. Dazwischen lachten einige Frauen, die eindeutig nicht als Gäste hier waren und Männern am Hals hingen oder auf dem Schoß saßen. Der mürrische Italiener war gerade dabei, sich mit einem anderen Mädchen zu trösten.

Nikolaus schaute sich noch einmal genauer um, aber er konnte Konstantins Freunde Heinrich von Buschfeld und Peter Kirn nicht mehr an ihrem Platz finden. Sie waren verschwunden. Ohne sich weiter um die wüste Gesellschaft zu kümmern, eilte er hinaus. Das Dunkel der Nacht legte sich gerade über die Stadt. Trier kam langsam zur Ruhe und machte sich bereit, zu Bett zu gehen. Nur aus den Schänken drang noch der Lärm feiernder Gäste. Und das schummrige Licht aus den Fenstern erhellte die Straße. Nikolaus war fast an der Ecke angekommen, wo die Brückenstraße in die Fleischstraße überging und man nach rechts in die Webergasse abbiegen konnte, in der Herrmann Albrechts Haus stand.

Plötzlich lösten sich zwei Gestalten aus dem Dunkel einer Hofeinfahrt und kamen langsam zu ihm herüber. Wegen der Dämmerung waren ihre Gesichter nicht zu erkennen, sie sagten auch kein Wort. Aber Nikolaus wusste sofort, was dies zu bedeuten hatte. Das Herz schlug ihm bis in den Hals, seine Beine wollten nicht mehr weiter, und ihm wurde schwindelig. Er lehnte sich gegen die Hauswand, sonst wäre er höchstwahrscheinlich vor Schreck zu Boden gegangen.

Die beiden Männer kamen näher. Noch ehe sich Nikolaus zur Flucht entschließen konnte, standen sie rechts und links vor ihm. Wegrennen war unmöglich geworden.

»Was wollt ihr?«, fragte er mit heiserer, zitternder Stimme.

Keiner sagte etwas. Seine Gegner standen still vor ihm und betrachteten ihr eingeschüchtertes Opfer.

»Warum verfolgt ihr mich? Gestern, das wart ihr doch auch schon! Was soll das?«

Anstatt eine Antwort zu geben, sprangen die dunklen Gestalten nun nach vorn und stürzten sich auf Nikolaus. Er wehrte sich, so gut er konnte. Er schlug mit den Fäusten um sich, versuchte zu treten, stemmte sich gegen die Angreifer, doch er hatte keine Chance, sie waren einfach zu stark. Als er schließlich um Hilfe rief, schlug ihm einer mit einer solchen Wucht in den Bauch, dass ihm die Luft wegblieb, er konnte nur noch stöhnen. Der Schmerz in seinem Leib war höllisch und nahm ihm auch die letzte Kraft. Er sank auf die Knie. Im Nu hatte ihm einer der Verfolger einen Arm auf den Rücken gedreht und drückte ihn schmerzhaft nach oben. Nikolaus war nun den Unbilden der Kerle schutzlos ausgeliefert.

»Was wollt ihr von mir?«, stieß er ächzend hervor.

Der zweite Mann baute sich bedrohlich vor ihm auf. Plötzlich blitzte etwas im fahlen Lichtschein eines Fensters auf. Der Angreifer hatte ein Messer gezogen.

»Oh, nein!«, stöhnte Nikolaus. Er ahnte, was nun kommen würde. Irgendjemandem in der Stadt hatte er sehr auf die Füße getreten. Irgendjemand war durch seine Nachforschungen aufgeschreckt worden. Und alles nur wegen dieses eingebildeten und anmaßenden Dompropstes. Dieser blöde Kerl holte ihn so mir nichts dir nichts aus seinen Studien und schickte ihn zum Schnüffeln durch ganz Trier. Warum hatte er Meuren nicht gleich eine Abfuhr erteilt? Ihm nicht auf der Stelle gesagt, was er von diesem Hirngespinst hielt? Nikolaus wollte lieber ein davongejagter und heimatloser Bursche sein als ein toter Doktor. Wut stieg in ihm auf und verdrängte allmählich die lähmende Angst.

»Wer hat euch geschickt? Sagt schon! Warum kommt das Schwein nicht selbst? Hat er Angst vor mir? Muss er dazu erst seine Laufburschen schicken?«

Endlich kam eine Antwort. Es war mehr ein Knurren als ein Sprechen. »Dir schneid ich die Gurgel durch. Dann wollen wir mal sehen, ob du dann noch was sagen kannst.«

Und schon holte der Angreifer aus, um zuzustechen. Nikolaus hielt vor Schreck die Luft an und schloss die Augen.

Während er in Gedanken ein Stoßgebet sprach, erwartete er den finalen Schmerz.

Doch plötzlich erscholl ein Schrei. Als er die Augen wieder öffnete, sah er, wie sich zwei Gestalten ein Stück weiter am Boden wälzten. Jemand hatte den Angreifer mit voller Wucht umgerannt. Die beiden rangen miteinander und stöhnten. Immer wieder sah man die gefährliche Klinge aufblitzen. Die beiden Gegner versuchten mit aller Kraft, das Messer dem anderen in die Brust zu stoßen.

Nikolaus fühlte, wie der Griff seines Bewachers lockerer wurde. Der überlegte wohl gerade verzweifelt, was er tun sollte. Lieber seinem Kumpel helfen und riskieren, dass Nikolaus entwischte? Oder warten und hoffen, dass der Störenfried im Zweikampf unterlag? Aber Nikolaus wollte nicht warten, bis ein zweites Messer seinem Leben ein Ende setzte. Kurz entschlossen stemmte er sich gegen den Burschen hinter ihm. Dies kam so überraschend, dass der Bewacher rückwärts taumelte und beinahe das Gleichgewicht verlor. So war der junge Jurist frei und konnte sich aufrappeln.

Nun ging er zum Angriff über und schlug dem stolpernden Verfolger mit voller Wucht seine Faust ins Gesicht, sodass der zu Boden ging. Dafür schoss nun Nikolaus ein stechender Schmerz ins Handgelenk. Er war geübt, mit Feder und Tinte zu kämpfen, aber nicht mit Fäusten und Messern.

Die drohende Niederlage hatte der zweite Mann trotz seines Zweikampfes auch mitbekommen. Er mobilisierte noch einmal alle Kräfte und versuchte, seinen Gegner wegzustoßen. Noch einmal rollten die beiden Kontrahenten über die Straße. Man hörte ihr Stöhnen und Ächzen. Plötzlich konnte sich einer befreien.

»Nimm das!«, hörte man noch. Dann sprang er auf und lief wie vom Teufel gejagt davon.

Und als sich Nikolaus umdrehte, gab auch sein angeschlagener Bewacher Fersengeld. Nun war nur noch eine fremde Gestalt übrig. Wer war das? Derjenige, der ihm die Kehle durchschneiden wollte, oder der, der in letzter Sekunde dazwischengesprungen war? Mühsam stand nun der Kämpfer auf. Aber Nikolaus hatte nicht das Bedürfnis, zu erkunden, welcher es war. Also rannte auch er so schnell es ging in Richtung Markt.

Die Wache am Tor zum Dombezirk erkannte ihn zum Glück sofort, trotz seiner ramponierten Erscheinung, und fragte, ob alles in Ordnung sei. Doch er war außer Atem und winkte nur müde. Genau wie gestern Abend fiel er erschöpft und am ganzen Leib zitternd ins Bett und hoffte inständig, schnell einschlafen zu können.

Doch dieser Wunsch ging leider nicht in Erfüllung. Er konnte die Erlebnisse des Abends nicht so schnell zur Seite schieben. Wer waren die beiden Angreifer gewesen? Wer hatte sie geschickt? Der Mörder von Herrmann Albrecht? Oder der Viehhändler? Wem war Nikolaus zu nahe gekommen? Erst nach Mitternacht kam der Schlaf. Aber die schrecklichen Träume von Verfolgern, die ihm überall auflauerten und ihm ans Leder wollten, ließen ihn immer wieder aufschrecken.

Wo ist Gesine Albrecht?

Was war das für ein Geräusch? Irgendein Hämmern, das immer lauter wurde. Jetzt wurden auch dumpfe Rufe hörbar. Was war hier los? Nikolaus öffnete mühsam die Augen und blickte auf die weiß getünchte Decke seiner Kammer. Ganz langsam wurde ihm bewusst, dass jemand energisch an die Tür klopfte und seinen Namen rief. Er rieb sich den Schlaf aus den Augen. Strahlender Sonnenschein erhellte sein Zimmer. Es musste schon Vormittag sein. So lange hatte er doch gar nicht schlafen wollen.

Wieder klopfte es.

»Was ist denn?«, knurrte er und richtete sich langsam auf. Er hatte Kopfschmerzen. Die Nacht war alles andere als erholsam gewesen.

»Der ehrwürdige Dompropst möchte Euch dringend sprechen«, drang es durch die Tür.

»Ich komme gleich.«

»Bitte beeilt Euch, gnädiger Doktor Krebs. Der ehrwürdige Dompropst ist schon ganz ungehalten. Er wartet im Kreuzgang des Doms.«

»Ich sagte: Ich komme gleich. Bestellt ihm das!«

Hinter der Tür war nur noch ein Gemurmel zu hören.

Nikolaus hievte sich mühsam aus dem Bett. Noch im Halbschlaf wusch er sich und zog ein frisches Hemd an. Er fühlte sich noch immer müde und matt vom gestrigen Abend, versuchte aber sich zusammenzureißen. Nach wenigen Augenblicken war er schon auf dem Weg zum ungeduldigen Simeon von Meuren.

Im Kreuzgang standen der Dompropst, der Domdechant und einige andere hohe Geistliche des Domkapitels zusammen. Als Meuren Nikolaus kommen sah, entschuldigte er sich hastig und kam auf ihn zu.

»Wo bleibt Ihr denn? Ich warte schon seit bald zwei Stunden auf Euch.«

»Ich ...«

Aber der Dompropst schnitt ihm einfach das Wort ab. »Wenn Ihr nicht aus dem Bett kommen könnt, geht früher schlafen. Was gibt es Neues?«

Nikolaus musste sich zur Ruhe zwingen und sagte dann mit einem Lächeln: »Ich bin gestern Abend überfallen worden.«

»Seid Ihr verletzt?«

»Nein, das nicht. Aber ...«

Meuren ließ sich nicht beeindrucken. »Warum meckert Ihr dann? Ihr wisst genau, dass ich von Euch das Neueste zum Mord an Meister Albrecht hören wollte. Nun macht schon! Was war zwischen ihm und diesem anderen Meister?«

»Eigentlich nicht viel. Zwischen Herrmann Albrecht und Adam Grimbach gab es öfter Differenzen, weil Meister Albrecht nicht besonders zuverlässig war. Dazu kommt, dass Grimbach und Helena noch immer ineinander verliebt sind und sich heimlich treffen.«

»Da haben wir doch schon die Ursache! Eifersucht! Einer der ältesten Gründe für einen Mord! Schon Kain erschlug seinen Bruder Abel aus Eifersucht.«

»Zwar gibt es niemanden, der bezeugen kann, wo Grimbach kurz vor dem Sturz war, andererseits gibt es auch keinen, der gesehen hat, dass überhaupt jemand bei Herrmann Albrecht war. Und das, obwohl einige Leute mehr als rein zufällig in St. Gangolf waren. Ein paar Ratsherren waren genau zum Zeitpunkt des Todessturzes im Turm.«

»Ach. Wer denn?«

»Theodor Junk, Philipp von ...«

»Ha!« Meuren klatschte heftig in die Hände. »Was wollte der alte Lump denn da?«

Langsam verlor Nikolaus die Geduld. Es war mehr als unhöflich, immer wieder unterbrochen zu werden. »Das wollte er nicht sagen.«

»Dann kümmert Euch gefälligst darum! Ich will wissen, ob Junk den Grimbach angestiftet hat.«

»Wieso angestiftet?«

»Dieser Grimbach ist der Mörder. Ganz klar. Erst wird ihm ein anderer Meister vor die Nase gesetzt, und dann bekommt der auch noch seine Braut. Und wie Ihr sagtet, kann er nicht beweisen, dass er woanders war. Das reicht. Ich habe Grimbach heute Morgen einsperren lassen. Solange ich noch etwas zu sagen habe, darf hier in Trier kein Mörder frei herumlaufen.«

Nikolaus konnte nur schwer an sich halten. Er musste all seine Kraft zusammennehmen, um diesem übereifrigen, verbohrten Möchtegern nicht die Meinung zu sagen. Eine solch fadenscheinige Anklage, wie Meuren sie sich gerade zusammenbastelte, würde vor keinem anständigen Gericht bestehen können. Was trieb ihn bloß so an? Wieso handelte er wider alle Vernunft?

»Es gibt aber keinen Beweis für einen Mord. Erst recht nicht dafür, dass Grimbach seine Hände im Spiel hatte. Was wir haben, sind lediglich Vermutungen. Mehr nicht.«

»Natürlich habe ich den Beweis, dass er der Mörder ist!« Der Dompropst reckte sich triumphierend, um seine fehlende Größe auszugleichen. »Der junge Mann, den wir gestern erwischt haben, bezeugt, dass er gesehen hat, wie Albrecht und Grimbach miteinander gerungen haben. Und gleich darauf stürzte Albrecht den Turm hinunter.«

»Was?« Nikolaus traute seinen Ohren nicht.

»Da staunt Ihr, was? Was Ihr nicht schafft, habe ich ganz einfach mit links erledigt.«

»Aber ... aber ...« Nikolaus massierte sich hektisch die Schläfen. Er konnte nicht glauben, was er da hörte. »Von wo aus will er das denn gesehen haben? War er auch auf dem Turm?«

»Er hat das von unten gesehen, als er unten auf der Straße stand.«

Der junge Mann schüttelte heftig den Kopf. »Das geht doch gar nicht! Von ganz unten kann man nicht sehen, was dort oben innerhalb des Turms passiert. Der Winkel passt einfach nicht. Der Kerl muss ja um die Ecke gucken können.«

Meuren winkte ab. »Schluss jetzt! Es ist nicht Euer Ding, darüber zu urteilen. Er hat es beim Leben seiner Mutter geschworen. Das reicht.«

»Das hat er doch nur gesagt, um seinen Hals zu retten.«

Der Dompropst wurde immer ungehaltener und drohte mit erhobenem Zeigefinger. »Mein lieber, junger Freund, haltet Euch lieber an das, was man Euch sagt! Alles andere geht Euch einen Dreck an! Habt Ihr das verstanden?«

Nikolaus presste seine Lippen zu einem dünnen Strich zusammen und sagte lieber nichts mehr. Gegen den Dompropst kam er im Moment nicht an. Solange der Kurfürst nicht in der Stadt war, konnte von Meuren so gut wie alles tun und lassen, was er wollte. Er konnte Leute wegen fadenscheiniger Argumente einkerkern lassen und allen, die anderer Meinung waren, das Wort verbieten. Er konnte aufgrund persönlicher Hirngespinste irgendwelche Nachforschungen anordnen und taub sein für logische Schlüsse. Aber spätestens vor Gericht würde sich das Blatt wenden. Dann könnte er sich nicht mehr wie ein kleiner König aufspielen. Auch er hatte sich an geschriebenes Recht zu halten.

Der junge Mann deutete eine Verbeugung an und murmelte ein zerknirschtes Ja.

»Gut. Dann findet heraus, was der alte Junk in St. Gangolf wollte.« Und schon hatte sich der Dompropst umgewandt und begab sich wieder zu den anderen Domherren.

Mit einem Bauch voller Wut eilte Nikolaus davon. Wie konnte man nur so verbohrt sein und ein so leichtfertiges Urteil fällen? Die Anschuldigung des Gefangenen gegen Adam Grimbach war eine faustdicke Lüge. Wer weiß, was Meuren dem Kerl versprochen hatte, wenn der etwas Wichtiges aussagen würde.

»Du verdammter, dämlicher ...« Nikolaus musste sich schwer zusammenreißen, um seinem Zorn über den Dompropst nicht lautstark Luft zu machen.

Er wollte natürlich auch wissen, was zwischen Theodor Junk und Herrmann Albrecht abgelaufen war, und möglicherweise war genau dies der Schlüssel zur Lösung des Geheimnisses. Aber er musste vor allem herausfinden, was den Meister bewogen hatte, hinunterzuspringen. Denn ein Selbstmord war für Nikolaus noch immer plausibler als ein Mord oder ein Unfall. Wenn er jedoch in Betracht zog, was er in den letzten beiden Tagen erlebt hatte – erst den tödlichen Anschlag auf Sebastian Vierland und dann den glücklicherweise vereitelten Überfall auf ihn –, konnte er ein gewaltsames Ende des Meisters nicht mehr ganz ausschließen.

Was konnte Nikolaus jetzt überhaupt noch tun? Er musste mit dem Gefangenen reden. Aber nicht jetzt. Meuren sollte es nicht mitbekommen. Ansonsten hatte er schon mit allen möglichen Leuten gesprochen außer ... außer mit Herrmann Albrecht selbst. Natürlich konnte er nicht so einfach den Leichnam befragen. Aber es gab da immer noch die verschwundene Mappe, in der der Meister seine Unterlagen gewöhnlich mitzuschleppen pflegte. Vielleicht konnten ja die Aufzeichnungen reden. Grimbach hatte die Mappe unmittelbar nach dem Sturz noch gesehen. Dann war sie plötzlich fort gewesen. Hatte der Priester sie genommen und Helena oder Gesine Albrecht gegeben? Das war gut möglich.

Nikolaus eilte in die Brotstraße zum Haus von Theodor Junk. Schon kurz nach dem Klopfen öffnete wieder der schnippische Diener von vorgestern. Ohne eine Begrüßung kam sofort die schnoddrige Ansage: »Der gnädige Herr ist nicht da. Kommt später wieder!«

Doch ehe die Tür wieder zugeknallt werden konnte, stemmte sich Nikolaus dagegen. »Moment mal! Ich habe doch gar nicht gesagt, zu wem ich wollte.«

»Da die jungen Herren auf Reisen sind, gibt es hier niemanden, mit dem Ihr sprechen könntet.«

»Doch.«

Zum ersten Mal konnte man beim Diener so etwas wie Überraschung erkennen. Sein Druck gegen die Tür ließ nach, und er fragte erstaunt: »Wen meint Ihr?«

»Gesine Albrecht.«

Und schon war der Moment der Verblüffung vorüber. »Wenn Ihr mit den Angestellten unseres gnädigen Herrn sprechen wollt, fragt an der Hintertür. Wenn sie abkömmlich ist, könnt Ihr ja mit ihr reden.« Damit wollte der Diener die Tür endgültig schließen, doch Nikolaus reichte es jetzt. Ärgerlich donnerte er los: »Wenn Ihr nicht wollt, dass sich der Kurfürst mit Euch beschäftigt, holt Ihr mir jetzt sofort Gesine her!«

»Das wird dem gnädigen Herrn aber keinesfalls gefallen.«

»Dann kann er sich ja beim Kurfürsten beschweren. Denn sowohl der Rat als auch Euer Herr haben sich dem ehrwürdigen Otto von Ziegenhain unterzuordnen.«

Sichtlich verunsichert antwortete der Diener: »Gesine ist

nicht wie üblich heute Morgen erschienen. Der Herr war schon ganz ungehalten.«

»Habt Ihr schon nach ihr schicken lassen?«

»Nein. Warum?«

»Vielleicht ist sie krank und braucht Hilfe.«

»Darum hat sich gefälligst ihre Familie zu kümmern. Wir sind kein Hospital.«

Nikolaus lag eine scharfe Bemerkung auf der Zunge, aber er sah es nicht ein, seine Zeit und Kraft an diesen frechen Diener zu vergeuden. Stattdessen verabschiedete er sich und machte sich auf den Weg zur Staffelgasse. In wenigen Augenblicken war er am Ziel. Er eilte die Treppe zu Gesines Kammer hinauf und klopfte heftig dagegen. Es rührte sich nichts. Er hämmerte gegen die morschen Bretter und rief laut ihren Namen, aber niemand meldete sich. Nikolaus legte sein Ohr an die Tür und horchte. Nichts.

»Was wollt Ihr?«

Erschrocken fuhr er herum. Auf halber Treppe im ersten Stock stand wieder der schwergewichtige Nachbar mit seinem struppigen Vollbart. Seine Wampe lugte wie letztes Mal unter dem vor Schmutz starrenden Hemd hervor. Als er Nikolaus erkannte, sagte er: »Ach, Ihr seid das. Aber Gesine ist um diese Zeit immer im Junkschen Haus. Fragt da doch mal nach.«

»Von dort komme ich gerade. Und sie soll den ganzen Tag noch nicht dort gewesen sein.«

Der Nachbar kratzte sich am Kinn. »Das ist ja wirklich eigenartig. Das passt gar nicht zu Gesine. Ich habe heute noch nichts von ihr gesehen oder gehört. Wartet mal.«

Er lehnte sich in die Eingangstür zu seiner Wohnung und rief hinein. Nach kurzer Zeit antwortete eine weibliche Stimme.

Nun wandte sich der Nachbar wieder Nikolaus zu. »Meine Frau hat auch nichts von Gesine bemerkt. Andererseits ...«

Nun durchwühlte er seinen Bart mit beiden Händen nach lästigen Untermietern.

»Was meint Ihr mit ›andererseits‹?«

»Hm ... Irgendjemand war gestern am späten Abend noch bei ihr. Wir hörten die lauten Stimmen.«

»Gab es Streit?«

»Nein, nein. Gar nicht. Sonst wär' ich bestimmt dazwischengegangen. Auf die Gesine lass ich nichts kommen. Nein. Es war eher wie eine überlaute Begrüßung und aufgeregtes Geplapper. Wir haben uns nichts dabei gedacht.«

»Habt Ihr etwas verstanden?«

»Nichts. Wozu auch? Geht mich nichts an.«

»Und wie lange hat dieses Geplapper gedauert?«

Der rundliche Mann zuckte mit den Schultern. »Na ... Nicht sehr lang. Nach 'nem Moment war alles wieder ruhig. Seitdem haben wir nichts mehr gehört.«

»Und Ihr habt Euch keine Sorgen gemacht?«

»Nein. Gesine ist immer sehr ruhig und rücksichtsvoll. Wir haben uns nichts dabei gedacht.«

Nikolaus rieb sich hektisch die Stirn. Angenommen, die Gesuchte hatte die Mappe ihres toten Bruders bekommen. Weiterhin angenommen, darin fanden sich Hinweise auf seinen Tod oder seine Verbindungen zu Theodor Junk. Dann hatten einige großes Interesse, Albrechts Unterlagen in die Finger zu bekommen: sowohl der Schöffenmeister als auch der mögliche Mörder oder sonst jemand, der davon profitieren könnte – zum Beispiel auch Peter Finken. Der Viehhändler hatte bei Helena ja schon bewiesen, dass er alles andere als rücksichtsvoll war.

»Hat jemand einen Schlüssel zu dieser Wohnung?«, fragte der Jurist.

»Wozu?«

»Ich mache mir Sorgen. Vielleicht sollten wir nachschauen.«

Der Nachbar überlegte nicht lange und hievte sich dann die Treppe hinauf. »Dafür brauchen wir keinen Schlüssel. Das ist nur ein einfacher Riegel.«

Er holte einen eisernen Dorn aus der Tasche und steckte ihn in das Loch unterhalb des Türgriffs. Er hantierte einen kurzen Augenblick, bis man ein Klacken hörte. Dann war der Riegel zur Seite geschoben, und die Tür konnte geöffnet werden. Die beiden Männer betraten Gesines Kammer.

Doch sofort hielt Nikolaus den Nachbarn zurück: »Vorsicht! Nicht weiter! Seht!«

Im Schein des Tageslichts, das durch die Tür hereinfiel, erkannte man deutlich einige Flecken auf der Erde. Der junge Mann hockte sich nieder und betastete sie vorsichtig. Die kleineren Flecken waren schon eingetrocknet, die größeren noch leicht klebrig.

»Das ist eindeutig. Blut.«

»Was?« Der gewichtige Mann schrie fast.

»Hier muss jemand geblutet haben.«

Am Tisch neben einem der Stühle hatte sich sogar eine kleine Lache gebildet, und einige Tropfen waren in Richtung der Tür verwischt.

»Hier ist jemand verletzt worden. Vielleicht sogar hinausgeschleift worden.«

Der Nachbar klagte: »Die arme Gesine ist verschleppt worden!« und lief hinaus.

Nikolaus fand weitere Tropfen auf der Treppe, die ihm zwischen dem Dreck und Staub vorher nicht aufgefallen waren. Er stieg suchend hinab. Im Hof verlor sich die Blutspur. War Gesine verletzt worden? Oder hatte ihr nächtlicher Besucher etwas abbekommen, als sie sich gegen ihn verteidigen musste? Warum hatte sie nicht um Hilfe geschrien? Oder hatte sie nicht mehr die Möglichkeit gehabt? War sie überhaupt noch am Leben? Er konnte es einfach nicht fassen und rieb sich die pochende Stirn. Schon wieder ein Mord?

Plötzlich kam der korpulente Nachbar laut hechelnd angewatschelt. Ein paar Pfund weniger, und er wäre sicherlich nicht so schnell außer Atem. Ihm folgte ein halbes Dutzend anderer Männer, jüngere und ältere. Alle blickten ernst und grimmig, sodass Nikolaus erschrocken zurückwich.

»Wir gehen Gesine jetzt suchen!«, erklärte der dicke Anführer der Schar. »Wenn wir was hören oder sie finden, geben wir Bescheid.«

Nikolaus konnte nur nicken, ehe der Suchtrupp auf der Straße verschwand. Der junge Mann eilte bis zur Toreinfahrt und sah gerade noch, wie die Leute in alle Richtungen davoneilten. Gesine musste von ihren Nachbarn wirklich geschätzt werden, wenn diese sofort bereit waren, alles stehen und liegen zu lassen, um die Frau, die ganz offensichtlich in Bedrängnis war, zu suchen. Nikolaus war beeindruckt.

Wo könnte Gesine sonst noch sein? Vielleicht bei ihrer Ziehtochter und Schwägerin? Genau. Möglicherweise hatte sie bei Helena Schutz und Trost gesucht. Also eilte er los zum Katharinenkloster.

Ungestümer als allgemein üblich klopfte er an die Tür. Seine Unruhe und die Sorge um den Verbleib von Herrmann Albrechts Schwester trieben ihn an. Hoffentlich war es noch nicht zu spät. Hoffentlich konnte er sie noch lebend finden. Erst nach mehrmaligem Klopfen hörte man ein ärgerliches Grummeln und eilige Schritte hinter der Tür.

Die ältere Pförtnerin öffnete und fragte außer Atem: »Was kann ... kann ich für Euch ... tun?«

Nikolaus erklärte, dass er dringend mit Helena sprechen musste.

Nachdem die Nonne ein paarmal tief durchgeatmet hatte, antwortete sie: »Das geht leider nicht, mein Herr. Die Witwe Albrecht ist vor Kurzem gegangen. Ich denke, zum Markt.«

»Wann genau?«

Die Pförtnerin machte ein entrüstetes Gesicht. »Aber gnädiger Herr! Ich führe hier doch keine Liste.«

»Aber vielleicht könntet Ihr mir verraten, ob die arme Witwe gestern Abend oder in der Nacht noch Besuch bekommen hat.«

»Was meint Ihr?«

»Bekam sie noch Besuch von ihrer Schwägerin Gesine Albrecht?«

Das Gesicht der Nonne verdüsterte sich zusehends. »Nachts kommt hier nur jemand mit Einverständnis der Äbtissin hinein.«

»Dann ist Gesine Albrecht also nicht in Eurem ehrwürdigen Stift?«

Die Pförtnerin räusperte sich ungehalten.

»Dann sagt der Witwe Albrecht bitte, dass ich da war und sie sprechen möchte. Sie findet mich im Domkapitel.«

Damit verabschiedete er sich, und die Tür des Klosters fiel krachend hinter ihm ins Schloss.

Im Laufschritt hastete er zum Marktplatz und hielt nach Helena Ausschau. Er lief zwischen den Ständen der Händler hin und her. Dann eilte er durch die sich anschließenden Verkaufsbereiche wie die Brot- und Fleischstraße. Aber die junge Witwe war nirgends zu finden. Schließlich blieb er wieder mitten auf dem Markt stehen und drehte sich suchend langsam im Kreis.

»Ist ja auch kein Wunder. Wie soll ich eine bestimmte Person in solch einer großen Stadt finden? Als müsste ich die Nadel im Heuhaufen suchen. Das wird nichts. Sie kann überall sein.«

Oder war sie noch einmal in die Wohnung ihres Mannes gegangen? Nikolaus marschierte in die Webergasse. Er traf den Tuchhändler Reichenau zwischen all seinen großen und kleinen Ballen an Leinen, Seide, Brokat und Wolle.

Nach der freundlichen und herzlichen Begrüßung kam Nikolaus sofort zum Kern seines Anliegens: »Ich suche Helena Albrecht. War sie heute schon in ihrer Wohnung? Habt Ihr sie gesehen?«

Der Händler war ganz erschrocken. »Was ist denn passiert? Hat dieser elende Rüpel sie etwa wieder bedrängt?«

»Nein, das nicht. Aber ich muss dringend mit ihr sprechen.«

»Worum geht es denn?«

»Ihre Schwägerin Gesine Albrecht ist verschwunden. Vielleicht weiß sie ja, was mit ihr passiert ist.«

»Tut mir leid.« Reichenau zuckte mit den Schultern. »Nachdem meine Frau die Arme gestern ins Kloster begleitet hat, habe ich sie weder gesehen noch gehört, dass jemand in der Wohnung war.«

»Bitte bestellt ihr, dass ich sie suche.«

»Selbstverständlich helfe ich, wo ich nur kann.«

Nach einer schnellen Verabschiedung raste Nikolaus weiter zum Haus von Theodor Junk. Inzwischen war es ihm völlig egal, ob er wieder an diesen renitenten Diener geriet oder nicht. Er musste eine Spur von Helena oder Gesine finden, denn er machte sich ernsthafte Sorgen.

Zu seiner Überraschung öffnete diesmal ein junges Dienstmädchen. Sie machte einen sehr schüchternen Eindruck, war aber ausgesprochen freundlich und höflich – das genaue Gegenteil des überheblichen Dieners. Doch Nikolaus hatte wieder kein Glück: Gesine war immer noch nicht zum Dienst erschienen. Und auch Helena war seit gestern nicht mehr gesehen worden.

So fand sich Nikolaus schließlich auf dem Markt wieder. Ratlos und vom vielen Hin- und Hergerenne erschöpft, blieb er einfach mitten zwischen den Menschen stehen. Während das geschäftige Treiben und Handeln um ihn herum brandete, dachte er darüber nach, welche Schritte als Nächstes an der Reihe waren. Oder genauer gesagt, welche Möglichkeiten ihm überhaupt noch blieben.

Gesine war höchstwahrscheinlich verschleppt worden. Von wem? Wer profitierte davon, dass Albrechts Mappe – falls sie überhaupt bei Gesine gewesen war – verschwunden war? Theodor Junk, der nicht riskieren wollte, dass die heimlichen und sicherlich auch unredlichen Abmachungen ans Licht kamen? Peter Finken, der den Schaden an seiner Scheune ersetzt haben wollte? Konstantin Junk, Thomas von Buschfeld und die übrigen aus der Clique der Ratsherrensöhne, die von Herrmann Albrecht übers Ohr gehauen worden waren? Oder endete die Suche schließlich doch bei Adam Grimbach, der aus Rache dafür, Helena nicht bekommen zu haben, seinen Nebenbuhler in den Tod stürzte? Hatte der Gefangene unter Umständen doch etwas gesehen? Das musste Nikolaus überprüfen. Wenn er doch wenigstens wüsste, wer dieser Kerl war.

Nikolaus schnippte mit dem Finger und murmelte: »Dominikus Vierland.« Bestimmt konnte der am ehesten sagen, mit wem sich sein Sohn herumgetrieben hatte. Trips wusste sicherlich, wo die Vierlands wohnten.

Nikolaus betrat also wieder die kleine Gasse, die zu St. Gangolf führte. Inzwischen war er schon so oft hier gewesen, dass ihm diese Ecke richtig vertraut war. Er suchte längere Zeit nach dem Priester, konnte ihn aber nirgends finden – weder im Kirchenraum noch in der Sakristei. Erst ein Ministrant, der gerade durch das Kirchenschiff eilte, konnte Auskunft geben. Trips war oben im Dachstuhl bei den Arbeitern.

Der junge Jurist eilte zum Turm und flitzte die Treppe hinauf. Oben angekommen war er außer Atem. Zum Glück war er den dunklen Weg unterm Dach schon einmal gegangen, so konnte er wenigstens ungefähr einschätzen, wo die Kisten und anderes Gerümpel aufgestapelt standen. Mit vorgestreckten Armen kurvte er zwischen den Hindernissen hindurch in Richtung der hellen Dachöffnung, an der noch immer gearbeitet wurde.

Ulrich Trips zuckte erschrocken zusammen, als Nikolaus plötzlich neben ihm stand. »Meister Krebs! Wollt Ihr, dass ich einen Schlag bekomme?«

»Entschuldigt bitte, aber ich habe ein paar wichtige Fragen.«

»Natürlich, natürlich. Wenn ich helfen kann.«

Nikolaus zog den Priester ein Stück von den Arbeitern weg. Sie mussten nicht unbedingt alles mitbekommen. »Wann habt Ihr zum letzten Mal Gesine Albrecht gesehen?«

»Wieso? Ist was mit ihr?«

»Sie ist verschwunden.«

»Oh, wie schrecklich!« Trips schlug die Hände vors Gesicht. »Wir müssen sie suchen.«

»Das wird schon gemacht.«

»Dann sollten wir mithelfen.«

Schon wollte er loslaufen, aber Nikolaus konnte ihn gerade noch am Ärmel erwischen und aufhalten. »Wartet bitte! Am besten bleibt Ihr hier in St. Gangolf und haltet die Stellung.«

Er nickte fleißig. »Ja, gut, mach ich.«

»Wann habt Ihr Gesine Albrecht nun das letzte Mal gesehen?«

Der Priester überlegte: »Vorgestern. So um Mittag. Kurz nachdem der Leichnam ihres Bruders fortgebracht worden war.«

»Wo ist er eigentlich aufgebahrt?«

»Bei einem der Zimmermannsmeister. Bei wem, weiß ich nicht. Aber ich kann mich danach erkundigen.«

»Danke. Das wäre sehr hilfreich.«

Der Priester klatschte befriedigt in die Hände. Er freute sich sichtlich, dass er helfen konnte.

Nikolaus fragte weiter: »Und wann habt Ihr Helena zum letzten Mal gesehen?«

»Gestern. Ich habe mit ihr über die Messe gesprochen, die zu Ehren des Toten gelesen werden soll.«

»Habt Ihr Helena oder ihrer Schwägerin noch Sachen von Herrmann Albrecht gegeben?«

»Was für Sachen?«

»Persönliche Dinge des Meisters.«

»Da war nichts mehr. Er hatte seine Kleidung am Leib. Dass er noch Werkzeug hier hatte, ist mir nicht bekannt. Sucht Ihr denn etwas Bestimmtes?«

Nikolaus nickte. »Die lederne Mappe, die Albrecht immer bei sich trug.«

»Ja, ich erinnere mich. Darin hatte er seine Zeichnungen. Die legte er üblicherweise immer auf die kleine Kiste an der Treppe.«

»Und wer hat die Mappe jetzt?«

»Oh ... äh ...« Der Priester raufte sich ratlos die Haare.

»Habt Ihr sie Gesine oder Helena gegeben?«

»Bestimmt nicht.«

»Oder ist sie mit dem Leichnam abtransportiert worden?«

»Auch nicht. Da bin ich mir sicher. Dann hätte ich sie ja vom Turm herunterholen müssen. Vielleicht hat Meister Grimbach sie ja genommen. Fragt ihn doch am besten.«

»Habe ich schon. Er hat die Mappe auch nicht. Er hat sie das letzte Mal gesehen, als er nach Albrechts Sturz die Treppe hinunterlief.«

»Und wenn sie in der Kiste liegt? Oder dahintergefallen ist?«

Daran hatte Nikolaus noch gar nicht gedacht. Und schon waren die beiden Männer auf dem Weg zum Turm am gegenüberliegenden Ende des Daches. Sofort riss Ulrich Trips den Deckel auf. Aber außer einem verrosteten Hammer und einigen Lederriemen war nichts in der Kiste. Auch hinter oder unter ihr war keine Spur von den Unterlagen.

»War jemand nach dem Sturz hier oben auf dem Turm?«, fragte Nikolaus.

»Nur diese grässliche Horde von Verrückten, die meinten, die Arbeiter trügen die Schuld am tragischen Tod des armen Meisters. Könnten die die Mappe genommen haben?«

Nikolaus zuckte mit den Schultern. Aber eigentlich konnte er sich das am wenigsten vorstellen. Was hätten die damit anfangen sollen? Die hatten doch nur nach Blut gelechzt, hatten so schnell wie möglich einen Schuldigen haben wollen, den sie am besten sofort aufknüpfen oder erschlagen konnten. Viel wahrscheinlicher war, dass der Dieb später hier heraufgeschlichen war, um sich die verräterischen Papiere zu sichern. Nikolaus blickte zum Bretterverschlag hinüber. Oder der Dieb war der geheimnisvolle Beobachter mit der Gugel, der sich dort versteckt hatte. Vorsichtshalber riskierten die beiden noch einen prüfenden Blick in den kleinen Raum hinein. Aber wie schon bei Nikolaus' erster Durchsuchung war das einzige ungewöhnliche Inventar die Branntweinflasche.

Hier gab es vorläufig nichts mehr, das ihn interessierte. So bat er den Priester nur noch, ihm zu erklären, wo Dominikus Vierland wohnte. Der junge Mann bedankte sich für die Auskunft und eilte die Treppe hinab.

Der Schöffe Vierland

Wie der Priester von St. Gangolf erklärt hatte, stand das Haus des Schöffen Vierland in der Simeonstraße auf halber Strecke zwischen Markt und Simeonskirche auf der rechten Seite. Das Haus, *Zum Säulchen* genannt, war nicht zu übersehen. Es war einer der jahrhundertealten, wehrhaften Wohntürme, von denen es noch einige in Trier gab. Der eigentliche Eingang befand sich im ersten Stock. Eine hölzerne Treppe führte von der Straße zu der schweren Eichentür an der rechten Seite der Fassade.

Schnell stieg Nikolaus die Stiege hinauf und pochte an die Tür. Im Haus war nichts zu hören. Er versuchte es abermals – wieder ohne Erfolg. Gerade als er enttäuscht abziehen wollte, wurde von innen der Riegel zur Seite geschoben. Das Gesicht einer Frau mittleren Alters erschien im schmalen Spalt. Man konnte nicht viel von ihr erkennen.

»Was wünscht Ihr, mein Herr?«

Nikolaus nannte seinen Namen und erklärte, dass er gerne mit dem Schöffen wegen des Todes seines Sohnes sprechen wollte. Langsam öffnete sich die Tür. Nun konnte man sehen, dass die Frau Mitte vierzig war. Ihre Augen waren gerötet und geschwollen vom Weinen. »Was wisst Ihr über meinen Sohn? Warum wurde er umgebracht?«

»Wollen wir das nicht lieber im Haus besprechen?«

Die trauernde Mutter nickte und bat den Gast herein. Zu zweit durchschritten sie einen Flur, dessen Wände aus den Natursteinen gebildet wurden, die überall in der Stadt verbaut worden waren. Schließlich erreichten sie einen mit dunklem Holz getäfelten Raum. Auf einem Tisch in der Mitte lag der prächtig hergerichtete Leichnam von Sebastian. Man hatte ihm eine reich bestickte Samtjacke angezogen, dazu ein strahlend weißes Hemd mit Rüschen, schwarze Hosen und blank polierte Schaftstiefel. An den vier Ecken des Tisches brannten große Kerzen.

Zu Füßen des Toten kniete Dominikus Vierland und betete. Als Nikolaus und seine Frau hereinkamen, schaute er müde auf. Der junge Mann bekundete sein Mitleid.

Der Schöffe stand langsam auf und fragte leise: »Habt Ihr sie?«

»Ihr meint die Mörder? Es tut mir von Herzen leid, aber wir suchen sie noch.«

Vierland nickte nur sacht. »Ich weiß, dass Sebastian Fehler gemacht hat. Einige Leute meinen sogar, er hätte die Strafe verdient. Aber muss man ihn deswegen wie einen räudigen Hund abstechen?«

Nikolaus schüttelte den Kopf. »Ein Mord ist immer etwas Verabscheuungswürdiges.«

»Warum hat man das also getan? Könnt Ihr mir das erklären?«

»Weil jemand Angst hatte, dass Euer Sohn etwas verraten könnte. Für solche hat das Leben eines Menschen wenig Wert.«

Der Schöffe blickte auf seinen Sohn: »Habe ich versagt?«

»Bitte, Dominikus!«, unterbrach ihn seine Frau mit zitternder Stimme. »Das haben wir doch schon oft genug besprochen.«

»Ich bin sein Vater, ich hätte ihm helfen müssen.«

Die Frau begann laut zu schluchzen und wandte sich ab, ihren Tränen freien Lauf lassend.

Nikolaus fühlte sich inmitten dieser Trauer unwohl. Er wollte so schnell wie möglich hier heraus. »Wer waren seine Freunde? Vielleicht finden wir darüber seinen Mörder?«

»Seine Freunde?« Dominikus Vierland wandte sich wieder seinem Gast zu. »Darf ich feige Mörder als seine Freunde bezeichnen? Dann würde ich meinen geliebten Sohn auf die gleiche Stufe wie diesen Abschaum stellen. Dann wäre er auch ein Mörder. Und das glaube ich nicht. So schlecht war er nicht. Niemals.«

Nikolaus räusperte sich peinlich berührt. »Das glaube ich auch nicht. Sebastian belastete es ja schon, dass er nur losen Kontakt mit diesen Verbrechern hatte. Deshalb wollte er ja auch alles offenbaren, was er wusste.«

Vierland nickte zustimmend.

»Wisst Ihr denn, mit wem Euer Sohn ... äh ... zu tun hatte?«

Der Schöffe überlegte einen Moment. »Vor ein, zwei Jahren war er öfter mit Konstantin Junk zusammen. Mit wem er sich in den letzten Monaten traf, weiß ich nicht. Er ging Gesprächen darüber aus dem Weg.«

»Habt Ihr eine Vermutung, warum?«

»Ist das nicht offensichtlich?« Die Stimme war plötzlich lauter geworden. Man hörte den Groll sehr deutlich heraus. »Ich hätte diese perfiden Straßenräuber genauso verurteilt und ihm verboten, weiterhin mit ihnen etwas zu tun zu haben.«

Nikolaus hob verwundert die Augenbrauen. »Ihr sagtet: genauso verurteilt. Hattet Ihr Eurem Sohn schon einmal den Umgang mit jemandem verboten?«

»Moment bitte.« Vierland ging zu seiner noch immer weinenden Frau hinüber und sprach leise mit ihr. Schließlich nickte sie und verließ den Raum. »Sie muss nicht alles mit anhören. Sie leidet schon genug.«

»Natürlich. Das verstehe ich.«

Der trauernde Vater atmete tief durch, als bereite er sich auf eine schwere Beichte vor. »Ich nehme an, Ihr habt schon unseren Schöffenmeister Theodor Junk kennengelernt?«

»Ja.«

»Was haltet Ihr von ihm?«

Nikolaus hielt die Luft an. Was sollte er sagen? Wie offen durfte er sein? Wie konnte er seinen Eindruck so diplomatisch wie möglich beschreiben? »Er erscheint mir sehr geschäftstüchtig und ehrgeizig. Er will Trier zu neuer Blüte verhelfen.«

Plötzlich zuckte ein Lächeln um Vierlands Mund. »Trier zu neuer Blüte? Eher wohl seiner Familie. Das ganze Getue um den Kaiser Konstantin ist doch nur Theater, das ihm die Unterstützung der Stadt und des Rates einbringen soll. Theodor tut nichts, ohne dass es ihm etwas einbringt. Die Idee mit Konstantin dem Großen ist gut – eigentlich schon genial. Der Bischof wird hinausgedrängt, die Basilika wird zur Kaiserpfalz und Trier freie Reichsstadt. Doch wer wird am meisten davon profitieren?« Der Schöffe blickte Nikolaus erwartungsvoll an.

»Theodor Junk?«

»Genau. Er, der große Befreier Triers, bekommt allen Ruhm und vom Kaiser vielleicht auch den Grafentitel. So etwas lässt sich dann ausgesprochen gut mit Dukaten und Talern vergolden.«

»Und was hat das mit Eurem Sohn zu tun?«

»Sebastian und Konstantin Junk hatten sich angefreundet. Das gefiel mir nicht.«

»Hattet Ihr Angst, dass Euer Sohn die Einstellung der Familie Junk übernahm?«

Der Schöffe antwortete nicht sofort. »Ich wollte schon damals nicht, dass mein Sohn mit Mördern verkehrt.«

Der junge Mann war wie vom Schlag getroffen. Sein Mund stand offen, aber er bekam keinen Ton heraus. Er musste ein äußerst dümmliches Gesicht machen, denn Dominikus Vierland begann nun sogar zu lächeln.

»Jetzt wollt Ihr sicher wissen, wie ich darauf komme?«

Nikolaus konnte nur nicken.

»Meine Frau hatte eine Schwester, Sabine. Ein sehr kluges und auch hübsches Mädchen. Ich hatte sie in der Kirche gesehen und mich in sie verliebt. Ich wollte sie gerne ehelichen. Mein Vater hat es aufgrund meiner Bitte auch versucht. Sabines Vater hatte aber leider mehrere Kandidaten. Ich musste noch zwei Jahre warten, dann durfte ich die jüngere Schwester Regina heiraten. Ich habe es bis heute nicht bereut. Sie hat Euch ja hereingelassen.«

»Und was wurde aus Sabine?«

»Die bekam Theodor Junk.«

Plötzlich schlug sich Nikolaus vor die Stirn. Ihm fiel das Gespräch mit Gesine Albrecht ein. »Sabine Wiesenfeld.«

Nun war Vierland überrascht. »Ihr kennt sie?«

»Gesine Albrecht erzählte mir von ihr und ihrem tragischen Tod.«

Das Gesicht verfinsterte sich. »Es war kein tragischer Tod. Es war Mord.«

»Wie kommt Ihr darauf?«

»Leider gibt es keinen Beweis. Aber Sabine erzählte meiner Frau, dass Theodor jedes Interesse an ihr verloren hatte, nachdem sie zwei Söhne als Stammhalter geboren hatte. Von da an ließ er immer mehr durchblicken, dass sie unerwünscht war. Schließlich hätte die Kindererziehung auch eine Amme übernehmen können. Sabine hatte einen ausgeprägten Willen und ließ sich nicht so leicht unterkriegen. Aber plötzlich war sie wieder schwanger. Sowohl meine Frau als auch ich sind überzeugt, dass das Kind nicht von Junk stammte. Sabine hat nie verraten, wer der Vater war. Und so kam es, wie es kommen musste. Nach Helenas Geburt wurde Sabine plötzlich krank und verstarb. Das hat Theodor Junk getan. Darauf verwette ich mein Leben. Er hat sie eiskalt vergiftet. Ich habe ihm das auch ganz offen ins Gesicht gesagt. Aber ihn ließ das unbeeindruckt. Warum sollte er sich darüber aufregen? Wer sollte ihm den Prozess machen können?«

Plötzlich verstand Nikolaus die Distanz zwischen Helena und Theodor Junk. Gestern hatte er zum Schöffenmeister gesagt: »Eure Tochter«. Und was hatte der gefragt? »Ihr meint Helena?« Als wäre sie nicht seine Tochter. Nikolaus hatte sich noch gewundert. Dabei hatte das sogar der Wahrheit entsprochen! Kein Wunder, dass Junk bereit war, sie an einen Handwerker zu verschachern. Sie war ja nicht sein Fleisch und Blut!

»Soweit ich gehört habe, sollte Helena doch eigentlich Thomas von Buschfeld heiraten. Und dann hieß es plötzlich, dass Herrmann Albrecht sie bekäme. Wisst Ihr etwas darüber?«

Vierland bewegte den Kopf langsam hin und her. »Nein. Aber es hat mich schon gewundert. Vielleicht hatte Philipp von Buschfeld herausgefunden, dass Helena nur ein Wechselbalg war und es Probleme wegen des Anrechts auf das Erbe geben könnte.«

In Nikolaus' Kopf rasten die Gedanken wie wild durcheinander. Die Erklärung klang durchaus plausibel. Aber wie hatte der Ratsherr das herausbekommen? Wenn es noch nicht einmal der eigenen Schwester verraten worden war! Und was hatte Buschfeld als Gegenleistung erhalten, dass ihm fast ein faules Ei ins Nest gelegt worden war? Junk hatte ihn ja eigentlich betrügen wollen.

»Und deshalb wolltet Ihr nicht, dass Euer Sohn mit Theodor Junks Söhnen zusammen war?«

»Richtig.«

»Obwohl sie Vettern waren?«

»Ganz genau.«

»Habt Ihr diese Geschichte auch Sebastian erzählt?«

Dominikus Vierland schaute zu Boden und schwieg einen Moment. »Auch ohne diese Erklärung versprach er mir, den Kontakt mit Konstantin auf ein Mindestmaß zu begrenzen. Dafür ...« Er stockte einen Augenblick. »Dafür hatte er anschließend umso schlimmere Freunde: Erpresser, Diebe und Mörder.«

Was sollte Nikolaus dazu sagen? Er verstand die Trauer und die Enttäuschung, auch wenn er den Schmerz bei Weitem nicht nachempfinden konnte – das konnten nur ein Vater oder eine Mutter.

»Und habt Ihr schon einen Verdacht, wer die Hurensöhne waren, die meinen Sohn ermordet haben?«

»Leider nein. Aber wir haben wenigstens einen fangen können. Vielleicht bekommen wir noch etwas aus ihm heraus.« Nikolaus verschwieg lieber, dass Meuren sich mit einer hanebüchenen Ausrede hatte abspeisen lassen und wenig Energie in die Verfolgung der flüchtigen Verbrecher steckte. Der war hinter Junk her wie der Teufel hinter der Seele.

Der junge Mann musste an Gesines Erzählung von Theodor Junks erster Frau denken. Sie war unfruchtbar gewesen und eines Nachts die Treppe hinuntergestürzt. War dies auch ein vertuschter Mord gewesen? »Entschuldigt bitte, gnädiger Herr Vierland. Kanntet Ihr die erste Frau des Schöffen Junk?«

»Augusta.«

»Sie soll auch so tragisch umgekommen sein.«

Vierland nickte wieder. Langsam ging er am Tisch entlang und strich zärtlich über den Toten. »Theodor hat sie auf dem Gewissen.«

Nikolaus schlug sich mit der rechten Faust in seine linke Hand, dass es laut klatschte. Hatte er also richtig gedacht! Junk hatte seine Frau umgebracht, weil sie ihm keinen Nachfolger gebären konnte. Deshalb musste sie aus dem Wege geräumt werden, um einer jüngeren, hoffentlich fruchtbareren Frau Platz zu machen.

Der Schöffe wandte sich um. »Freut Euch nicht zu früh. Theodor war nicht im Haus, als sie starb.«

»Ach?« Das hämische Grinsen des jungen Mannes erstarb sofort.

»Es war tatsächlich so etwas wie ein Unfall. Augusta war nämlich betrunken. So wie ich hörte, war sie das in der Zeit vor ihrem Tod immer öfter. Theodor Junk ließ sie ständig spüren, dass sie eine Versagerin war, weil sie keine Kinder bekam. Er warf ihr sogar vor, selbst dafür zu sorgen, dass sie nicht schwanger wurde. Seine Gemeinheiten und seine Gehässigkeiten müssen schrecklich gewesen sein. Sie versuchte, ihre Probleme in Wein zu ertränken. So war Augustas Tod ein selbst verschuldeter Unfall. Aber Theodor hat sie erst dazu getrieben. Er hat sie ganz eindeutig auf dem Gewissen.«

Nikolaus war sich plötzlich bewusst geworden, welch eine Abneigung er in den letzten beiden Tagen gegen den Schöffenmeister entwickelt hatte. Er musste aufpassen, dass diese persönlichen Empfindungen nicht seinen Blick auf die Tatsachen trübten. Sonst würde er sich genauso in etwas verrennen wie der Dompropst. Er wollte diesen ungeliebten Auftrag so schnell wie möglich abschließen. Obwohl er zugeben musste, dass sein Ehrgeiz inzwischen geweckt worden war, das Geheimnis um den Tod des Baumeisters zu lüften.

»Kann ich Euch sonst noch eine Frage beantworten?« Dominikus Vierland schreckte Nikolaus aus seinen Grübeleien auf.

»Ihr habt mir schon mehr gesagt, als ich erwartet hatte. Obwohl mir ein Hinweis auf die Freunde Eures Sohnes lieber gewesen wäre. Aber ich werde weitersuchen. Das verspreche ich Euch.«

Der Schöffe nickte. Nach einem letzten Austausch von Höflichkeiten führte er den Gast hinaus und wünschte noch einmal viel Erfolg bei der Suche nach Sebastians Mördern.

Nikolaus' Gedanken schwirrten wild durcheinander. Helena war also eine uneheliche Tochter, die an einen dahergelaufenen Meister verscherbelt worden war. War Herrmann Albrecht die Herkunft verraten worden? Und war Buschfeld eine Wiedergutmachung angeboten worden? Junk hatte seine Frau wegen des Fehltritts wahrscheinlich umgebracht. Aber wie konnte man das jetzt, nach all den Jahren, noch beweisen? Sebastian und Konstantin waren Vettern und früher einmal befreundet gewesen. Doch wer waren Sebastians aktuelle Kumpane? Der Schöffenmeister war ein skrupelloser Geschäftsmann, der bei allem, was er tat, immer seinen Profit im Auge behielt. Welchen Vorteil hatte er durch den Tod des Zimmermannsmeisters?

Nachdenklich schlenderte Nikolaus zurück in Richtung Markt.

Jakob Monheim

Ganz unbewusst hatte sich der junge Jurist am Markt links gehalten und war in die Brotstraße spaziert. Er war am Haus von Theodor Junk vorbeigegangen, immer weiter in Richtung Stadttor. Die Häuser standen hier nicht mehr so nah zusammen, einige waren neueren Datums, dafür aber nicht so hoch und so prächtig wie jene, die näher am Markt standen. Die Stadt hatte noch genug Platz, in diese Richtung zu wachsen.

Kurz vor der Stadtmauer befand sich rechter Hand ein umfangreicher Besitz. Um einen Hof standen ein Wohnhaus und drei Ställe oder Scheunen. Das genau an der Straße gelegene Wirtschaftsgebäude machte den Eindruck, als würde es jeden Augenblick in sich zusammenbrechen. Das Dach war schief und auf einer Seite schon teilweise eingestürzt. Dabei sahen die freiliegenden Balken noch recht frisch aus. Das Mauerwerk hatte Risse, die vom Dach bis zum Boden reichten.

Nikolaus schaute sich um. Wo war er gerade? Konstantins Freundin Elise hatte gesagt, dass der Mann, der sich bei Theodor Junk wegen seiner Söhne beschwert hatte und daraufhin verprügelt worden war, im letzten Haus auf der rechten Seite wohnte, wenn man über die Brotstraße in Richtung Stadtmauer ging. Jakob Monheim sollte also hier wohnen. Aber das Gebäude passte auch zu der Beschreibung des halb eingestürzten Stalls des Viehhändlers Finken, wobei es laut Grimbach doch am Ende der Neustraße lag.

Der junge Mann fragte einen Burschen, der einen leeren Karren die Straße entlangschob, nach dem Namen dieser Straße. Es stellte sich heraus, dass an der Ecke zur Webergasse aus der Brot- die Neustraße wurde. Also bezogen sich die

Beschreibungen von Adam Grimbach und Elise auf ein und dasselbe Haus! Der misshandelte Monheim wohnte bei Peter Finken.

Es war Mittagszeit – im Moment waren nicht viele Menschen unterwegs. Auch im Hof des Viehhändlers war niemand zu sehen. Vorsichtig betrat Nikolaus das Gehöft. Er wollte sich Herrmann Albrechts Kunstwerk gerne näher betrachten. Von hier aus sah es auch nicht besser aus. Das Dach war auf der rechten Seite komplett eingestürzt. Durch die offen stehenden Tore erkannte man ein wirres Durcheinander von Stroh, Brettern, Balken und Wagen, die beim Einsturz des Daches dort gestanden hatten und nun beschädigt waren. Auch ein Stück Mauerwerk war eingestürzt und lag auf dem Hof.

Nikolaus trat näher, um sich das Tohuwabohu genauer anzuschauen. Zwei tragende Balken waren mehrfach durchgebrochen. Grimbach hatte erklärt, dass Albrecht das Fundament falsch eingeschätzt hatte und sich Wände gesenkt hatten. Man erkannte es an den gerissenen und teilweise eingestürzten Mauern. Als sich die stützenden Wände verschoben hatten, war das Gewicht der Dachkonstruktion plötzlich falsch verteilt, und die Fachwerkkonstruktion musste versagen.

Aber etwas fand Nikolaus eigenartig. Die Scheune war ein Firstständerhaus: eine aus mehreren Teilen gebaute Stütze reichte vom Boden bis unter den First. Beim Umbau war diese verlängert worden – man sah es an der unterschiedlichen Verfärbung des Holzes –, sodass der Raum unter dem Dach vergrößert worden war. Dann waren zwei Böden eingezogen worden, die über leichtere Ständer auf den großen, quer durch die Scheune reichenden Dachbalken ruhten. Und genau dort, wo diese Ständer auflagen, waren die Balken gebrochen. Warum? Nikolaus war zwar kein Zimmermann, aber er fand es nicht logisch. Das Gewicht des Daches und der Sparren lag weiterhin auf der mittleren Stütze und den Außenmauern. Die zusätzlichen Ständer mussten nur das Gewicht der dort gelagerten Sachen tragen, allem Anschein nach Stroh und Heu. Beim Absacken einer Wand müsste eigentlich die Auflage der Sparren außen abreißen und der Dachbalken lediglich an der Verbindung zum feststehenden Firstständer brechen. Das gleiche Ergebnis gäbe es auch, wenn Letzterer nachgeben würde.

Nikolaus stieg über ein paar kreuz und quer liegende Hölzer, um sich den ihm unerklärlichen Bruch der Dachbalken genauer anzusehen, denn das Holz war kaum gesplittert – im Gegensatz zu vielen anderen Sparren und Stützen. Als er über die Bruchstelle strich, rieselten Späne heraus. Wo kamen die denn her? Solche Späne entstanden doch eigentlich nur beim Bohren von Löchern für Holzdübel. Hier gab es tatsächlich ein Loch. Wozu? Es reichte doch, wenn der Zapfen des Ständers in der Nut des Balkens steckte. Das Gewicht des Bodens sorgte schon dafür, dass die Konstruktion nicht auseinanderfiel. Nikolaus schaute genauer hin. Durch ein und dieselbe Öffnung waren mehrere Löcher in verschiedenen Richtungen in den Balken gebohrt worden. Es sah aus, als hätte ein riesenhafter Holzwurm den Balken durchwühlt.

Nikolaus untersuchte auch die anderen Bruchstellen. Das Holz war jeweils auf die gleiche Weise geschwächt worden, und zwar so, dass es von außen kaum auffiel. Das eine sichtbare Loch konnte man schnell zustopfen oder etwas darüberhängen. Und als die Böden, die auf diesen Stellen fußten, zu schwer wurden, gaben die Balken nach, rissen die mittlere Firststütze um, und das Dach stürzte ein.

Der junge Mann verließ das Durcheinander mit einem Lächeln. Herrmann Albrecht war unschuldig. Jemand anders hatte das Unglück verursacht. Wer wohl?

»Kann ich Euch helfen?«

Nikolaus zuckte zusammen und drehte sich herum. Einige Schritte entfernt stand ein Knecht in zerschlissener Kleidung. Noch ehe er etwas sagen konnte, fragte der Knecht: »Wollt Ihr ein Pferd kaufen?«

Statt einer Antwort nickte Nikolaus nur.

»Leider ist der Herr Finken nicht da. Aber der Jakob kann Euch helfen. Da drüber kommt er.« Der Knecht zeigte zu einem der intakten Gebäude. Von dort kam ein jüngerer Mann herangehumpelt, der mit einem Winken klarmachte, dass er den vermeintlichen Kunden selbst übernahm. Der Knecht zog sich daraufhin zurück.

Der Neuankömmling begrüßte den Kunden sehr freundlich und stellte sich als Großknecht Jakob Monheim vor, der ihm gerne helfen würde, solange der Händler Finken nicht persönlich anwesend sein konnte. Nikolaus konnte seine Freude kaum verbergen. Ganz unvermutet war ihm gerade der untergekommen, der einen nicht unerheblichen Streit mit Konstantin Junk gehabt hatte. Und sein Dienstherr war ausgerechnet der, der ein großes Interesse gehabt hatte, es Albrecht heimzuzahlen. Entweder vor Gericht, um einen entsprechenden Schadensersatz für die unbenutzbare Scheune zugesprochen zu bekommen, oder indem er ihn kurzerhand umbrachte aus Rache dafür, dass der Zimmermannsmeister ihm den Schaden nicht ersetzen konnte.

Aber anstatt sich nach einem Reittier zu erkundigen, zeigte der junge Jurist auf Monheims lädiertes Bein. »Hat Euch da ein Pferd getroffen?«

»Nein, nein. Das ist da passiert.« Er zeigte auf die ruinierte Scheune. »Wir waren gerade dabei, frisches Heu unterm Dach aufzuschichten, als wir ein fürchterliches Krachen hörten. Im nächsten Augenblick ging es schon abwärts. Mir wurde fast das Knie unter einem Balken zertrümmert, einem anderen Knecht der linke Arm. Den wird er nie wieder richtig bewegen können. Und der dritte hat in seinem Dusel nur blaue Flecken abbekommen. Zum Glück waren gerade an dem Tag keine Pferde im Stall.«

Nikolaus nickte. Finken hatte mit dem Einsturz gerechnet und lieber die Knechte in die Scheune geschickt als seine Pferde dort unterzustellen. Neue Leute bekam er immer wieder, getötete Pferde musste er aber aus seinem eigenen Geldbeutel ersetzen. Anscheinend rührte Monheims Knieverletzung also nicht von der Prügel her, die er von Konstantin und seinen Freunden bekommen hatte.

»Ich habe schon von dem Einsturz gehört. Aber ich wusste nicht, dass Ihr dieser Katastrophe nur knapp entkommen seid.«

»Glück gehabt.« Nun ereiferte sich der Knecht – er wurde immer lauter. »Aber dieser Zimmermannsmeister Albrecht hat den Tod verdient. Wegen seiner Unfähigkeit wären fast einige Leute vor die Hunde gegangen. Das wäre beinahe Mord gewesen! Ganz abgesehen davon, muss man sich mal vorstellen, was das für einen Schaden für den Herrn darstellt. Der Versager von einem Zimmermann tut so, als ginge ihn die ganze Schweinerei nichts an, und ich werde mein Lebtag humpeln müssen!«

»Herrmann Albrecht ist nun ja tatsächlich tot.«

Auf dem Gesicht des Knechtes erschien ein befriedigtes Lächeln. »Er hat seine gerechte Strafe bekommen.«

War das jetzt ein Geständnis? War Herrmann Albrecht wegen seines verpfuschten Baus umgebracht worden? Oder war es nur die Genugtuung, dass dieser jetzt tot war? »Habt Ihr oder hat Euer Herr mit Herrmann Albrecht wegen des Einsturzes und des angerichteten Schadens gesprochen?«

»Klar. Der Herr Finken hat das sofort in die Hand genommen. Er war ja auch zu Recht stinksauer. Die Ställe sind zerstört, und die Kosten des Umbaus sind auch umsonst gewesen. Aber seitdem der Meister mit dieser Schöffentochter verheiratet war, traute sich keiner mehr an ihn ran.«

»Junk beschützte ihn?«

»Klar. Ich als kleiner Bediensteter kann da nichts machen. Aber mein Herr Finken sagte gestern noch, dass er jetzt genau weiß, wie sein Schaden wieder ersetzt werden wird.«

»Wer sollte das denn machen? Die Witwe hat doch auch kein Geld. Der Meister Albrecht hatte schon genug Schulden.«

Monheim grinste triumphierend. »Der alte Junk wird dafür geradestehen. Der wird dafür zahlen.«

Nikolaus musste sich beherrschen, um seine Überraschung nicht zu deutlich zu zeigen. »Aha. Wieso das denn?«

Der Knecht zuckte mit den Schultern. »Weiß nicht. Der Herr hat da was angeleiert. Aber Hauptsache ist doch, es wird gezahlt. Oder?«

»Stimmt.«

»Mein Herr löst so oder so jedes Problem. Sonst wäre er bestimmt nicht so reich geworden. Aber nun genug gequatscht. Ihr wollt ein Pferd? Wir haben da noch zwei. Die kann ich Euch zeigen.«

Nikolaus hatte mit einer gehörigen Portion Glück den Knecht getroffen und ein paar interessante Einzelheiten erfahren, die ihm hoffentlich noch nützlich sein konnten. Aber er hatte doch nie ein Reittier kaufen wollen. Wozu? Wenn er eins bräuchte, bekäme er eins vom Kurfürsten gestellt. Also musste er nun ein wenig übertreiben. Zum Glück war der Viehhändler gerade unterwegs.

»Der gnädige Erzbischof benötigt ein weiteres Gespann für eine neue Kutsche. Vier Zugpferde. Ich wollte mich erkundigen, wer sie liefern könnte.«

Jakob Monheim verzog sein Gesicht, als hätte er Zahnweh. »Gleich vier?«

Nikolaus nickte.

»Dann solltet Ihr lieber mit dem Herrn Finken persönlich reden. Wenn es dann auch noch für den Erzbischof ist ...«

»Könntet Ihr ihn bitte rufen?«

Der Großknecht wedelte etwas nervös mit den Armen. »Er ist leider heute nicht da. Er ist gestern Abend ganz plötzlich los, um ein wichtiges Geschäft zu erledigen, und will erst morgen im Laufe des Tages zurückkommen. Am besten kommt Ihr morgen Nachmittag noch einmal. Dann sollte er wieder da sein.«

»Wo könnte der ehrenwerte Herr Finken denn im Moment sein? Könnte ich ihn nicht dort persönlich aufsuchen?«

»Er hat zwar noch den Hof seiner Eltern – kurz vor Konz liegt der –, aber ob er auch wirklich dort ist, kann ich nicht sagen. Ich bitte Euch untertänigst, Euch zu gedulden«

»Nun gut. Dann komme ich morgen wieder.« Nikolaus verabschiedete sich, während sich Monheim nochmals verbeugte und entschuldigte.

Wie hatte Peter Finken es geschafft, dass Theodor Junk für den Schaden an der Scheune aufkam? Der Schöffe hatte zwar irgendetwas mit dem Meister ausgeheckt und ihm die uneheliche Tochter seiner untreuen Frau angedreht, aber hatte die Vereinbarung etwas mit dem Schadensersatz zu tun? Hatte Finken etwa das Geheimnis entdeckt und Junk unter Druck gesetzt? Wie hatte er es in Erfahrung bringen können? Durch Albrechts verschwundene Mappe natürlich. Finken musste sie in die Hände bekommen haben. Aber wie und wann? Monheim hatte gesagt, dass der Viehhändler gestern Abend ganz plötzlich fortgemusst hatte.

Nikolaus blieb stehen und massierte sich die Stirn.

»Gestern Abend«, murmelte er. »Aber natürlich. Wer wurde gestern Abend entführt? Gesine Albrecht.«

Sie hatte die Mappe. Irgendjemand musste sie ihr gegeben haben. Oder aber Finken hatte die Unterlagen selbst bekommen – egal ob durch Zufall oder durch Diebstahl –, und er brauchte die Schwester des Zunftmeisters, um seine Forderungen durchsetzen zu können.

Nikolaus schüttelte ärgerlich den Kopf. War das jetzt nicht ein bisschen weit hergeholt? Konnte es nicht auch eine andere, plausiblere Erklärung geben? Natürlich. Gesine konnte von allen möglichen Leuten entführt worden sein. Wenn sie überhaupt verschleppt war. Vielleicht hatte sie sich nur verletzt und konnte deswegen heute nicht arbeiten. Und Peter Finken war unterwegs, weil er ein gutes Angebot für eine Herde Rinder bekommen hatte. Und Theodor Junk bezahlte den Schaden an der Scheune, weil ihm neben dem Geld und dem Profit auch sein Ansehen wichtig war.

»Vielleicht sollte ich mir jetzt besser einmal den gefangenen Burschen ansehen, bevor ich vor lauter Spekulationen noch ganz durchdrehe.«

Energischen Schrittes marschierte Nikolaus wieder in Richtung Markt und dann weiter in die Domstadt.

Der Gefangene

In der kleinen Wachstube der Domstadt erkannte man Nikolaus zwar sofort, aber bis eine Wache sich endlich erhob, um ihn zu den Verließen zu führen, dauerte es schon einige Zeit. Die Soldaten hatten gerade ausgiebig zu Mittag gegessen und hätten jetzt am liebsten ein Mittagsschläfchen gehalten.

Die Wache nahm eine kleine Öllampe und zündete sie an. Neben dem Eingang zur Stube führte eine enge Treppe in die Tiefe. Die Luft im Keller war kühl und feucht, hier spürte man überhaupt nichts von der sommerlich wohligen Wärme draußen. Zu allem Überfluss roch es unangenehm nach Verfaultem und nach Exkrementen. So fiel es nicht schwer sich vorzustellen, unter welch schrecklichen, ja unmenschlichen Umständen die Gefangenen hier eingesperrt waren. Sie mussten auf Stroh in ihrem eigenen Dreck hausen – und das manchmal für eine sehr lange Zeit. Es wunderte daher nicht, dass einige Gefangene krank wurden und starben, ehe sie vor Gericht gestellt wurden. Dies war eine besondere Art von Folter.

Die beiden standen vor zwei niedrigen Türen, die mit Eisen beschlagen waren und jeweils am unteren Rand eine kleine Luke für die Versorgung mit Nahrung und Wasser hatten.

»Wo ist Adam Grimbach?«, fragte Nikolaus.

»Der ist ins Gefängnis im Rathaus gebracht worden«, brummte die Wache missmutig. »Hier sind nur die, die der Dompropst unter seiner Kontrolle behalten will. Wir haben ja nur die beiden Löcher hier.«

Vielleicht konnte Nikolaus nachher noch einmal mit dem Zimmermannsmeister sprechen.

Der Soldat schob den Riegel der rechten Tür krachend zur Seite und öffnete das Verließ. Nikolaus schaute hinein. Durch ein kleines Loch in der Decke fiel etwas Licht auf eine Gestalt, die in der Ecke saß. An den Hand- und Fußgelenken waren Ketten angebracht, deren anderes Ende an schweren Eisenringen im Mauerwerk befestigt war. Nach der Länge der Fesseln zu urteilen, kam er gerade bis zur Tür, um sich seine Essensration abzuholen. Nikolaus war ein wenig mulmig zumute. Der Gefangene hatte noch genug Bewegungsfreiheit, um ihn anzugreifen, auch wenn dies natürlich äußerst riskant wäre. Dennoch – hoffentlich blieb die Wache in der Nähe.

Kaum hatte der Angekettete seinen Besucher erkannt, grinste er siegesgewiss und rief aus: »Ach, nee! Der große Held, der Unschuldige zu Verbrechern macht.«

»Ihr seid nicht unschuldig. Ihr und Eure Kumpanen rauben Leute aus.«

Der Bursche lachte laut auf. »Da müsst Ihr mich mit jemandem verwechseln. Ich soll Leute ausrauben? Niemals!« Er schüttelte sich so heftig, dass die Ketten rasselten.

»Warum habt Ihr mich dann verfolgt?«

»Oh! Entschuldigt bitte. Ich habe Euch mit einem Dieb verwechselt.«

Nikolaus zog die Augenbrauen hoch. »Mit einem Dieb?«

»Tja, mein Lieber, ich kann halt zugeben, wenn ich mich geirrt habe. Aber bei Euch ist da ja so eine Sache ...«

»Wieso dachtet Ihr, ich wäre ein Dieb?«

»Gerade war ich angerempelt worden und hatte bemerkt, dass man mir meinen Geldbeutel gestohlen hatte. Unglücklicherweise sah ich Euch weglaufen. Was sollte ich da bloß denken? Natürlich musstet Ihr es gewesen sein! Wer sonst?« Der freche Kerl grinste breit.

»Denkt Ihr das noch immer?«

Der Gefangene hob die Arme. »Das ist ja das Problem. Da steht Aussage gegen Aussage. Und solange Euch kein anderer beim Stibitzen beobachtet hat, kann ich gar nichts tun. Andererseits: Wenn sich keine weiteren Zeugen melden, die mich bei all den bösen und unanständigen Taten, die Ihr mir so gehässigerweise vorwerft, gesehen haben, warum bin ich dann noch immer hier angekettet?«

Nikolaus musste zugeben, dass der Bursche nicht ganz unrecht hatte. Wenn es nicht gelänge, die geschädigten Händler und Handwerker zu einer Aussage zu bewegen, standen die Chancen schlecht für eine Verurteilung. Da die anderen Bandenmitglieder noch auf freiem Fuß waren, hatten die Leute natürlich Angst vor Vergeltung. Oder man musste die Kumpane auf frischer Tat erwischen. Aber die wären ziemlich dumm, gerade jetzt, wo alle Wachen besonders aufpassten, abkassieren zu wollen. Höchstwahrscheinlich würden sie sich in ihre Löcher zurückziehen und warten, bis es in Trier wieder etwas ruhiger und ungefährlicher für sie wäre.

»Ihr wollt mir also nicht sagen, wer Eure beiden Freunde waren?«

»Welche meint Ihr denn? Ich habe ein paar.«

»Die mich verfolgt haben.«

»Oh, das tut mir unendlich leid. Aber ich habe niemanden gesehen, der Euch verfolgt hat. Seid Ihr sicher, dass Ihr Euch das nicht eingebildet habt?« Wieder hatte der Kerl sein frechstes Grinsen aufgesetzt.

Nikolaus wusste genau, dass sich dieser Gefangene nicht so schnell einschüchtern oder ins Bockshorn jagen ließ. Der wusste ganz genau, dass er im Moment nicht schlecht dastand. »Und Ihr habt den Streit zwischen Adam Grimbach und Herrmann Albrecht gesehen?«

Der Bursche verzog das Gesicht, als hätte er nichts verstanden, und beugte sich vor. »Wen meint Ihr bitte?«

»Ich denke, Ihr wisst ganz genau, dass ich die beiden Zimmermannsmeister meine.«

»Ach, Ihr meint die zwei, die sich im Turm von St. Gangolf gestritten haben?«

Nikolaus nickte nur kurz.

»Sagt das doch gleich! Natürlich habe ich das beobachtet. Ich habe zwar kein Wort verstanden, aber den Armbewegungen nach zu urteilen, hatten die einen handfesten Streit. Tja, und dann flog der Ältere plötzlich herunter.«

»Habt Ihr denn gesehen, dass Herrmann Albrecht von Adam Grimbach gestoßen wurde?«

»Das habe ich doch gestern Abend schon alles zu Protokoll gegeben. Das könnt Ihr alles nachlesen.«

»Bitte erzählt es mir noch einmal.«

»Oh!« Er richtete sich kerzengerade auf und feixte: »Kann der gnädige Herr etwa nicht lesen? Das tut mir aber leid.«

Nikolaus wollte sich keinesfalls provozieren und vom Thema abbringen lassen. Deshalb wiederholte er seine Bitte.

»Steht alles im Protokoll. Und mehr werde ich nicht sagen.«

»Vor Gericht werde ich Eure Aussage in der Luft zerreißen. Von der Gasse vor St. Gangolf kann man nicht in den Turm schauen. Das ist unmöglich. Da müsste man schon um die Ecke gucken können. Und vom Marktplatz aus über die Häuser hinweg etwas zu erkennen, ist ausgeschlossen. Auf die Entfernung kann man nichts erkennen.«

»Das ist Eure Meinung. Der Dompropst glaubt mir aber jedes Wort.«

»Warum habt Ihr nicht eher etwas von Eurer wichtigen Beobachtung gesagt?«

Der Gefangene zuckte mit den Schultern. »Woher sollte ich

wissen, dass ich der einzige Zeuge bin? Ich dachte wirklich, dass allen klar war, wer der Mörder ist.«

Diesen Mann konnte Nikolaus nicht erschüttern. Er hatte zu wenig Beweise in der Hand, um ihn aus der Fassung zu bringen. Es stand hier tatsächlich Aussage gegen Aussage. Als Jurist war Nikolaus klar, dass aufgrund dieser Umstände kein eindeutiges Urteil gefällt werden konnte. Welcher Behauptung sollte das Gericht mehr glauben? Dem, was der Bedienstete des Kurfürsten erzählte, oder dem, was ... Ja, wer war der Gefangene eigentlich?

»Möchtet Ihr mir zum Abschied denn nicht verraten, wie Euer Name ist?«

Wieder erschien das gehässige Lächeln. »Das steht auch im Protokoll.«

»Bitte.«

»Na, gut, Euch zuliebe. Ich heiße Rudolf Schauf.«

Nikolaus musste schlucken. »Ihr seid der Sohn des Metzgermeisters Hans Schauf?«

»Ganz genau.«

Das musste Meuren heute Morgen doch schon gewusst haben. Das Protokoll wurde bereits gestern verfasst. Warum hatte der Dompropst Nikolaus das nicht gesagt? Das war doch eine wichtige Information! Hatte Meuren inzwischen mit Hans Schauf über dessen Sohn gesprochen? Höchstwahrscheinlich nicht, denn Rudolf hockte hier ja noch angekettet. Warum hatte sich der Dompropst so schnell mit der unglaubwürdigen Beobachtung abspeisen lassen?

Einem plötzlichen Einfall gehorchend sprach Nikolaus: »Was denken eigentlich Eure Freunde, wenn der Prokonsul wie ein dahergelaufener Verbrecher im Kerker sitzen muss?«

Plötzlich war das gemeine Grinsen verschwunden. Der Gefangene presste seine Lippen zusammen und schwieg.

»Die beiden, die ich auf frischer Tat erwischt habe und die mich dann verfolgt haben, waren Eure Präfekten. Nicht wahr?«

Rudolf Schaufs Stimme klang nun nicht mehr so lässig und überzeugend. »Ich weiß nicht, was Ihr meint.«

Endlich war Nikolaus derjenige, der lächeln konnte. »Heinrich von Buschfeld, der jüngere Sohn von Philipp von Buschfeld, und Peter Kirn, der Sohn von Walther Kirn. Die sind doch Eure Laufburschen. Ihr habt auf sie aufgepasst, während sie für Euch abkassieren mussten.«

»Ich habe noch nie einen größeren Schwachsinn gehört.«

»Ich sollte jetzt wohl schnellstens los, um nach ihnen suchen zu lassen.«

Rudolfs Lachen klang gekünstelt und verkrampft. Er wusste, dass er gerade die Kontrolle verlor. »Ha! Ihr solltet Euch mal untersuchen lassen. Gab es schon öfter Fälle von Wahnsinn in Eurer Familie?«

»Ich wette, auch Konstantin und Crispus Junk und Thomas von Buschfeld gehören zu Eurer Truppe.«

»Wer soll das denn sein?«

»Die Gruppe der Ratsherrensöhne, die so gerne Tetrarchie spielen. Zu leugnen, dass Ihr befreundet seid, ist vergebens. Das ist allgemein bekannt.«

Rudolf riss ärgerlich an seinen Fesseln und knirschte mit den Zähnen.

»Überlegt Euch gut, ob Ihr Eure Aussage nicht noch ändern wollt. Die Schlinge liegt bereits um Euren Hals. Nur ein Wunder kann Euch noch vor einer Strafe retten.«

Der Gefangene hatte nun all seine Überheblichkeit verloren. Voller Wut presste er hervor: »Mein Vater wird mich noch heute hier herausholen. Ihr werdet es noch bereuen, mich mit Euren Lügengeschichten anklagen zu wollen.«

Nikolaus hatte genug gehört. Ohne ein weiteres Wort verließ er das Kerkerloch. Mit Schwung knallte er die Tür zu. Er war zufrieden, außerordentlich zufrieden. Endlich ging es voran. Er hatte die Verbrecherbande, die die kleinen Leute in der Stadt terrorisierte, enttarnt. Nun mussten so schnell wie möglich die anderen Mitglieder eingefangen werden. Nikolaus kannte jetzt die Hauptverantwortlichen.

Er eilte den Gang entlang und die Treppe hinauf. Er musste zu Meuren und ihm beibringen, dass einige Familien aus den besseren Kreisen Triers heute ihre Söhne verlieren würden. Hoffentlich würde sich der Dompropst nicht wieder so bockig anstellen. Nikolaus schlug sich vor die Stirn. Na, klar! Jetzt wusste er auch, warum Rudolf Schauf Adam Grimbach den Tod des alten Zimmermannsmeisters unterschieben wollte! Die Ratsherrensöhne hatten tatsächlich Streit mit Herrmann Albrecht gehabt, und die verschwundenen drei Burschen waren die Mörder. Er konnte seine Freude kaum beherrschen. Am liebsten hätte er seine Entdeckung laut hinausgeschrien.

Im Laufschritt eilte er zum Haus der Domherren hinüber.

Festnahmen

Nikolaus fand den Dompropst erst nach längerem Suchen. Er brütete zusammen mit einem anderen Domherrn über endlosen Listen von Abgaben. Sie diskutierten gerade, wie man noch mehr Gelder aus der Bewirtschaftung einer Mühle herausholen konnte. Im letzten Jahr waren die Einnahmen gesunken. Das durfte sich in Zukunft nicht wiederholen. Der junge Jurist klopfte vorsichtig an die offen stehende Tür.

Sofort blickte Meuren auf. »Was wollt Ihr? Seht Ihr denn nicht, dass ich beschäftigt bin?«

»Bitte verzeiht die Störung, Euer Gnaden. Ich weiß jetzt, wer alles zu der Bande der Erpresser gehört.«

»Lasst mich mit solchen Kleinigkeiten in Ruhe. Das soll der Stadtrat selbst lösen. Ich bin doch nicht das Kindermädchen für diese Versager.«

»Rudolf Schauf hat mir verraten, wer seine Freunde sind.«

»Was?«, schrie Meuren laut, sodass der Geistliche neben ihm erschrocken zusammenzuckte. Wütend sprang er auf. »Wie könnt Ihr es wagen, ohne meine Erlaubnis mit dem Gefangenen des Kurfürsten zu reden?« Mit drohend erhobenem Zeigefinger kam er auf Nikolaus zu. »Das werde ich dem ...« Er hielt plötzlich inne, blinzelte ein paarmal und fragte dann viel leiser. »Was hat Euch der Kerl verraten?«

»Wer mit ihm die Händler erpresst hat.«

Der Dompropst war sichtlich überrascht. »Wieso hat er mir das nicht gesagt?«

Nikolaus lächelte. Es war ihm eine ungeheure Befriedigung, diesen aufgeblasenen Wichtigtuer vorzuführen. »Ich weiß seit gestern, mit wem Schauf befreundet ist. Und als ich heute den Namen des Gefangenen erfuhr, habe ich ihn damit konfrontiert. Seine Reaktion sagte mir, dass ich richtig lag.«

»Ja, und? Wer sind diese sogenannten Freunde?«

»Konstantin und Crispus Junk, die Söhne des Theodor Junk, dann Thomas und Heinrich von Buschfeld, die Söhne von Philipp von Buschfeld, sowie Peter Kirn, der Sohn von Walther Kirn.«

Simeon von Meuren war wie vom Schlag getroffen. Seine linke Hand lag auf seinem Mund, während er mit der rechten nach Halt suchte. Nachdem er ein, zwei Schritte rückwärts gewichen war, lehnte er sich gegen den Tisch mit den Listen. Nach einer schier endlosen Zeit murmelte er: »Also auch Junks Blagen.« Er verzog sein Gesicht zu einem gehässigen Lächeln. »Das gibt bestimmt Unruhe in der Stadt. Das sind alles Söhne von Schöffen und Zunftmeistern. Dem Stadtrat wird das nicht gefallen. Er wird bestimmt wieder behaupten, das fiele in seine Gerichtsbarkeit.«

»Vergesst bitte nicht, dass Sebastian Vierland offensichtlich von einem oder mehreren aus dieser Truppe ermordet wurde, weil er im Begriff stand, sie zu verraten.«

»Jaja, schon ...«

»Mord fällt bestimmt nicht in die Gerichtsbarkeit des Rates.«

Der Dompropst atmete tief durch. »Das stimmt. Aber mir wäre am liebsten, wenn der Kurfürst Otto jetzt hier wäre.«

Nikolaus verstand die Welt nicht mehr. Erst wollte Meuren unbedingt einen Schuldigen finden und jagte ihn durch die Stadt. Dann kniff er auf einmal, weil ihm die Sache zu heiß war. Oder suchte er nur ein Vergehen gegen Theodor Junk?

»Wenn es offenkundig um Mord, Erpressung und Diebstahl geht, wird sich auch ein Stadtrat tunlichst hüten, das Verfahren zu verhindern. Wie sähe das denn in der Bürgerschaft aus? Gegenüber denen, die darunter zu leiden hatten?«

Der Dompropst nickte. »Das stimmt schon.«

»Vielleicht könntet Ihr zu gegebener Zeit und bei einem passenden Anlass dann durchblicken lassen, dass die Schöffen und Zunftmeister gezögert haben, weil es um ihre eigenen Söhne ging. So etwas glaubt der einfache Mann auf der Straße bestimmt ganz schnell.«

Meuren reckte sich. »Möglicherweise haben die Ratsherren ja davon profitiert, dass nichts getan wurde. Sie haben lieber ihre Söhne beschützt als die Bürger der Stadt. Verfehlungen, die sie bei anderen anprangern, sind in ihrer eigenen Familie anscheinend üblich. Damit haben sie im Grunde genommen die Erpressungen noch unterstützt.«

Nikolaus musste aufpassen, dass sein unverschämtes Schmunzeln nicht auffiel.

Der Dompropst war Feuer und Flamme. Er begann, aufgeregt hin und her zu laufen. »Wir müssen sofort Wachen losschicken. Die ganze Stadt wird voller Dankbarkeit auf mich blicken. Der Erzbischof wird mich dafür bestimmt belohnen.«

»Bitte schickt die Soldaten vor allen Dingen erst zu Buschfeld und Kirn. Deren Söhne müssen Sebastian Vierland auf dem Gewissen haben. Junks Söhne sind auf Reisen.«

»Auf Reisen? Wohin?«

»Das wollte mir Theodor Junk nicht verraten. Aber vielleicht könnten wir ihn nachher noch besuchen. Wenn Ihr dabei seid, ist er bestimmt gesprächiger.«

Meuren klatschte vergnügt in die Hände. »Guter Vorschlag. So machen wir das.«

Nikolaus grinste in sich hinein. Er hatte es nicht für möglich gehalten, dem zu kurz geratenen Gernegroß seinen Willen aufzudrängen – anstatt immer umgekehrt. Nun kam der zweite Teil der Argumentation. Er fuhr fort: »Wenn die Burschen nun verhaftet werden, dann erscheint die Anschuldigung gegen Meister Grimbach doch in einem ganz anderen Licht.«

»Er ist und bleibt verdächtig.«

»Vielleicht. Aber es gibt keinen handfesten Beweis, dass Grimbach der Mörder ist. Die Aussage von Rudolf Schauf erscheint unter den neuen Gesichtspunkten nicht sehr vertrauenerweckend.«

Meuren blieb vor Nikolaus stehen und blickte ihn scharf an. »Worauf wollt Ihr hinaus?«

»Vielleicht hatte jemand anders auch einen Grund, sich den Tod von Herrmann Albrecht zu wünschen.«

Der Dompropst grübelte einen Moment und fragte dann: »Ihr denkt an die Söhne der Ratsherren. Nicht wahr?«

»Wie ich erfahren habe, gab es ein paar Differenzen zwischen den Freunden und Herrmann Albrecht.«

»Aha. Ihr meint also, dieser Schauf hat mir etwas vorgegaukelt, damit ich Nachsicht mit ihm habe?«

»Ihr konntet ja nicht wissen, was ich inzwischen gehört hatte.«

Meuren blickte mit zusammengezogenen Augenbrauen zu dem jungen Mann hoch. »Richtig. Ihr hattet ja versäumt, mir das zu berichten. Ansonsten hätte ich dieses Gefasel sofort als dicke Lügengeschichte entlarvt. Also wollte Schauf nur den Verdacht von sich auf einen anderen abwälzen.«

Nikolaus sagte lieber nichts zu diesem Überstrapazieren der Wahrheit. Meuren konnte sich so viel auf seine Klugheit einbilden, wie er wollte, solange er das anordnete, was in Nikolaus' Sinne war.

»Seit Herrmann Albrechts Tod ist seine Mappe mit den Zeichnungen zu den Bauten und seinen persönlichen Unterlagen weg. Seit gestern ist auch seine Schwester Gesine verschwunden, die möglicherweise die Mappe hatte. In ihrer

Wohnung habe ich Blutspuren gefunden. Jemand ist verletzt worden oder im schlimmsten Fall sogar getötet.«

»Diese Bande soll das gewesen sein?«

»Ja. Oder auch Peter Finken.«

»Den Namen habe ich schon mal gehört.«

»Das ist ein Viehhändler in der Neustraße. Er stritt mit Herrmann Albrecht wegen des Einsturzes einer Scheune. Ich habe selbst erlebt, wie Finken gegen Helena Albrecht handgreiflich wurde, um einen Schadensersatz zu erzwingen. Ich traue ihm zu, dass er Gesine entführt hat, um Geld zu erpressen oder über sie an Albrechts Unterlagen zu kommen. Vom Knecht habe ich erfahren, dass Peter Finken seit gestern weg ist und dass er einen Weg gefunden habe, über Theodor Junk an sein Geld zu kommen. Das klingt mir schon sehr nach einer Gaunerei. Dazu passt auch, was ich inzwischen feststellen konnte: Die Scheune ist nicht wegen Albrechts Schlamperei eingestürzt, sondern weil ein paar Balken angebohrt wurden. Ich denke, Finken wollte sich einen Schadensersatz erschwindeln.«

Wieder begann der Dompropst aufgeregt hin und her zu laufen. »Wenn das wirklich stimmt, mein lieber Doktor, dann müssen wir ganz schnell etwas unternehmen.« Er blieb vor Nikolaus stehen. »Seid Ihr sicher mit Eurer Vermutung?«

Der junge Mann zuckte mit den Schultern. »Es ist eine Vermutung. Aber wenn wir sie nicht überprüfen, werden wir es nie erfahren. Laden wir nicht Blutschuld auf uns, wenn wir abwarten und währenddessen eine unschuldige Person sterben muss?«

Simeon von Meuren nickte. »Wir müssen seinen Hof durchsuchen.«

»Entschuldigt bitte, aber Finken ist, das vermute ich, seit gestern auf dem Hof seiner Eltern bei Konz.«

»Seid Ihr sicher, dass wir diese Gesine da finden werden?«

»Ich hoffe es, kann es aber beileibe nicht garantieren.«

»Eine ziemlich vage Geschichte. Meint Ihr nicht?«

»Aber wenn es stimmt, steht Ihr auch in dieser Angelegenheit gegenüber der Stadt und dem Kurfürst gut da. Und falls man nichts findet, kann man Euch keinerlei Nachlässigkeit vorwerfen. Ihr habt jede Gelegenheit genutzt, um ein Menschenleben zu retten.«

Meuren dachte angestrengt nach. Schließlich gab er seine Zustimmung. Sofort raste er los, um Soldaten zusammenrufen zu lassen. Es wurden drei Gruppen gebildet: Eine wurde beritten nach Konz zum Viehhändler geschickt, eine zum Haus des Webermeisters Walther Kirn und die dritte zum Wechsler Philipp von Buschfeld.

»Bringt mir die Mörder!«, befahl der Dompropst Nikolaus. »Ich warte hier, damit wir dann den alten Junk vor vollendete Tatsachen stellen können, um ihm mal gehörig eine Lektion zu erteilen.«

Der junge Mann folgte dem Trupp Wachen, der zum Haus der Familie Buschfeld eilte. Er wollte unbedingt die Reaktion von Philipp von Buschfeld erleben. Immerhin wären er und Theodor Junk beinahe über ihre Kinder verbunden gewesen. Außerdem gehörten hier ebenfalls zwei Söhne zu der Verbrecherbande.

Im Laufschritt ging es über den Markt. Voller Neugier beobachtete man die Soldaten, die in verschiedene Richtungen in die Stadt liefen. Worum ging es? Drohte eine Gefahr? Wurde jemand verfolgt? Solch einen Aufruhr hatte es schon lange nicht mehr in Trier gegeben. Einige Passanten folgten den Truppen, um zu sehen, was los war. Eine Schar Kinder lief aus reinem Spaß laut schreiend hinterher. Endlich konnte sie zusammen mit den Großen Soldat spielen.

Die Mannschaft, der Nikolaus folgte, lief in die Jakobstraße. Vor einem der ersten Häuser auf der linken Seite hielt man an und schlug mit aller Kraft gegen die Tür. Zwei Wachen wurden losgeschickt, um die Hinterseite zu bewachen, damit dort niemand entfliehen konnte. Als sich nach mehrmaligem Klopfen niemand im Haus rührte, versuchten die Soldaten, die Eingangstür aufzubrechen. Andere begannen, gegen die Fenster zu klopfen, sodass die Butzenscheiben gefährlich klirrten.

Noch ehe die Eingangstür eingestoßen werden konnte, wurde von innen geöffnet. Ein ängstlich schauender Diener ließ den Trupp herein und wurde sofort vom Anführer angeschnauzt, warum er nicht früher geöffnet habe. Doch bevor der Diener eine Antwort geben konnte, wurde er grob zur Seite gestoßen, und die drei Soldaten betraten mit gezückten Waffen und grimmigen Gesichtern das Haus. Nun wurden alle Türen zu den angrenzenden Räumen aufgerissen, und in jeder Ecke, unter jedem Tisch, hinter jedem Schrank wurde nach den Söhnen des Hauses gesucht. Lautstark und rücksichtslos wälzte sich die Horde durchs Haus, bis sie zur Stube kam, in der das Ehepaar schon voller Anspannung wartete.

Philipp von Buschfeld stand mit hoch erhobenem Kopf mitten im Raum vor dem Tisch, auf dem zwei prächtige Kerzenleuchter aus Silber standen. Er hatte sich in aller Eile einen mit Fell verzierten Mantel übergeworfen und einen weiten Samthut aufgesetzt. Neben ihm saß seine Frau auf einem Polsterstuhl und wischte sich gerade die Tränen ab.

»Was geht hier vor?«, donnerte der Hausherr den Eindringlingen entgegen, als sie die Stube betraten.

Der Hauptmann trat ihm entgegen und erklärte mit ebenso fester Stimme: »Im Namen des gnädigen Herrn von Meuren, des Stellvertreters unseres geliebten Kurfürsten und Erzbischofs Otto, verhaften wir Eure Söhne Thomas und Heinrich.«

»Weswegen?«

»Mord, Diebstahl und Erpressung.«

»Das ist eine Lüge! Ich werde mich beim Kurfürsten über diese unverschämte Behandlung beschweren. Der ehrenwerte Rat der Stadt Trier wird solch eine Unverfrorenheit nicht tolerieren. Das könnt Ihr dem Dompropst bestellen. Für diese infamen Behauptungen gibt es keinerlei Beweise.«

Nun meldete sich auch die Frau zu Wort. Unter Tränen presste sie hervor: »Wir haben ordentliche Kinder. Sie sind unschuldig. So etwas können sie gar nicht tun. Verschwindet endlich wieder!«

Jetzt erblickte Philipp von Buschfeld Nikolaus und zeigte auf ihn. »Das ist Euer Werk! Seit zwei Tagen steckt Ihr Eure Nase in Angelegenheiten, die Euch nichts angehen. Ihr seid ein Verleumder, ein Satan! Nur weil Ihr noch immer nicht wisst, wer den ehrenwerten Meister Albrecht getötet hat, wollt Ihr das nun meinen unschuldigen Söhnen ankreiden.«

Nikolaus fühlte sich unwohl in seiner Haut. Diese direkten, von Emotionen beherrschten Konfrontationen lagen ihm gar nicht. Er argumentierte und überzeugte lieber mit klaren Tatsachen und unbestechlicher Logik. Aber nun konnte er nicht anders. »Wer hat denn behauptet, dass wir Eure Söhne wegen des Todes von Herrmann Albrecht suchen?«

Buschfeld hob leicht die Augenbrauen – ansonsten sah man ihm die Überraschung nicht an. »Warum seid Ihr dann hier?«

»Es geht um den Mord an Sebastian Vierland.«

»Und weswegen sollten meine Söhne ihn töten wollen?«

»Sebastian hatte um Schutz gebeten, weil er sein Gewissen erleichtern wollte. Er wollte offenbaren, wer hinter den Erpressungen bei den Händlern und Handwerkern steckte.«

»Wollt Ihr etwa behaupten, dass meine Söhne irgendetwas damit zu tun haben?«

»Ja. Thomas, Heinrich und ihre Freunde Konstantin und Crispus Junk, Peter Kirn und Rudolf Schauf.«

»Beweist es!«, donnerte Buschfeld los und erhob seine zu Fäusten geballten Hände.

Nikolaus verbeugte sich leicht und lächelte dabei. »Das werden wir vor Gericht tun.« Obwohl ihm klar war, dass es dazu etwas mehr brauchte als nur die Vermutung, dass die jungen Burschen mehr getan hatten außer Tetrarchie zu spielen.

»So wie ich gehört habe, gibt es aber keinen einzigen Augenzeugen, der den Mörder Vierlands beschreiben kann.«

»Richtig. Aber man kann eine Tat auch auf andere Art nachweisen. Nicht wahr?«

Der Ratsherr schwieg.

Nikolaus setzte nach: »Davon abgesehen gibt es aber Hinweise, dass Eure Söhne und ihre Freunde Streit mit Herrmann Albrecht hatten.«

»Was wollt Ihr damit andeuten?«

»Dass sie sehr wohl am Tod des Zimmermannsmeisters beteiligt sein könnten.«

Der Wechsler hatte sich wieder gefangen und lachte theatralisch auf. »Das sind Hirngespinste! Niemals! Mit dem Unglücksfall haben sie nichts zu tun. Es war ganz klar ein Unfall. Zum Zeitpunkt des Sturzes waren sie gar nicht auf dem Turm von St. Gangolf.«

Der junge Jurist hatte Buschfeld nun dort, wo er ihn haben wollte. »Woher wisst Ihr das denn so genau?«

Der Ratsherr bemerkte leider zu spät, dass er ein wenig zu voreilig gewesen war. »Ich ... ich weiß das halt.«

»Sagt doch frei heraus, woher Ihr das wisst. Dann können wir Eure Söhne in diesem Punkt schon einmal entlasten. Das wollt Ihr doch sicher. Oder?«

Buschfeld knetete nervös seine Hände. Wie konnte er seine

Söhne entlasten, ohne sich selbst zu belasten?

»Philipp, warum sagst du nichts?« Seine Frau warf ihm einen vorwurfsvollen Blick zu. »Es sind unsere Kinder! Tu doch was!«

Nikolaus wandte sich ihr zu. »Gnädige Frau, ich bin mir sicher, Euer Ehemann höchstpersönlich könnte bezeugen, dass Eure Söhne nicht dort waren.«

»Stimmt das, Philipp?«

Buschfeld hob verzagt die Hände. »Ja ... schon ... aber ...«

»Dann beschwöre das doch, und der Verdacht ist aus der Welt.«

»Aber ... versteh doch ...«

Die arme Frau sprang auf. »Was soll ich verstehen? Dass du unsere Söhne wissentlich aufs Schafott schickst? Was haben wir getan, dass du uns so verabscheust?«

»Nichts, aber ...«

»Kein Aber!« Sie wurde immer hysterischer. »Erst soll Thomas Helena nicht heiraten. Das Warum wolltest du mir schon damals nicht sagen. Ich würde das sowieso nicht verstehen, hast du immer wieder gesagt. Als ob ich zu dumm wäre. Ich bin seine Mutter! Ich habe das Recht, es zu wissen! Und jetzt willst du unsere Kinder dem Henker ans Messer liefern. Warum? Liebst du uns denn gar nicht mehr?«

»Bitte, Liebes.« Buschfeld wollte seine Frau in den Arm nehmen, aber sie stieß ihn fort.

Nun mischte sich Nikolaus ein. »Gnädige Frau, um Eure Söhne zu entlasten, müsste Euer Mann zugeben, dass er selbst auf dem Turm war. Genauer gesagt: er zusammen mit drei anderen Ratsherren. Aber er müsste dann auch erklären, was er auf dem Turm von St. Gangolf wollte – just in dem Augenblick, als der Zimmermannsmeister hinunterstürzte.«

»Stimmt das, Philipp? Was wolltest du da?«

Buschfeld schwieg und blickte verlegen zu Boden.

Nikolaus fasste die Situation zusammen: »Entweder Eure Söhne oder Ihr und Eure Kollegen aus dem Stadtrat. Wer war oben auf St. Gangolf?«

Der Wechsler sagte nichts mehr und blickte trotzig geradeaus ins Leere.

Die Frau war bei den letzten Worten immer blasser geworden. »Was habt Ihr getan, Philipp? Was ist geschehen?«

Endlich brachte er ein paar heisere Worte hervor. »Nichts. Thomas und Heinrich wird nichts passieren. Dafür werde ich schon sorgen.«

Plötzlich rief ein Wachsoldat von hinten: »Wir haben Heinrich. Er wollte durch den Garten fliehen. Wir haben ihn zum Glück noch früh genug erwischt. Sollen wir ihn reinbringen?«

Nikolaus antwortete anstelle des Hauptmanns: »Bringt ihn sofort in die Domstadt. Er wird dort verhört.«

»Nein!« Frau von Buschfeld schrie auf. »Nicht auch noch Heinrich!« Schon plumpste sie wieder auf ihren Stuhl und sackte in sich zusammen. Sie weinte bitterlich.

Der junge Jurist hakte nach: »Verzeiht bitte, warum sagtet Ihr: ›nicht auch noch Heinrich‹? Was ist denn mit Thomas?«

Durch das herzzerreißende Schluchzen konnte man sie nur schlecht verstehen. »Thomas .. seit Tagen verschwunden ... weiß nicht wo ... keine Nachricht von ihm ... Philipp ... will nichts sagen.«

Nikolaus nickte. Das hatte er sich gedacht. Thomas war zusammen mit Konstantin und Crispus Junk verschwunden. Auch Theodor Junk hatte nicht sagen wollen, wo seine Söhne waren. Diese drei jungen Burschen hatten sich gleichzeitig aus dem Staub gemacht, und zwar mit vollem Wissen ihrer Väter. Diese wussten sicherlich ganz genau, wo sie sich in diesem Augenblick befanden und was der Grund für die

Flucht gewesen war. Aber ohne den handfesten Beweis der Mitwisser- oder vielleicht sogar Mittäterschaft konnte er weder Philipp von Buschfeld noch Theodor Junk verhaften.

Die Soldaten machten kehrt und marschierten hinaus. Nikolaus verabschiedete sich höflich und entschuldigte sich für die Störung. Zurück blieben eine am Boden zerstörte Mutter, die jedes Vertrauen in ihren Ehemann verloren hatte, und ein überheblicher Vater, der damit kämpfte, wem er mehr Loyalität schuldete – seinen Kindern oder seinen Kollegen im Stadtrat.

In der Wachstube in der Domstadt fanden sich alle wieder ein. Als Nikolaus ankam, stand Peter Kirn schon an der einen Wand, flankiert von zwei streng dreinblickenden Soldaten, während bei Heinrich von Buschfeld gerade die Taschen ausgeleert wurden. Aber im nächsten Augenblick musste auch er sich an die Wand stellen, seinem Freund genau gegenüber. Die beiden schauten sich stumm an. Sie versuchten krampfhaft, zu lächeln und lässig zu erscheinen, aber Angst und Verzweiflung waren ihnen ins Gesicht geschrieben. Die Hände hatte man ihnen nicht gefesselt, so wussten sie vor Aufregung nicht, wo sie mit ihnen hin sollten. Peter Kirn schwenkte seine Arme mal hin und her, dann wieder stemmte er sie in die Seiten, um sie im nächsten Augenblick baumeln zu lassen. Heinrich nestelte mit einer Hand am Kragen seines Hemds herum, während er an den Fingernägeln der anderen Hand herumkaute.

Dann sahen sie Nikolaus in der Tür stehen, und der letzte Rest ihres Lächelns verschwand. Sie hatten den erkannt, der sie beim Abkassieren erwischt hatte. Jedes Leugnen war nun vergebens. Wenn sich nun noch ein paar der ausgequetschten Ladenbesitzer entschlossen auszusagen, war alles aus. Heinrich von Buschfeld schaute niedergeschlagen zu Boden.

Nikolaus wandte sich an den Hauptmann: »Sind das die persönlichen Sachen der zwei?«

»Ja.« Der Wachsoldat zeigte, welcher Haufen welchem Gefangenen gehörte.

Nikolaus interessierte sich nicht für die Beutel mit Geld oder persönlichen Utensilien. Er wollte sich die Messer anschauen. Er nahm das erste aus der Scheide. Es war ein ganz normales Messer – einschneidig, etwa eine Spanne lang. Er ging zum Fenster, um es genauer zu untersuchen. Am Übergang zwischen der Klinge zum Holzgriff klebte etwas Dunkles. Nikolaus versuchte es abzuwischen. Es war schmierig und rötlich. Blut. In der Scheide hatte es nicht richtig trocknen können. Aber wer konnte schon nachweisen, dass es Menschenblut war? War Gesine hiermit angegriffen worden?

Nikolaus legte das Messer zur Seite und nahm sich das zweite vor. Das war viel interessanter. Es war nämlich ein Dolch: lang und schmal, mit zwei Schneiden. Griff, Klinge und Parierstange waren aus Stahl geschmiedet worden und reich verziert. Eine ebenso wertvolle wie ungewöhnliche Waffe. Die Enden der Parierstange bildeten Blütenknospen. Nikolaus konnte keine Rückstände von Blut erkennen, denn der Dolch war tadellos gesäubert und poliert. Trotzdem lächelte er bei dem Anblick. Sowohl die Form des Klingenquerschnitts als auch die Länge von über einer Spanne und die vorstehenden Enden der Parierstange passten zu der Wunde in Sebastian Vierlands Bauch.

Nikolaus rief Heinrich von Buschfeld plötzlich ein »He« entgegen und warf ihm einen der Geldbeutel entgegen. Heinrich schreckte auf und fing den Lederbeutel.

»Ihr seid Linkshänder, nicht wahr?«, fragte der junge Jurist.

»Äh ... ja ... wieso?«

»Ihr habt den Beutel mit der linken Hand gefangen.«

»Ja, und?«

»Sebastian Vierland wurde mit solch einer Waffe von einem Linkshänder erstochen. Ihr habt ihn ermordet.«

Der ertappte Bursche wurde nun noch aufgeregter. »Nein, nein. Das war ich nicht. Ich habe das nicht getan. So etwas könnte ich nicht. Ich schwöre es!«

»Aber die Beweise sprechen gegen Euch.«

Heinrich raufte sich verzweifelt die Haare.

Jetzt meldete sich sein Freund Peter Kirn: »Diese Anschuldigungen sind von vorne bis hinten erstunken und erlogen. Wir haben niemanden bestohlen oder über die Klinge springen lassen. Unsere Familien werden schon dafür sorgen, dass wir bald wieder frei sind. Dann wird es Euch leidtun, uns hier festgehalten zu haben. Ihr wisst ja gar nicht, mit wem Ihr Euch da angelegt habt!«

Plötzlich erklang es laut: »Ich weiß es aber!«

Alle schauten zur Tür, von woher die Stimme gekommen war. Simeon von Meuren stand dort.

»Ihr habt den Kurfürsten höchstpersönlich herausgefordert. Daran haben sich schon Eure Väter und Großväter ihre Hände verbrannt. Wie könnt Ihr Milchgesichter dann erwarten, dass Ihr ungeschoren davonkommt?«

Peter war aber nun nicht mehr zu bremsen. Er wurde immer lauter und musste von den Soldaten festgehalten werden. Sie hielten ihn an den Armen und drückten ihn an die Wand. »Ihr seid ja von Sinnen! Ihr erstickt Trier! Ihr treibt es wieder in die dunkle Zeit nach den Römern zurück, als tumbe Völker hier hausten und die prächtigste Kultur des Reiches zerstörten.«

Doch der Dompropst scherte sich einen Kehricht um das Geschrei. »Wo sind die drei anderen? Konstantin, Crispus und Thomas?«

»Ich verrate keine Freunde. Niemals. Ihr seid der Totengräber Triers!«

Meuren hatte genug gehört. Er befahl, die Gefangenen nach unten zu bringen und zu ihrem Kumpanen zu sperren. Dort könnten sie so lange und so laut schreien, wie sie wollten. Mit einem hämischen Grinsen fügte er hinzu: »Solange sie noch können.«

Zu Nikolaus gewandt sagte er: »Und jetzt gehen wir zu Junk. Mal sehen, was der alte Halsabschneider uns vorlügen will.«

Theodor Junk

Simeon von Meuren hetzte über den Marktplatz und dann nach links in die Brotstraße. Hinter ihm folgten einige Soldaten, die parat stehen sollten, falls Konstantin und Crispus auftauchten. Die Nachhut bildete Nikolaus. Er fühlte sich nicht wohl bei der Sache. Der Dompropst reagierte auf den Schöffenmeister zu ungestüm – ungefähr wie ein Stier auf ein rotes Tuch. Innerhalb kürzester Zeit waren sie an ihrem Ziel angelangt. Zwei Wachen wurden vorsichtshalber zur Hinterseite des Hauses geschickt, die anderen sollten vorne warten.

Meuren klopfte heftig gegen die große Eichentür. »Macht auf!«, rief er laut.

Mit einer boshaften Befriedigung bemerkte er, wie neugierige Passanten stehen blieben und miteinander tuschelten.

»Junk, ich weiß, dass Ihr da seid! Hört mit dem Theater auf! Wir müssen reden!«

Doch schon nach kurzer Zeit öffnete der Diener, an den Nikolaus schon zweimal geraten war, die Tür. »Was wünschen die Herren?«

»Ich will Theodor Junk sprechen.«

»Tut mir sehr leid, gnädiger Herr. Der Herr Junk ist mit einer wichtigen Angelegenheit beschäftigt. Kommt bitte später wieder.«

»Was?« Der Dompropst lief puterrot an und reckte seine kleine Gestalt. »So etwas Freches habe ich ja noch nie erlebt! Sei froh, dass ich dich nicht auf der Stelle einsperren lasse!«

Der Diener wich einen Schritt zurück, versuchte aber, fest zu bleiben. »Ich habe meine Anweisungen und darf keinen Besucher hereinlassen.«

»Ich bin kein Besucher. Ich bin der Vertreter des ehrwürdigen Kurfürsten Otto, dem diese Stadt untertan ist. Also auch du und dein anmaßender Herr. Hast du das jetzt verstanden?«

Der Bedienstete blickte sich verstohlen um. Überall standen Leute, die die Szene sowohl interessiert als auch amüsiert beobachteten. Dazu kamen noch die Soldaten, die zwar gelangweilt an der Hauswand standen, aber schon die Hand am Schwertknauf hatten.

Plötzlich klang der Diener kleinlaut: »Kommt bitte herein. Ich führe Euch zum Herrn.«

Meuren und Nikolaus folgten den Gang entlang in die schon bekannte Stube. Dort standen Theodor Junk und Philipp von Buschfeld und erwarteten die ungebetenen Gäste. Der Wechsler war außer Atem – ob das vom Rennen kam oder von der Aufregung, war nicht ersichtlich. Lange konnte er noch nicht hier sein, aber dank der Hilfe des treuen Dieners hatten die beiden genug Zeit gehabt, die dringlichsten Neuigkeiten auszutauschen und sich abzusprechen.

Der Schöffenmeister fühlte sich als Herr der Lage und polterte ohne eine Begrüßung sofort los: »Was erlaubt Ihr Euch, hier so einfach mit Soldaten einzudringen, als wären wir dahergelaufene Strauchdiebe? Ihr überschreitet Eure Kompetenzen. Ich werde mich bei Eurem Herrn, dem Erzbischof, über Euch beschweren.«

Der Dompropst reckte wie üblich sein Kinn und wippte auf den Zehenspitzen, um größer zu erscheinen. »Ich möchte Euch daran erinnern, dass unser geliebter Kurfürst auch Euer Herr ist. Allein der Wunsch, Trier zu einer Freien Reichsstadt zu machen, reicht leider nicht aus, ihm den Gehorsam zu verweigern.«

»Das werden wir noch sehen. Der Kaiser hat da auch noch ein Wort mitzureden.«

»Das hat er schon getan. Erinnert Ihr Euch an das Urteil

Kaiser Karls[29] vom 22. Dezember 1364? *Schöffenmeister, Schöffen und Bürger der Stadt Trier sollen Erzbischof Kuno als ihrem Herrn und Vogt untertänig und gehorsam sein. Dem Erzbischof steht daselbst alle Gerichtsbarkeit, hoch und niedrig, zu, und er hat die Macht, das höchste Gericht über Hals und Haupt zu tun.*«

»Dann vergesst nicht den Sühnevertrag vom Juni 1377: *Der erzbischöfliche Schultheiß zu Trier darf keinen Bürger gefangen nehmen ohne Urteil der Schöffen.*«

Meurens strenger Gesichtsausdruck wandelte sich augenblicklich zu einem Lächeln. »Bitte verschweigt nicht, wie der Satz weitergeht: *Es sei denn wegen öffentlichen Mordes oder Diebstahls oder wenn der betreffende Verbrecher auf frischer Tat betroffen wird.*«

Junk knurrte: »Mag sein.«

»Und genau dies liegt hier vor: Mord und Diebstahl.«

»Beweist es!«, rief von Buschfeld zornig aus. »Alles andere ist reine Schikane.«

Siegesgewiss reckte sich der Dompropst. »Inzwischen konnten wir nachweisen, dass Euer Sohn Heinrich Sebastian Vierland heimtückisch ermordet hat.«

»Lüge! Es gibt niemanden, der den Mörder beschreiben kann!«

Nun trat Nikolaus vor und verbeugte sich: »Entschuldigt bitte, werte Herren. Darf ich darum bitten, den Beweis zu erklären?«

»Ihr seid doch nur ein weiterer Laufbursche des Kurfürsten.«

»Ich habe in Padua unter anderem Jura studiert und wurde zum Doktor der Juristik ernannt. Mir wurde das Recht verliehen, als juristischer Gutachter und in Prozessen als Anwalt aufzutreten. Ihr versteht dann sicherlich, dass für mich Gesetz und Gerechtigkeit wertvolle Güter sind.«

Die beiden Ratsherren schauten sich kurz an und erlaubten Nikolaus mehr oder weniger zerknirscht, seine Argumente darzulegen. So erklärte er, dass aufgrund der Wunden am Leichnam, der bei Heinrich gefundenen Waffe und seiner Linkshändigkeit nur er der Mörder sein konnte.

Der Wechsler schwieg einen Moment und wandte dann ein. »Mein Sohn wird aber nicht der einzige Linkshänder in Trier sein. Und bestimmt haben auch andere in der Stadt solch einen ungewöhnlichen Dolch.«

Nikolaus nickte: »Bestimmt. Aber die Wahrscheinlichkeit, dass beides zusammenkommt, ist sehr gering.«

Buschfeld hob den Zeigefinger. »Aber nicht auszuschließen.«

»Aber Euer Sohn hatte für die Tat einen handfesten Beweggrund. Sebastian Vierland wollte verraten, wer zu der Bande der Erpresser gehörte. Euer Sohn oder Peter Kirn müssen uns in der Gaststube gesehen haben. Oder ein Gast hat uns belauscht und es ihnen verraten.«

»Und warum haltet Ihr die Söhne von Walther Kirn und Hans Schauf fest?«, wollte Theodor Junk nun wissen.

»Leider habe ich ja mit eigenen Augen gesehen, wie versucht wurde, aus einem alten Ladenbesitzer sein sauer verdientes Geld herauszuquetschen.«

Die Ratsherren waren sehr still geworden. Die Tragweite dieser Anschuldigungen war nun jedem bewusst geworden. Nur noch ein Wunder konnte die drei jungen Männer vor dem Henker retten.

Schließlich fragte Theodor Junk: »Warum seid Ihr mit Gewalt hier eingedrungen? Das hättet Ihr uns ja auch genauso gut später erklären können.«

Ehe Nikolaus etwas sagen konnte, fiel ihm Simeon von Meuren ins Wort: »Zu dieser verabscheuungswürdigen Bande von Räubern gehören aber auch Eure Söhne Konstantin, Crispus und Thomas.«

»Das behauptet Ihr!«

»Das werden wir dann ja sehen. Die Halunken, die wir schon im Sack haben, werden bestimmt bald singen wie süße, kleine Vögelchen.« Meuren lächelte böse. Er wusste sicherlich schon ganz genau, wie er die Gefangenen zum Sprechen bringen würde.

Doch die beiden Honoratioren schwiegen.

»Also: Wo sind die drei?«

»Auf einer Geschäftsreise«, antwortete Junk.

»Ach? Seit wann denn? Und wann kommen sie wieder?

»Vor vier Tagen haben sie ein Schiff die Mosel hinunter genommen. Sie wollen Geschäfte in Köln, Amsterdam und vielleicht auch in Brügge machen. Je nachdem, welche Gelegenheiten sich bieten. Sie werden bestimmt noch zwei bis drei Monate fort sein.«

»Wirklich?«

Die Ratsherren nickten einmütig.

Nun konnte Nikolaus seine Neugier nicht mehr zügeln. Er bat den Dompropst um Verzeihung und fragte: »Und die Reise Eurer Söhne hat nichts mit dem Tod von Herrmann Albrecht zu tun?«

Junk lachte spöttisch auf. »Wie soll das denn gehen? Wenn Ihr ein wenig nachrechnen würdet, solltet Ihr auch allein darauf kommen, dass dies zeitlich ganz unmöglich ist. Am Samstagabend sind sie mit dem Schiff losgefahren und sollen den Meister am Montag ermordet haben? Ich bitte Euch! Für einen studierten Menschen sollte es doch logisch sein, dass dies ganz und gar unmöglich ist.«

»Wer kann denn bezeugen, dass die drei auch wirklich los sind?«

Der Schöffenmeister stockte kurz. »Sie haben sich hier verabschiedet und sind dann zur Anlegestelle gegangen. Leider haben wir nicht persönlich gesehen, dass sie auf ein Schiff gestiegen sind. Aber da sie nun mal fort sind, müssen sie gefahren sein.«

Buschfeld bestätigte dies durch ein festes »Richtig«.

»Oder haben sie sich versteckt, um erst am Montagmittag zu fahren?«

Junk lachte wieder. »Das hört sich schon sehr konstruiert an. Geht doch hinunter zum Anleger und fragt die Arbeiter dort. Irgendeiner wird bestimmt etwas gesehen haben.«

»Ganz bestimmt sind am Samstag ein paar junge Männer auf ein Schiff gestiegen und mitgefahren.«

»Na also! Ihr gebt es ja zu!«

»Aber wer von den Arbeitern weiß schon, wie Eure Söhne aussehen? Und irgendein Schiff wird bestimmt gefahren sein. Es halten schließlich jeden Tag irgendwelche Kähne in Trier.«

Der Blick der beiden Ratsherren war alles andere als freundlich.

Nikolaus nutzte die Verblüffung aus. »Wenn Eure Söhne nichts mit dem Tod an Herrmann Albrecht zu tun hatten, dann müsst Ihr mir aber verraten, was Ihr auf dem Turm wolltet – gerade in dem Augenblick, als er herabstürzte.«

»Das geht Euch gar nichts an!«, blaffte Theodor Junk.

Meuren hob drohend die Faust und erwiderte lautstark: »Oh, doch! Sobald es um Mord geht, ist es ganz bestimmt meine Sache!«

Die Ratsherren versuchten krampfhaft, sich heimlich Zeichen zu geben. Buschfeld erklärte schließlich: »Wir hatten etwas zu erledigen.«

Der Dompropst reckte seine Arme theatralisch empor. »Ja, was denn?«

»Äh ... Wir ... hatten erfahren, dass ... dass sich der Meister umbringen wollte.«

»Was?« Meuren schrie fast. »Warum?«

Nikolaus war völlig überrascht angesichts dieser Aussage. Selbstmord – das war ja auch seine erste Vermutung gewesen. Eigentlich hätte er sich also voller Stolz auf seinen klaren und logisch arbeitenden Verstand selbst auf die Schulter klopfen sollen. Aber etwas störte ihn. War es die Offenheit, mit der dieser Sachverhalt nun dargelegt wurde? Sollte von einer anderen, schlimmeren Wahrheit abgelenkt werden? Die offensichtlichen Heimlichkeiten und Absprachen um die Heirat von Helena und Albrecht hatten ihn schon vorher stutzig gemacht. Er konnte längst nicht mehr glauben, dass es ein Freitod war. Es musste viel mehr dahinterstecken. Für ihn konnte es nur noch eine Erklärung geben: Mord.

Theodor Junk antwortete währenddessen: »Ein Junge hatte mir einen Brief vom Meister gebracht. Da habe ich den Boten gleich zu Philipp weitergeschickt und dann zu Hans und Walther. Wir beiden trafen gleichzeitig bei St. Gangolf ein und wollten ihn aufhalten.«

»Aha. Und warum ging der Brief gerade an Euch?«

»Ich bin schließlich sein Schwiegervater.«

»Das gibt's ja gar nicht!« Der Dompropst war ungehalten: »Und da musstet Ihr gleich die anderen Ratsherren herbeirufen? Konntet Ihr das denn nicht allein? Ihr seid doch sonst immer so tüchtig. Oder ist das nur Fassade?«

Junk schwieg. An den Bewegungen seines Mundes sah man aber nur zu deutlich, welch ein Kampf in ihm tobte, bei dieser Provokation zurückzuschlagen.

»Wenn Ihr Eure Sprache wiedergefunden habt, könntet Ihr mir gnädigerweise sagen, weshalb sich der Albrecht umbringen wollte.«

Die Antwort kam gepresst, fast knurrend. »Das hatte er nicht geschrieben. Das wollte ich ja gerade in Erfahrung bringen.«

»Ach, ja?« Meuren lachte schallend und schlug sich auf die Oberschenkel, als hätte er den besten Witz seines Lebens gehört. Schließlich richtete er sich wieder auf, sein Lächeln erstarb augenblicklich, und er baute sich vor dem Schöffen auf. »Ich glaube Euch kein Wort. Eure Geschichte ist eine glatte Lüge. Ihr habt ihn umgebracht. Ich werde noch herausfinden warum, und dann mache ich Euch den Prozess. Das schwöre ich Euch.«

Die beiden Kontrahenten standen genau voreinander und blickten sich unversöhnlich an. Mit ihren Blicken versuchten sie, sich förmlich gegenseitig zu vernichten. Wer würde sich als Erster abwenden?

Junks Stimme war nun leiser, aber nicht weniger ernst. »Ihr verrennt Euch da in eine aussichtslose Sache.«

»Eure hanebüchenen Lügengeschichten zeigen mir nur zu deutlich, dass Ihr etwas zu verbergen habt.«

»Ihr habt schon einmal geschworen, mir den Prozess zu machen. Erinnert Ihr Euch?«

Meurens Verblüffung war ihm ins Gesicht geschrieben. Er wich einen Schritt zurück. Dann noch einen.

Der Schöffe deutete ein überlegenes Lächeln an. »Damals beim Tod meiner Frau.«

Die Lippen des Dompropstes bebten. Zischend presste er hervor: »Ich weiß, dass Ihr sie umgebracht habt. Ihr habt sie gehasst, weil sie sich Euch nicht so unterordnen wollte, wie Ihr es gerne gehabt hättet.«

»Warum wohl?«

»Weil Ihr herzlos seid! Für Euch zählte doch nur, dass Ihr endlich Söhne hattet.«

»Und wer hatte ihr die Flausen in den Kopf gesetzt?«

»Das wusste sie auch alleine.«

Junk bewegte den Kopf langsam hin und her. Er genoss

diesen Augenblick. »Ihr wart das. Ihr habt sie mit Euren üblen Gedanken vergiftet.«

»Wie sollte ich! Ihr wart doch mit ihr verheiratet.«

»Das hat Euch aber wenig gestört.«

Meuren prallte zurück. Verlegen blickte er sich um und rang nach Worten. Im Katz-und-Maus-Spiel waren fast unbemerkt die Rollen getauscht worden. Der Schöffe setzte nach. »Als junger Priester habt Ihr Euch voller Inbrunst um eine junge Frau gekümmert. Ganz besonders, wenn ihr Ehemann unterwegs war.«

Der Dompropst war sehr blass geworden. »Ich ... ich ... ich war schließlich Sabines Beichtvater.«

»Und das gab Euch den Grund, hier zu übernachten?«

»Äh ... Sie hatte schwere Probleme, und Ihr habt sie damit allein gelassen. Einer musste ihr ja beistehen. Im Notfall verzichte ich auch auf meine persönliche Bequemlichkeit.«

»Ihr habt auf nichts verzichtet. Im Gegenteil. Ihr habt Euch etwas genommen, das Euch als Priester nicht zustand.«

»Was ... äh ... was meint Ihr?«

Jetzt reckte sich Theodor Junk und donnerte los: »Helena ist Euer Kind! Ihr habt meine Frau zu einer Ehebrecherin gemacht! Ihr seid der Verbrecher! Ihr habt gegen Euer Gelübde verstoßen! Habt Ihr das dem Erzbischof schon gebeichtet?«

Meuren taumelte zurück und schlug sich die Hände ins Gesicht. Er stöhnte bei jedem Atemzug gequält auf. »Helena ... Mein Kind? ... Ich wusste doch nichts ... Sabine hat nichts gesagt ... Was habe ich getan?«

Noch ehe jemand etwas sagen konnte, lief er hinaus. Zurück blieben drei Männer, die sich völlig konsterniert ansahen. Deutlicher konnte ein Schuldeingeständnis nicht ausfallen. Der Schöffenmeister machte ein höchst zufriedenes Gesicht. Schließlich hatte er gewonnen, er hatte seinen langjährigen Feind erfolgreich vertreiben können.

Aber am sprachlosesten von allen war Nikolaus. Er hatte den Schluss des Disputs nur noch mit offenem Mund verfolgen können. Der Versuch, Junk in die Enge zu treiben und endlich den Grund für die Anwesenheit der Honoratioren bei St. Gangolf geliefert zu bekommen und das Geheimnis um die Heirat Helenas zu ergründen, war gründlich danebengegangen. Sein Mitstreiter hat sich als grandioser Fehlgriff erwiesen. Der selbstherrliche Dompropst war einfach überrannt worden – wie ein einzelner leichtsinniger Ritter, der sich gegen ein ganzes Heer stellen wollte.

Das war also der Grund, warum sich Simeon von Meuren und Theodor Junk so unversöhnlich gegenüberstanden: der Streit um Sabine Wiesenfeld. Der Dompropst hatte offensichtlich nicht gewusst, dass Helena von ihm gezeugt worden war. Wie konnte man so etwas nicht mitbekommen? Oder hatte Sabine ihm etwas vorgespielt? Aber der Schöffe hatte es gewusst. Von wem? Von seiner Frau? Von einem der Angestellten im Haus? Hatte Gesine Albrecht das Geheimnis gekannt? Sie hätte es sich zusammenreimen können. Immerhin hatte sie erzählt, dass Helena vier Jahre nach Crispus geboren wurde. Nachdem die Nachfolge des Hauses gesichert war, hatte keiner mehr mit weiterem Nachwuchs gerechnet. Sie musste gesehen haben, dass Meuren immer genau dann auftauchte, wenn Junk fort war. Und plötzlich war Sabine wieder schwanger.

Kannte Helena das schmutzige Geheimnis ihrer Mutter? Falls sie ihm im Katharinenkloster keine zu dicken Lügen aufgetischt hatte, wahrscheinlich nicht. Sie hatte selbst zugegeben, dass sie sich nie gut mit ihrem Vater verstanden hatte und den Grund nicht kannte, warum er sie eher für ein notwendiges Übel hielt. Hätte sie so sprechen können, wenn ihr das bewusst gewesen wäre? Wohl kaum.

»Können wir noch etwas für Euch tun?«

Nikolaus schreckte aus seinen Gedanken hoch und schaute den Schöffenmeister mit großen Augen an. »Nein. Im Moment nicht.«

Der junge Mann entschuldigte sich höflich bei den beiden Ratsherren und verabschiedete sich. Wie in Trance verließ er das Haus. Die Wachen warteten auch nicht mehr auf der Straße. Meuren musste sie mitgenommen haben. Niedergeschlagen und mit einem dröhnenden Kopf voller verwirrender Gedanken machte er sich auf den Weg zur Domstadt.

Die Suche geht weiter

Nikolaus war noch ganz verstört, als er an der Wachstube der kurfürstlichen Soldaten vorbeikam. Er hörte schon wieder Meurens herrische Stimme. Der musste seine Niederlage sehr schnell verdaut haben, wenn er bereits wieder große Reden schwingen konnte. Neugierig betrat Nikolaus das Haus. Der Dompropst nahm gerade den Bericht der Wachen entgegen, die von ihrer Inspektion bei Viehhändler Finken zurückgekommen waren.

»Und Ihr habt gar nichts gefunden?« Zorn und Enttäuschung klangen in seiner Stimme.

»Wir haben alle Räume vom Dachboden bis zum Keller durchsucht, jede Ecke, jeden Schrank. Wir haben selbst zwischen den Tieren geschaut und Heu und Stroh durchgewühlt. Nichts. Keine Ledermappe zu finden und keine Gesine Albrecht.«

Meuren murmelte etwas Unverständliches vor sich hin. Seinem Gesichtsausdruck nach zu urteilen, war es sicherlich nicht ganz stubenrein. »Sonst gab es nichts Auffälliges?«

Der Soldat kratzte sich am Kinn und lächelte anzüglich. »Nun ... nur so ein Mädchen, mit dem sich der Viehhändler in der Nacht vergnügt hatte.«

Der Dompropst schüttelte missbilligend den Kopf. »Ja, und?«

»Sie sagte jedenfalls, er hätte sie gestern Abend entführt und dann eingesperrt. Aber ...« Er grinste wieder. »Man kennt ja diese Art von Frauen, die lügen doch, wenn sie nur den Mund aufmachen.«

»Und was hat Finken dazu gesagt?«

»Dass er ihr Geld angeboten hat, wenn sie für mehrere

Tage bei ihm bleibt. Sie nahm das Angebot an und kam mit. Aber heute Morgen wollte sie wieder weg und das zu viel gezahlte Geld nicht zurückgeben. Deshalb hat der Händler sie eingesperrt.«

Meuren zog die Augenbrauen hoch. »Nicht ganz die feine Art, aber das sollen die unter sich ausmachen. Damit kann ich nichts anfangen.« Er wandte sich an Nikolaus. »Hat Euch Eure Ahnung also doch getäuscht. Und was nun?«

Der junge Mann hatte mit wachsender Enttäuschung zugehört. Es hatte sich wirklich so angehört, als hätte Finken plötzlich eine Möglichkeit gefunden, Junk den Schadensersatz aus den Rippen zu leiern. »Ich hätte darauf gewettet, dass er Gesine Albrecht in seiner Gewalt hat.«

»Stattdessen nur eine Straßenhure.« Zur Wache gedreht sagte er: »Und? Habt Ihr sie wieder gehen lassen?«

»Die ist sofort wie der Blitz davongerannt.«

»Die soll bloß in Konz bleiben. Wir haben schon genug davon.«

Der Soldat fuhr sich mit der Hand wieder übers Kinn. »Sie ist aber hier aus Trier.«

»Ach. Das hat sie Euch gesagt? Und Ihr habt das geglaubt?«

»Nein ... äh ... einer von uns kannte sie. Sie arbeitet im Wirtshaus *Zum Schiff* in der Brückenstraße.«

Nikolaus wurde hellhörig und warf ein: »Meint Ihr, wenn man vom Markt kommt, das letzte Wirtshaus auf der rechten Seite?«

»Ja.«

Von Meuren warf dem jungen Mann einen entrüsteten Blick zu. »Woher kennt Ihr denn die Absteige? Seid Ihr da etwa Gast?« Er schüttelte den Kopf. »Das hätte ich nicht von Euch erwartet.«

Der Jurist lief rot an und hob abwehrend die Hände. »Oh, nein! Bestimmt nicht! Ich war nur dort, weil da Konstantin Junks Freundin arbeitet. Ich hatte gehofft, von ihr etwas zu hören, das mir bei den Nachforschungen helfen könnte. Aber Elise konnte mir auch nicht sagen, wo Konstantin und Crispus abgeblieben sind.«

Die Wache wurde hellhörig. »Elise sagtet Ihr?«

»Ja.«

»Ein blutjunges, blondes Ding?«

»Ja.«

»Das war diejenige, die Finken eingesperrt hatte.«

Nikolaus war fassungslos. War dies nur ein Zufall? Nein. Da steckte mehr dahinter! »Erst hat Finken die Scheune einstürzen lassen und Herrmann Albrecht die Schuld dafür gegeben. Er hatte es wohl auf einen saftigen Schadensersatz abgesehen. Als der Meister starb, setzte er Helena Albrecht unter Druck. Ich habe ja gesehen, dass er sie sogar zwingen wollte, auf unehrenhafte Weise die vermeintlichen Schulden abzubezahlen. Als das schiefging, schnappte er sich Konstantins Freundin. Offensichtlich wollte er etwas aus ihr herausholen, was er als Druckmittel gegen Theodor Junk gebrauchen konnte. Die Frage ist nur: was? Oder hat er etwas Bestimmtes erfahren? Das können uns nur Finken oder Elise beantworten.«

Der Dompropst reckte sich wieder und befahl dem Soldaten: »Der Finken muss sofort geholt werden. Ich will noch heute Abend wissen, was er von dieser Elise wollte. Und anschließend holt Ihr auch sie her.«

Die Wache machte sich sofort wieder auf den Weg. Von draußen hörte man, wie weitere Soldaten zusammengerufen, Befehle gegeben und Pferde bestiegen wurden.

Nachdem das Hufgetrappel der Reittiere verklungen war,

näherte sich Meuren Nikolaus und raunte ihm ins Ohr: »Kein Wort über das, was bei Junk gesagt wurde. Sonst ist Euer Leben keinen Heller mehr wert. Ist das klar?«

Der junge Mann war zu erschrocken, um antworten zu können. Er nickte nur. Mit einem grimmigen Knurren verließ Meuren den Raum.

Nikolaus lehnte sich an die kühlende Wand und atmete ein paarmal tief durch. Würde es der Dompropst tatsächlich wagen, ihn zu töten? Oder war es nur eine Warnung, Nikolaus' Karriere im Dienste des Kurfürsten oder irgendeines anderen Herrn zu zerstören? Er wusste es nicht. Doch wenn er an den Ehrgeiz und die Geltungssucht Meurens dachte, erschien auch ein Mord nicht ausgeschlossen. Lieber das Leben eines anderen auslöschen, als dass die mühsam erreichte Macht und Position durch einen vor vielen Jahren begangenen Fehler gefährdet wurden.

Nikolaus verließ die Wachstube und ging langsam auf den Markt. Der Nachmittag war alles andere als erfolgreich gewesen. Anstatt einen plausiblen Hinweis auf den Verbleib der letzten drei Ratsherrensöhne aus der Bande zu erhalten, war lediglich bekannt geworden, wer Helenas Vater war. Aber dies brachte ihn auch nicht einen Deut näher an die Lösung des Geheimnisses. Warum musste Herrmann Albrecht sterben? Was hatte er Junk bieten können, um an diese junge Braut zu kommen? Wo waren Konstantin, Crispus und Thomas?

Der junge Mann schlenderte über den Marktplatz, als er jemanden aus dem Augenwinkel sah, der ihn beobachtete. Wieder seine Verfolger von gestern? Vorsichtig drehte er sich zur Seite. Es war der Bettler, der ihn vorgestern bei St. Gangolf angesprochen hatte. Er lehnte an der Hauswand neben dem Durchgang zur Stadtkirche. Mit einem kurzen Nicken deutete die zerlumpte Gestalt einen Gruß an. Nikolaus ging hinüber und erwiderte die freundliche Geste.

»Ich treffe Euch immer hier bei St. Gangolf. Betet Ihr öfter dort?«

Der Bettler lachte. »Seitdem der Priester beim Tod meiner Tochter und meiner Frau sagte, ›Gott brauchte dringend zwei Engel‹, habe ich nie wieder eine Kirche betreten. Mit so ’nem gemeinen und egoistischen Gott will ich nichts zu tun haben. Der da oben hat doch schon genug Engel. Wozu braucht er dann meine zwei noch? Ich brauche meine Frau dringender und will meine Tochter in den Arm nehmen.«

Nikolaus nickte. Manche Geistliche hatten eine unmögliche Art, mit dem Tod von Menschen umzugehen. Die merkten gar nicht, wie viel zusätzlichen Schmerz und Leid sie den Hinterbliebenen zufügten. Und am allerschlimmsten: Sie machten den Schöpfer zum Schuldigen. Schon der Apostel Paulus schrieb an die Christen in Rom: *Gibt es bei Gott Ungerechtigkeit? Dazu komme es nie!*[30] Dagegen wird immer wieder vergessen, was der weise König Salomo sagte: *Zeit und unvorhergesehenes Geschehen trifft sie alle.*[31]

Um von diesem Thema abzulenken, fragte Nikolaus: »Was macht Ihr mit dem Geld, das Ihr erbettelt? Kauft Ihr Euch Branntwein?«

Der Bettler schüttelte den Kopf. »Seitdem ich vor einem Jahr im Suff in die Mosel gefallen und fast ersoffen bin, habe ich keinen Schnaps mehr angerührt. Mit dem Geld zahle ich jede Woche meine Schulden ab. Ansonsten droht der Kerker.«

Der junge Mann war beeindruckt. »Könnt Ihr Eure Schulden denn nicht durch Arbeit schneller loswerden?«

»Als Säufer und Bettler bekommt man bei ehrlichen Menschen keine Arbeit mehr. Bei unehrlichen will ich aber nicht arbeiten. Außerdem nehme ich durch Betteln mehr Geld ein als durch Arbeit. Trier ist eine reiche Stadt, und viele Leute haben Mitleid – auch wenn es meistens eher ihr schlechtes Gewissen ist, das sie dazu bringt, mir eine Münze zuzuwerfen.« Wenn der Ruf eines Menschen erst einmal ruiniert war, halfen ihm auch keine vollmundigen Versprechungen von vermeintlichen Wohltätern mehr, dachte Nikolaus.

Der Bettler entblößte beim Lächeln seine Zahnruinen. »Ich habe jetzt genug von mir erzählt. Wie steht's bei Euch? Seid Ihr schon weitergekommen? Wisst Ihr jetzt, wieso der alte Albrecht herunterpurzelte?«

»Nein. Aber dafür haben wir die Kerle erwischt, die die kleinen Händler und Handwerker ausgeraubt haben.«

»Hm. Aber noch nicht alle.«

Nikolaus war überrascht. Was wusste diese zerlumpte Gestalt? »Wie kommt Ihr darauf?«

»Och. Man sieht mal hier was, dann mal da was. Und irgendwann kann man sich seinen Reim darauf machen. Die Jungs beobachte ich schon länger.«

»Warum habt Ihr nie etwas gesagt?«

»Wer würde schon einem armen Schlucker wie mir glauben? Nee, nee, da halt ich lieber meine Klappe. Ich mach mich nicht gerne unbeliebt. Weder bei denen da oben noch bei solchen, die ihre eigenen Gesetze haben. Ich möchte schließlich noch ein bisschen hier in Trier leben.«

Nikolaus konnte sich natürlich kaum in die Lage eines Almosenempfängers oder Tagelöhners hineinversetzen – zum Glück war ihm ein solches Schicksal bisher erspart geblieben. Aber er konnte sich sehr gut vorstellen, dass jemand, der am Rande der Gesellschaft lebte, kaum einen Fürsprecher hatte und sich mit allen möglichen Leuten gutstellen musste.

Aber der junge Mann wollte herausfinden, was der Bettler

sonst noch wusste. »Wer von der Bande fehlt denn noch?«

»Bis vor ‘nem halben Jahr waren es sieben. Dann war einer plötzlich nicht mehr dabei. Gestern ist er ermordet worden.«

»Sebastian Vierland.«

»Bleiben also noch sechs. Vier halten sich meist im Hintergrund. Der eine von denen wurde gestern Morgen von der Wache erwischt. Die zwei von heute Nachmittag waren für die Drecksarbeit zuständig. Die mussten los und das Geld einkassieren.«

»Und wo sind die anderen drei?«

Der Bettler zog die Augenbrauen hoch und zuckte mit den Schultern. »Die haben sich seit letzter Woche rar gemacht.«

»Passiert es öfter, dass die nicht auftauchen?«

»Die dürfen doch auch mal ‘ne Reise machen. Oder?«

»Ihr wisst, wer sie sind?«

Der Bettler wurde plötzlich sehr ernst. »Ich weiß es lieber nicht. Man sollte nie versuchen, einem Schöffen oder Meister in die Suppe zu spucken. Daran halte ich mich. Ist meiner Gesundheit sicherlich förderlicher.«

Nikolaus hatte dafür Verständnis und nickte. »Habt Ihr eigentlich gesehen, ob diese Truppe Streit mit dem zu Tode gestürzten Zimmermannsmeister hatte?«

Der Bettler grinste. »Unterschiedlicher konnten die beiden Seiten nicht sein: Auf der einen die herrischen, skrupellosen und sich allen überlegen fühlenden Jünglinge, auf der anderen der etwas trottelig wirkende, aber äußerst verschlagene, alternde Meister. Man fragte sich ständig, wer gerade wen an der Nase herumführte.«

Nikolaus erinnerte sich an die Bemerkungen von Konstantins Gespielin. Erst hatten sie miteinander getrunken und über die Zukunft ihrer Stadt philosophiert. Als dann Albrechts Hochzeit mit Helena bekannt wurde, war Schluss mit lustig. Da haben die drei Freunde dem Meister den Tod an den Hals gewünscht.

»Und dann gab es Streit. Nicht wahr?«, fragte der junge Doktor.

»Stimmt. Ich habe selbst miterlebt, wie die drei den Meister angepöbelt haben. Es ging wohl um ein Mädchen, das erst der eine der Burschen bekommen sollte, aber dann dem Alten gegeben wurde.«

»Gab es Handgreiflichkeiten?«

»Ihr meint, ob die den Meister vom Turm geschubst haben könnten?«

Nikolaus nickte.

»Das glaub ich weniger. Denn vor etwas mehr als 'ner Woche waren die wieder ein Herz und eine Seele. Irgendwas haben die gemeinsam ausgeheckt. Aber ich weiß wirklich nicht was.« Er hob demonstrativ die Hände. »Am Samstagvormittag habe ich noch zufällig gehört, wie Albrecht die drei Jungs gebeten hat, am Abend zu ihm zu kommen. Er habe nun den idealen Platz gefunden.«

»Was für einen Platz?«

»Ich habe keinen Schimmer, worum es ging.«

»Und da habt Ihr die drei Freunde zuletzt gesehen?«

»Stimmt genau.«

So wie Theodor Junk erklärt hatte, waren Konstantin, Crispus und Thomas am Samstagabend auf ein Schiff gestiegen, um nach Köln zu fahren. Aber das konnte Nikolaus nicht ganz glauben. Nach den Feindseligkeiten wegen Helena mussten die vier Nichtsnutze wieder zusammengefunden haben. Worum war es bei dem Treffen gegangen? Was hatten sie vor? Was für einen Platz hatte Herrmann Albrecht gefunden? Den Turm von St. Gangolf, von dem er sich stürzen wollte? Blödsinn! So etwas erzählt man doch keinem. Das

Einzige, von dem man sicher ausgehen konnte, war die Tatsache, dass die drei Ratsherrensöhne nach diesem ominösen Treffen verschwunden waren. Wo und vor allen Dingen warum hatten sie sich versteckt? Nach den Reaktionen von Theodor Junk und Philipp von Buschfeld auf Nikolaus' Fragen wussten sie genau, wo sich ihre Sprösslinge aufhielten. Warum jedoch musste der Zunftmeister sterben? Auch das wussten die beiden Ratsherren ganz genau.

Konstantin, Crispus und Thomas mussten sich irgendwo versteckt haben. Als Anführer bestimmten sie, was wann wo zu tun war. Wer sonst hätte den Laufburschen Heinrich von Buschfeld und Peter Kirn den Auftrag zur Ermordung von Sebastian Vierland geben können? Zum Zeitpunkt des Anschlags saß der Prokonsul Rudolf Schauf schon längst im Kerker. Hätten die beiden kleinsten Lichter in dieser streng organisierten Gruppe es gewagt, eigenmächtig so etwas Schwerwiegendes zu unternehmen? Sehr unwahrscheinlich.

Nikolaus bedankte sich herzlich für die wertvollen Hinweise und überreichte dem Bettler einige Münzen. Der erwiderte den Dank und verabschiedete sich. Innerhalb eines Augenblicks war er in der kleinen Gasse bei St. Gangolf verschwunden.

Ratlos stand Nikolaus auf dem Marktplatz und sah den immer weniger werdenden Leuten zu, die ihre Karren mit dem restlichen Gemüse, das sie nicht verkauft hatten, beluden; denen, die die auf den Tischen vor ihren Geschäften oder Werkstätten ausgestellten Waren nun wieder hineintrugen; und denjenigen, die überall entlanghuschten, um noch schnell ein Schnäppchen zu machen.

Jetzt drängte sich ein anderer Gedanke wieder in den Vordergrund: Wo war Gesine Albrecht? Hatte man sie inzwischen gefunden? War sie wohlauf?

Kurz entschlossen machte er die Runde, um nachzufragen. Ulrich Trips, der Priester von St. Gangolf, hatte bisher nichts gehört. Die fürsorglichen Nachbarn in der Webergasse hatten ihre Suche erfolglos abgebrochen. An der Pforte des Katharinenklosters hieß es, dass Helena noch Besorgungen für ihre kränkliche Tante zu erledigen hätte. Also marschierte Nikolaus zum Tuchhändler Reichenau. Der hatte seine Untermieterin auch nicht mehr gesehen. Wusste Helena überhaupt schon, dass ihre Schwägerin verschwunden war? So oft wie er jetzt überall herumgefragt hatte, müsste sie es doch eigentlich schon erfahren haben. Aber warum hat sie ihm dann noch keine Nachricht zukommen lassen? Na schön. Warum sollte sie ihm vertrauen, wenn er ihr auch nicht über den Weg traute?

Niedergeschlagen und ratlos machte sich Nikolaus auf den Weg in die Domstadt. Er hatte keinerlei Bedürfnis, bei hereinbrechender Dämmerung abermals von irgendwelchen Verfolgern angegriffen zu werden. Stattdessen fragte er in der Wachstube nach, ob die Soldaten mit dem Viehhändler schon zurückgekehrt waren. Ja, waren sie, aber ohne Finken. Der hatte nach dem Besuch am Nachmittag das Weite gesucht und war seitdem nicht mehr gesehen worden. Auch Elise war nicht aufzufinden. Der Wirt behauptete jedenfalls, dass er sie seit dem Vortage nicht mehr gesehen hatte.

Nikolaus war nun erst recht enttäuscht. Alle Leute, die eine Auskunft geben konnten, verschwanden spurlos oder wurden umgebracht. Wer zog im Hintergrund die Fäden? Wer versuchte hier mit allen Mitteln, ein paar schmutzige oder unangenehme Geheimnisse zu bewahren? Wer profitierte am meisten, dass alles wie bisher weiterlief? Immer wieder drängte sich ihm der Name Theodor Junk auf. Der Schöffenmeister hatte viel vor, aber mindestens genauso viel zu verlieren. Er war die Schlüsselgestalt in diesem Durcheinander.

Nur er verfügte über genügend Macht und Einfluss und war darüber hinaus durch und durch skrupel- und erbarmungslos. Und allem Anschein nach hatte er ja schon mindestens einen Menschen auf dem Gewissen, wenn nicht sogar noch mehr.

Aber morgen war auch noch ein Tag. Um sich abzulenken, würde Nikolaus versuchen, sich ein Buch aus der Bibliothek zu holen und den Abend mit Lesen zu verbringen. Das würde seine wirren Gedanken ganz bestimmt beruhigen. Mal sehen, welche anregenden Werke er sich ausleihen könnte.

Der verschwundene Freund

Trotz der anregenden Lektüre am Abend – Nikolaus hatte sich einen Band mit wundervollen Zeichnungen aus Galens[32] medizinischem Hauptwerk *Methodi medendi* ausgeliehen – war die Nacht eine Qual gewesen. Er hatte bis Mitternacht wach gelegen und sich grübelnd hin und her gewälzt. Was war mit Gesine geschehen? Wo versteckten sich die drei Räuber und Erpresser? Was hatte Albrecht dem Schöffenmeister bieten können? Was hatten die Ratsherren vom ihm gewollt? Warum hatte er sterben müssen? Hatte Helena ihre uneheliche Abstammung gekannt? Was hatte Finken von Elise erfahren? Womit hatte er Junk unter Druck setzen wollen?

Dementsprechend unausgeschlafen war der junge Mann am Morgen. Beim Waschen fasste er seine Situation zusammen: lustlos, ratlos, hoffnungslos. Die Bande der jugendlichen Blutsauger war zwar zerschlagen worden, aber es fehlten noch immer drei ihrer Mitglieder. Und dem Geheimnis um den Tod des Zunftmeisters war er noch nicht näher gekommen. Diejenigen, die möglicherweise etwas zur Lösung beitragen konnten, waren tot oder verschwunden: Sebastian Vierland und Gesine Albrecht. Alle anderen – und das waren die meisten – hielten dicht.

Wer hatte so viel Einfluss und Macht, dass sich niemand – zum Beispiel ein Ratsherr – traute, den Mund aufzumachen? Wieder musste Nikolaus an den ihm unsympathischen Theodor Junk denken. Nur jener erschien ihm in der Lage, Menschen so unter Druck zu setzen, dass sie sich mehr oder weniger freiwillig seinem Willen unterwarfen. Durch seinen Reichtum als erfolgreicher Händler und seine Macht als

Schöffenmeister konnte er andere ganz leicht manipulieren: Wenn du nicht schweigst oder genau das sagst, was ich will, bekommst du keine Arbeit mehr, pfände ich dir dein Haus oder du bekommst auf irgendeine andere Art Unannehmlichkeiten. Auch ein Mord war Junk ohne Weiteres zuzutrauen, wie der unerwartete Tod seiner treulosen Ehefrau zeigte.

Der Gefangene Rudolf Schauf hatte gestern noch behauptet, nichts von seinen Freunden zu wissen. Inzwischen sollte er gemerkt haben, dass auch Heinrich und Peter im Kerker saßen. War er heute eher zur Zusammenarbeit bereit? Vielleicht hatten ja auch die beiden Laufburschen das Bedürfnis, ihr Gewissen zu erleichtern. Am besten, bevor der Dompropst mit Folter drohte und dabei irgendwelche Fantasiegeständnisse herauskamen, die nur sehr wenig mit der Wahrheit gemein hatten.

Nikolaus holte sich rasch ein Frühstück aus der Küche, schlang es hastig hinunter und eilte dann hinüber zur Wachstube. Er fand zwei Soldaten, die er bisher noch nie gesehen hatte, beim Würfeln. Sie knurrten eine kurze Begrüßung und widmeten sich dann weiter ihrem Spiel.

»Ist der ehrwürdige Dompropst schon bei den Gefangenen gewesen?«, wollte er wissen.

Ohne sich umzudrehen, stellte eine Wache die Gegenfrage: »Welche Gefangenen?«

Nikolaus zog missbilligend die Augenbrauen zusammen. »Die im Kerker natürlich. Oder habt Ihr noch andere?«

Endlich drehte sich der Soldat um. »Wenn Ihr Euch hier aufplustern wollt, sitzt Ihr ganz schnell da unten. Ist das klar?«

Der junge Mann atmete einmal tief durch. »Ich nehme an, Ihr kennt mich nicht.«

Die Wache stand auf und baute sich breitbeinig vor ihm auf. »Ihr seid ganz schön frech. Gleich ist meine Geduld zu Ende, und dann gibt's ein paar gehörige Backpfeifen. Verschwindet also lieber so schnell wie möglich.«

Plötzlich erklang eine freudige Stimme vom Eingang her: »Seid gegrüßt, Doktor Krebs. Was können wir für Euch tun?«

Der Angesprochene drehte sich herum und erkannte Konrad Seidel, den Hauptmann der Niederburg in Manderscheid, den er vor einiger Zeit dort kennengelernt hatte. Die beiden Männer begrüßten sich herzlich.

Nikolaus fragte schließlich: »Und wie geht es Eurer Frau?«

»Christina hat zwar etwas gebraucht, um sich hier einzuleben. An den Unterschied zwischen dem lebendigen, großen Trier und dem düsteren, engen Tal muss man sich erst gewöhnen. Aber wir haben hier ein neues Leben begonnen. Wir danken dem Herrn immer wieder für Eure Hilfe.«

»Das war doch selbstverständlich. Aber sagt doch, ich habe Euch in der ganzen Zeit, die ich jetzt hier bin, noch gar nicht gesehen.«

»Der Kurfürst hatte uns losgeschickt, einen Streit zwischen zwei Ortschaften zu schlichten. Ich kam erst gestern Nachmittag wieder hier an. Wie kann ich Euch helfen?«

Nikolaus musste sich zurückhalten, um nicht zu hämisch zu grinsen. »Ich wollte mit den Gefangenen reden.«

»Gut. Dann kann Euch der Gottfried ja hinunterführen.« Dabei zeigte er auf den mürrischen Soldaten, dem alle Gesichtszüge entglitten waren, als sich sein Vorgesetzter vor dem Ruhestörer verbeugt hatte.

»War der ehrwürdige Dompropst eigentlich schon bei den Gefangenen?«

»Gestern Abend wollte der Herr von Meuren gerade mit ihnen sprechen, aber genau in dem Augenblick kam ein Abgesandter aus Rom. Und die beiden sind dann zusammen in die Propstei hinüber.«

»Und was war das für ein Abgesandter?«

»Ich glaube, er nannte sich Cesarini.«

Nikolaus rief freudig aus. »Ihr meint Giuliano Cesarini?« Sollte es sein Freund und Lehrmeister aus Padua sein?

Der Hauptmann zuckte mit den Schultern. »So genau habe ich auch nicht zugehört. Aber nachdem die Ankunft des Gastes durch einen Priester gemeldet worden war, ist von Meuren gleich los.«

Nikolaus war ein wenig verwundert. Es musste sich schon um eine sehr wichtige Angelegenheit handeln, wenn Giuliano ihn nicht besucht hatte. »Ist der Gesandte Cesarini noch beim Dompropst?«

»Da müsst Ihr ihn selbst fragen.«

Der junge Mann war ganz aufgeregt. Er wollte am liebsten gleich hinüber zu seinem Freund. Hoffentlich hatte der ein bisschen Zeit und Muße, um bei ihm zu verweilen. Er hatte so viel zu erzählen: von seinen Studien in Köln, seinen umfangreichen Nachforschungen und dass er nun auch Lehrmeister war und selbst Vorlesungen halten durfte.

»Und seit der Ankunft von Cesarini hat Simeon von Meuren nicht mehr mit den Gefangenen gesprochen?«

»Mit keinem einzigen. Der war den ganzen Morgen noch nicht da.«

Nikolaus nickte. Das war gut. Der Dompropst hätte in seiner übereifrigen und oberflächlichen Art bestimmt sofort zu drastischen Maßnahmen gegriffen, um eine Aussage zu bekommen. Und von solchen unter Folter oder auch nur unter der Androhung von Schmerzen erpressten Geständnissen hielt er gar nichts.

Doch Gottfried fügte hinzu: »Als der Dompropst mit dem Gesandten und dem Hauptmann gerade fort war, kam eine junge Frau und fragte, ob sie den drei jungen Männern Essen bringen dürfte.«

»Ihr meint die drei Söhne der Ratsherren?«

»Ganz genau.«

»Kanntet Ihr die junge Frau?«

Er schüttelte den Kopf. »Sie hatte ein Tuch um und es sich weit ins Gesicht gezogen, sodass man sie gar nicht richtig anschauen konnte. Sie schämte sich bestimmt.«

Nikolaus war erstaunt. »Sagte sie, wer sie sei?«

»Sie sagte, sie wäre eine Verwandte.«

»Mehr nicht?«

»Sie sah mir nicht gefährlich aus. Also habe ich nicht weiter gefragt und sie hinuntergeführt.«

Nikolaus richtete seinen fragenden Blick auf den Soldaten. »Und?«

»Die Burschen haben sie freudig begrüßt. Sie kannten sich.«

»Wie haben die Burschen sie genannt?«

Gottfried zuckte mit den Schultern. »Ich habe nicht darauf geachtet. Ich habe gewartet und aufgepasst, damit sie nicht versucht, die Ketten zu lösen. Schon nach kurzer Zeit ist sie wieder gegangen.«

Wer das bloß gewesen war? Mit wem der drei war sie verwandt? Oder es war nur eine Ausrede gewesen, damit man sie zu ihnen ließ? Genauso gut konnte es also auch eine Dienstmagd oder eine Freundin gewesen sein. War ja auch egal.

Nikolaus bedankte sich beim Hauptmann und eilte zur Propstei. Er freute sich wie ein kleines Kind, Giuliano wiederzusehen. An der Universität in Padua hatte er bei ihm kanonisches Recht gelernt. Durch die anschließenden Gespräche – nicht nur über Kirchenrecht, sondern auch über Medizin, Mathematik und Astronomie – wurden aus Student und Lehrer schließlich Freunde. Nikolaus hatte sich schon lange gewünscht, diese Zeit wieder aufleben zu lassen. Hoffentlich war es möglich, wenigstens den kommenden Abend gemeinsam zu verbringen. Dem jungen Mann aus Kues war bewusst, dass sein Freund in wenigen Jahren Kardinal sein würde. Schließlich stammte der aus einer Adelsfamilie mit besten Verbindungen zum Papst, er selbst nur aus einer Händlerfamilie, zwar wohlhabend, aber eben nur bürgerlich. Doch Nikolaus gönnte es ihm von ganzem Herzen.

Er fand Meuren schließlich im Archiv, in dem er bis vor drei Tagen noch selbst in alten Urkunden stöbern durfte. Nikolaus entschuldigte sich für die Störung und bat darum, den Gesandten aus Rom sprechen zu dürfen.

Der Dompropst klang gereizt: »Was wollt Ihr denn von ihm?«

»Es handelt sich doch um Giuliano Cesarini. Nicht wahr?«

»Ich wüsste nicht, was Euch das anginge. Lasst mich in Ruhe. Ich suche hier Unterlagen des Erzbischofs, die der Heilige Vater dringend braucht.«

»Giuliano ist ein Freund, den ich aus Padua kenne.«

Meuren hielt inne. »Aha? Davon hat er mir nichts gesagt. Vielleicht weiß er ja gar nicht, dass Ihr in Diensten des Kurfürsten steht.«

Nikolaus wurde ein wenig unsicher. »Doch. Sicher. Ich habe ihm das geschrieben.«

Der Dompropst winkte herrisch ab. »Ist ja auch egal. Das müsst Ihr mit ihm ausmachen.«

Der junge Mann wollte sich schon umwenden und enttäuscht gehen, aber irgendetwas hielt ihn zurück. »Bitte verzeiht mir die Aufdringlichkeit. Was sucht Ihr denn? Möglicherweise kann ich Euch helfen. Ich habe in diesem Archiv auch schon gearbeitet.«

Der Geistliche schüttelte den Kopf. Schließlich gab er mit einem Seufzen nach. »Na schön. Cesarini hat ein etwas peinliches Anliegen. Er möchte eine neue Abschrift der Ernennungsurkunde, die unser Erzbischof Otto vom Heiligen Stuhl bekam. Er weiß nicht mehr, wo er die von ihm ursprünglich angefertigte Abschrift abgelegt hat. Deshalb bat Cesarini auch darum, dass sein Besuch hier geheim gehalten wird. Er würde sich erkenntlich zeigen.«

Nikolaus massierte nachdenklich seinen Hals. »Woher kennt Ihr denn Giuliano Cesarini?«

»Ich hatte schon zweimal Korrespondenz von ihm. Daher waren mir sein Name und seine Position bei der Kurie bekannt.«

»Und er sagte, dass die von ihm persönlich angefertigte Abschrift verloren gegangen ist?«

Meuren schaute verständnislos. »Genau das hat er gesagt. Er habe alle seine Aufzeichnungen durchsucht, aber nichts mehr gefunden. Und bevor er Probleme mit dem Papst bekommt, wollte er das ganz still und leise in Ordnung bringen.«

»Da stimmt etwas nicht.«

»Quatsch.« Der Dompropst schüttelte den Kopf. »Ich glaube, ich suche doch lieber allein.«

»Giuliano war 1419 bis 1423 Professor in Padua. Erst danach wurde er Kammerauditor der Kurie in Rom.«

»Dann stimmt doch alles!« Meuren wurde immer ärgerlicher. »1419 wurde unser geliebter Erzbischof ernannt. Da war Euer Freund noch in der Kurie, ging dann nach Padua und kehrte schließlich wieder nach Rom zurück.«

»Und wo ist Giuliano jetzt?«

»Er wollte uns hier im Domkapitel nicht zur Last fallen und hatte sich deshalb schon selbst eine Unterkunft in der Stadt gesucht. Er ist dann gleich wieder los und will zur Mittagszeit die Abschrift abholen.«

»Und Ihr fandet das nicht eigenartig?«

Meuren grübelte einen Moment. »Im ersten Augenblick schon. Aber so erspart er uns Umstände. Schließlich hat er sich den Ärger selbst eingebrockt. Aber warum habt Ihr Zweifel? Mir scheint, Ihr kennt Euren Freund nicht besonders.«

»Diesem Giuliano bin ich bestimmt noch nicht begegnet. Mein Freund Giuliano wurde erst 1398 geboren und hätte auf jeden Fall versucht, mich zu besuchen.«

Der Dompropst klappte seinen Mund auf, als wollte er einen ganzen Laib Brot in einem Stück verschlingen. Einige undefinierbare Töne entschlüpften seiner Kehle. Schließlich fand er seine Stimme wieder. »Der ... der ... der Kerl war doch bestimmt schon vierzig! Wenn nicht sogar noch älter! Der hat mich betrogen!« Und dann folgten einige derbe Flüche und Verwünschungen, bei denen so manch einer rot angelaufen wäre.

»Was sollte das? Warum?« Meuren trampelte wütend auf den Boden. »Dahinter steckt doch der verfluchte Junk! Irgendwann bringe ich den noch eigenhändig um! Schickt mir seinen Handlanger auf den Hals, um mich von meiner Arbeit abzuhalten. Als hätte ich nicht anderes zu tun, als alten Urkunden hinterherzusuchen!«

Nikolaus schlug sich plötzlich so fest vor die Stirn, dass es laut klatschte und der Dompropst innehielt. »Natürlich wollte er Euch von der Arbeit abhalten! Nämlich davon, mit den drei gefangenen Burschen zu reden! Kommt schnell mit!«

Der junge Mann raste wie von einer Tarantel gestochen los. Meuren blickte ihm noch einen Moment mit bösem Blick hinterher. Doch dann nahm auch er die Beine unter den Arm und folgte, so schnell er konnte.

Im Kerker

War seit gestern Nachmittag noch jemand bei den drei Gefangenen?«, erscholl es den Soldaten in der Wachstube laut und fordernd entgegen.

Gottfried war ärgerlich aufgesprungen und wollte gerade lospoltern, als er Nikolaus erkannte, der außer Atem im Raum stand. Der Soldat erinnerte sich wohl noch zu genau, wie zuvorkommend sein Hauptmann den Burschen behandelt hatte. Anstatt seinen Unmut kundzutun, knurrte er nur: »Welche Gefangenen?«

»Die Ratsherrensöhne natürlich.«

Zerknirscht antwortete der Soldat: »Eigentlich nicht.«

»Wer war bei denen?«

»Außer dem Blondchen, das ihnen gestern das Futter brachte, niemand mehr. Vorhin habe ich denen bloß frisches Wasser und Brot gebracht.«

»Sie leben also?«

»Häh?« Er wollte sich gerade mit dem Finger an die Stirn tippen, hielt aber noch rechtzeitig inne. »Na, klar! Was denn sonst? Meint Ihr, wir prügeln die zu Tode?«

»Los! Führt mich zu ihnen!«

Der Soldat war gar nicht begeistert, dass man so einfach seine Ruhe störte. »Ich weiß nicht, ob ich das ohne die Zustimmung des Hauptmanns machen kann. Da muss ich den erst einmal fragen. Aber der ist ...«

Plötzlich kam Simeon von Meuren laut fluchend hereingestolpert. Auffordernd blickte er in die Runde und knurrte ungehalten: »Was ist?«

Das wirkte augenblicklich. Ohne ein weiteres Wort zu verlieren, marschierte der Soldat los. Zu dritt ging es in den muffigen, kalten Keller. Schnell hatte Gottfried die Kerkertür geöffnet und machte den Weg frei.

Gereizt brummte er: »Seht Ihr? Sind alle noch da.«

Nikolaus duckte sich und huschte durch die niedrige Tür. Fast wäre er gefallen, denn erst im letzten Augenblick sah er den Krug mit Wasser, der in der Tür stand. Dem kleinen Kantenstück vertrockneten Brotes jedoch konnte er nicht mehr ausweichen und trat unbeabsichtigt dagegen. Im hohen Bogen flog es gegen die gegenüberliegende Wand. In dem Raum lag ein ekelerregender Gestank nach Exkrementen und Erbrochenem.

»Puh, was ist denn hier passiert?« Der junge Mann hielt sich die Nase zu.

Doch als seine Augen den nur schlecht erleuchteten Raum erfasst hatten, ließ er seine Hand wieder sinken. Alle drei Gefangenen lagen am Boden oder waren in sich zusammengesunken. Auch Meuren stand fassungslos da und konnte nur noch den Kopf schütteln.

Rudolf Schauf lag mitten im Raum auf dem Rücken, alle viere von sich gestreckt, den Kopf zur Seite gedreht und rührte sich nicht. Sein Hemd war voller Gespei. Nikolaus kniete sich nieder. Es war unnötig, nach dem Puls zu fühlen – der Leib war schon kalt und steif. Er musste irgendwann in der Nacht seinen letzten Atemzug getan haben.

Ein Stöhnen ließ die Anwesenden hochschrecken. Heinrich von Buschfeld presste seine Arme gegen seinen Leib, während er von Krämpfen geschüttelt wurde. Sein Gesicht war schmerzverzerrt. Halb saß er, halb lag er in der Ecke. Aber nun hob er seine zitternde Hand und streckte sie den Besuchern hilfesuchend entgegen.

Nikolaus huschte hinüber. »Was ist passiert?«

Doch statt einer Antwort hörte man nur ein Ächzen. Der

junge Jurist befühlte die Stirn des Gefangenen. Die Haut war feucht und kalt. Als er seine Hand gegen den verkrampften Bauch drückte, stöhnte Heinrich auf. Er musste schmerzhafte Koliken haben. Als Nikolaus genauer hinschaute, bemerkte er die von Ausscheidungen verdreckte Hose. Die Krämpfe hatten zum Versagen der Verdauung geführt.

»Der hier lebt noch. Atmet jedenfalls noch. Ist aber ohne Bewusstsein.« Meuren beugte sich über Peter Kirn, der regungslos unterhalb der Lichtöffnung lag. »Was ist mit diesen Kerlen? Die spielen uns doch nichts vor, oder?«

Nikolaus klang leise und niedergeschlagen »Ich wette auf Arsenvergiftung. Es sind typische Anzeichen: Krämpfe, Übelkeit, Erbrechen, Durchfall, kalter Schweiß. Je nach Menge des Arsens dauert der Todeskampf nur ein paar Stunden oder auch einige Tage. Aber da sie hier schon die ganze Nacht liegen, habe ich nur noch wenig Hoffnung. Man hätte sie sofort zum Erbrechen der vergifteten Nahrung bringen müssen. Dann hätte man sie vielleicht noch retten können.«

Der Dompropst erhob sich ruckartig. »Ihr meint, es war Selbstmord?« Dann schaute er sich schaudernd um. »Eine scheußliche Art zu sterben.«

Nikolaus schüttelte den Kopf. »Kein Selbstmord. Es war Mord. Eiskalter Mord. Ihr wurdet abgelenkt, damit den Burschen vergiftetes Essen und Trinken gebracht werden konnten, bevor sie überhaupt die Gelegenheit hatten, etwas zu verraten.«

Meuren reckte sich und stemmte die Hände energisch in die Seiten. »Wollt Ihr etwa behaupten, dass diese Sauerei meine Schuld ist?«

»Keineswegs. Ihr konntet ja nicht wissen, dass sich der Gesandte nur als Cesarini ausgab.«

Der Dompropst stockte einen Augenblick und antwortete

dann schon viel ruhiger: »Ihr habt ausnahmsweise recht. Und was jetzt?«

Nikolaus konnte es nicht fassen. Für diesen egozentrischen Wichtigtuer war nur wichtig, wie er dastand. Dass um ihn herum Menschen im Sterben lagen beziehungsweise bereits gestorben waren, interessierte ihn einen Dreck. Nikolaus war kurz davor, einen Wutanfall zu bekommen. Er zwang sich jedoch mühsam zur Ruhe und wandte sich an die Wache: »Holt sofort einen Bader und sagt ihm, dass es um eine Arsenvergiftung geht! Er soll irgendein Brechmittel mitbringen. Und schickt nach Leuten, die sich um die hier kümmern können.«

Gottfried lehnte am Türrahmen, als ginge ihn das alles gar nichts an. Er nickte nur müde und rührte sich nicht.

Jetzt wurde Nikolaus lauter: »Bewegt Euch! Oder ich lass Euch nebenan einbuchten, weil Ihr zugelassen habt, dass hier Mörder nach Belieben hinein- und herausspazieren können.«

Die Wache zuckte zusammen. »Es sind doch nur Halunken. Wieso ...«

»Sofort!« Der Schrei hallte durch die Kellergewölbe.

Nach einer Schrecksekunde, in der Gottfried nur ungläubig den Mund aufsperren konnte, rannte er los. Er war noch auf der Treppe, da hörte man schon, wie er die anderen zusammenrief und Aufträge verteilte.

Nikolaus wandte sich wieder Heinrich von Buschfeld zu, der schwer atmend und vor Schmerzen stöhnend in der Ecke lag. Obwohl es dem Bedauernswerten im Moment von den beiden noch Lebenden noch am besten ging, war es höchst fraglich, ob er den Anschlag überleben würde. Das Gift war schon zu lange in seinem Körper, hatte wahrscheinlich schon zu viel Schaden angerichtet. Neben ihm lag ein Krug, der möglicherweise Wein enthalten hatte. Ein Stück weiter stand eine Schüssel. Nach den Resten zu urteilen, war sie mit Bratenstücken gefüllt gewesen. Natürlich mundeten solche Speisen viel besser als altes Brot und Wasser. Die Burschen mussten die Sachen mit Heißhunger verschlungen und erst zu spät bemerkt haben, dass sie Gift enthielten. Rudolf Schauf als Prokonsul stand in der Rangfolge über den beiden anderen und hatte sich deshalb sicher als Erster und am ausgiebigsten bedienen dürfen. So hatte er mehr von dem Gift abbekommen und war deshalb als Erster verstorben.

Aber vielleicht war Heinrich bereit zu sagen, wer es auf sie abgesehen hatte. »Wer hat Euch die Sachen gebracht?«

Langsam öffnete er die Augen und blickte Nikolaus an, schüttelte dann aber den Kopf.

»Warum wollt Ihr nichts sagen?«

Heinrich presste die Lippen zusammen. Dann wurde sein Leib wieder von Krämpfen geschüttelt.

»Warum wollt Ihr den schützen, der Euch das angetan hat? Wer war die Frau, die Euch das vergiftete Essen gebracht hat?«

»Ich bin kein Verräter«, presste er schließlich hervor.

»Ihr wollt jemanden schützen, der Euch lieber umbringt als darauf vertraut, dass Ihr dichthaltet?«

Heinrich schloss die Augen und schnaufte schwer.

»Ihr habt ja eigenartige Freunde. Gegenüber solch hinterhältigen, ja mörderischen Freunden fühlte ich mich nicht verpflichtet. Die ließe ich gnadenlos für das büßen, was sie mir angetan haben. Wenn die zu eiskaltem Mord bereit sind, haben auch sie keine Rücksicht verdient.«

Der Sohn des Ratsherrn öffnete die Augen. Mit gläsernem Blick schaute er zwischen Nikolaus und Meuren hin und her. Schließlich stöhnte er: »Es war der Caesar.«

»Thomas?«

Wieder verkrampfte sich der Körper des mit dem Tode ringenden jungen Mannes unter neuen Koliken. Er verdrehte die Augen. Es würde nicht mehr lange dauern, dann würde auch er das Bewusstsein verlieren.

»Euer eigener Bruder hat Euren Tod angeordnet?« Nikolaus konnte es kaum fassen. Und den wollte Heinrich noch schützen!

»Es ... es ...« Sein Kopf rutschte zur Seite.

Nikolaus versuchte, den schlaffen Körper aufzurichten. »Jetzt nicht!« Er gab Heinrich ein paar leichte Ohrfeigen, um ihn wieder aufzuwecken. »Was wolltet Ihr mir noch sagen?«

Aber es kam keine Antwort mehr. Der Gefangene atmete zwar noch, doch es war fraglich, ob er jemals das Bewusstsein wiedererlangen würde. Gerade als er verraten wollte, wer der Mörder war!

Nikolaus stand ärgerlich auf und schlug mit der Hand so heftig gegen die Wand, dass der Schmerz ihm bis ins Handgelenk fuhr. Und das nur, weil die dämlichen Wachen sich lieber einen lauen Lenz machten, jeden Spitzbuben hier hereinließen und sich einen Dreck um die Gefangenen kümmerten. Die mussten das Stöhnen und Schreien doch gehört haben!

In diesem Augenblick kamen ein paar Mönche hereingestürmt. Schnell liefen sie zu den drei Körpern am Boden und verschafften sich einen Überblick. »Wir kümmern uns um sie«, sagte einer und begann sofort, Heinrich eine Tinktur einzuflößen.

Nikolaus und Meuren überließen die jungen Männer den erfahrenen Brüdern und gingen wieder nach oben. In der Wachstube standen die beiden Wachen zusammen und tuschelten miteinander. Wollten sie, sich ihrer Schuld bewusst, ihre Aussagen miteinander absprechen? Ihnen durfte es nicht entgangen sein, dass ihre Stellung auf dem Spiel stand.

»Wer war die Frau?« Die Stimme des Dompropstes war laut und klang nach Ärger.

Die Soldaten drehten sich erschrocken um und schauten betreten zu Boden. Keiner wollte den Anfang machen.

»Was ist los? Muss ich Euch die Worte einzeln aus der Nase ziehen?«

Schließlich schaute Gottfried hoch. »Entschuldigt bitte, Euer Gnaden. Wir konnten doch nicht ahnen, dass diese Braut die Jungs vergiften wollte. Wenn wir gewusst hätten ...«

Meuren fuhr ihm ärgerlich in die Parade. »Quatsch nich' so'n Blödsinn, du hirnloser Idiot! Ich will wissen, wer diese Frau war.«

»Wir wissen es nicht«, kam es kleinlaut.

»Habt Ihr denn nicht nach dem Namen gefragt?«

»Sie sagte nur, sie sei eine Verwandte.«

»Oh, Ihr verdammten Dummköpfe! Ihr habt wohl nur Augen für die Frau gehabt, was? Einmal mit den Augen klimpern, und schon verabschiedet sich Euer Verstand. Könnt Ihr denn wenigstens sagen, wie sie aussah?«

Die Soldaten drucksten herum. »Nun ja, sie trug so'n Tuch um den Kopf, dass man im Halbdunkel nicht viel erkennen konnte.«

Plötzlich meldete sich ein anderer Soldat zu Wort. »Blond! Blond war sie! Das habe ich an dem Zopf gesehen, der unter dem Tuch hervorschaute.«

»Mehr wisst Ihr nicht?« Meuren hob die Fäuste, als wollte er jeden Augenblick zuschlagen.

Beide Wachen schüttelten den Kopf.

»Eure Beschreibung passt auf mindestens hundert Frauen in Trier. Geht es nicht ein bisschen genauer?«

Nun mischte sich Nikolaus ein. »Wie lang war der Zopf?«

Gottfried antwortete zaghaft. »Ungefähr bis zur Mitte des Rückens.«

»Gut. Wie alt war sie?«

»Wegen des Tuchs konnte man das schlecht sagen.«

»Aber Ihr könnt doch wenigstens schätzen. War sie um die zwanzig, um die dreißig, vierzig oder noch älter.«

Wie aus einem Mund erklang: »Zwanzig, bestimmt noch keine dreißig.«

»War sie besonders groß oder klein, dick oder dünn?«

Gottfried kratzte sich am Kinn und zeigte dann mit der Hand eine Höhe an, wie sie bei der Hälfte aller Frauen zu finden war. »So groß etwa. Und wie Frauen halt gebaut sind. Dick war sie nicht. Aber dürr auch nicht.«

Nikolaus fragte weiter: »Was hatte sie an?«

»Ein helles Leinenkleid, nichts Besonderes. Wie man es überall sieht.«

»War etwas Auffälliges an ihr? Besonderer Schmuck, eine Narbe, wertvolle Knöpfe am Kleid, ein Sprachfehler, irgendetwas, was unverwechselbar ist.«

Die Wachen sahen sich einen Moment an und zuckten dann mit den Schultern. »Nichts. Nur dass sie recht jung und hübsch schien – soweit man das erkennen konnte.«

Nikolaus war frustriert. Nach der Beschreibung hätte es jede Frau sein können. »Würdet Ihr sie denn wiedererkennen?«

»Weiß nicht. Vielleicht.«

Es war zum Haareraufen. Diese Hanswurste waren ein grandioser Fehlgriff. Wer hatte die bloß zu Wachen ernannt? Die hatten doch vor lauter Trägheit vergessen, hier zu schreien, als der Verstand verteilt wurde. Die waren zu dämlich, drei Gefangene vor einer einfachen Frau zu beschützen. Am besten sollte man sie gleich davonjagen.

»Was hat sie mit den Gefangenen gesprochen? Bitte erinnert Euch, so gut es geht!«

Gottfried überlegte. »Ich schloss auf, ließ sie rein, und sie sagte: ›Hallo Freunde, ich habe euch etwas mitgebracht.‹ Die

Kerle freuten sich und haben sich gleich auf den Wein gestürzt. Dann hat sie die anderen Sachen hingestellt und ist wieder raus.«

Nikolaus schüttelte entnervt den Kopf. »Wie haben die Gefangenen sie denn angesprochen?«

»›Dich hat der Himmel geschickt.‹ Mehr nicht. Und dann hat sie was Komisches gesagt.«

»Und was?«

»›Mit bestem Gruß von Caesar‹ oder so ähnlich.«

Der junge Doktor atmete tief durch. Thomas von Buschfeld war der Caesar. Genau das hatte sein Bruder Heinrich auch gesagt. »Haben sie die Frau nicht mit Namen angesprochen?«

»Ich kann mir doch nicht alles merken. Außerdem hallten ihre Stimmen da unten so sehr, dass ich sie kaum verstanden habe. Es klang wie Lena oder so ähnlich.«

»Helena?«, rief Simeon von Meuren plötzlich dazwischen. »Kann es Helena gewesen sein?«

Gottfried hob die Schultern. »Ja, könnte gewesen sein.«

Der Dompropst wollte etwas sagen, hatte den Mund schon geöffnet, als er wie versteinert innehielt. Sein Blick war in weite Ferne gerichtet, und alle Farbe wich aus seinem Gesicht.

Nikolaus drehte sich erstaunt zu ihm um. »Dachtet Ihr an Helena Albrecht, die Tochter von ...« Jetzt hielt er für einen winzigen Augenblick inne. »... Sabine Junk?«

Alle Anwesenden schauten Meuren an. Langsam kam wieder Leben in ihn. Er klappte seinen Mund zu und blickte verlegen um sich. Er räusperte sich mehrmals, bevor er mit belegter Stimme sprach: »Ich habe schon genug Zeit hier vergeudet. Ich habe noch wichtige Dinge zu erledigen. Doktor Krebs, es ist ja offensichtlich, dass wir dank der Blindheit dieser Herren hier die Identität der Unbekannten nicht mehr ermitteln können. Also müssen wir wohl oder übel die Ermittlungen einstellen. Sorgt dafür, dass die Eltern der vergifteten Kerle benachrichtigt werden. Damit ist Euer Auftrag beendet. Ihr könnt Euch wieder dem Auftrag des Kurfürsten widmen.« Ohne eine Antwort abzuwarten, eilte er leicht schwankend hinaus.

Einer der Soldaten wandte sich an Nikolaus: »Wen meintet Ihr denn?«

»Kennt Ihr die Frau des kürzlich von St. Gangolf gestürzten Herrmann Albrecht? Die Tochter des Schöffen Theodor Junk?«

Beide verneinten. »Soll das die Mörderin gewesen sein?«

»Ich weiß es nicht«, antwortete Nikolaus ausweichend und machte sich ebenfalls auf den Weg hinaus. Er musste nachdenken.

War Helena Albrecht die eiskalte Mörderin gewesen? Nach der Beschreibung käme es sogar hin: um die zwanzig Jahre alt, Größe stimmte, blonde Haare und eine hübsche Erscheinung. Und sehr wahrscheinlich kannte sie die Gefangenen durch ihre beiden Brüder. Verbarg sich hinter der Fassade der trauernden Witwe eine rachsüchtige Mörderin? Sollte sie ihn getäuscht haben, als sie unter Tränen erzählte, ihr Leben wäre eine Katastrophe?

Nikolaus musste sich an eine Hauswand lehnen, weil er sonst zu Boden gegangen wäre. Plötzlich drehte sich alles um ihn herum. Er fühlte seinen Herzschlag bis in den Hals. Er rang nach Luft und riss an seinem Kragen.

Helena hatte ihm Theater vorgespielt. Eine abscheuliche, perfide, aber absolut glaubwürdige Vorstellung hingelegt. Sie hatte zusammen mit ihren beiden Brüdern und Thomas von Buschfeld Herrmann Albrecht umbringen lassen. Ihr hatte die Heirat mindestens ebenso missfallen wie ihnen. Auch wenn

Helena eher Adam als Thomas gewählt hätte, musste ihr die Vermählung mit dem alternden Meister wie die Todesstrafe vorgekommen sein. Immerhin hatte sie zugegeben, mit ihrem Mann noch keine einzige Nacht verbracht zu haben. Angenommen, sie hatte Thomas, dem Caesar in dem kleinen Spielchen der Erpresserbande, die Heirat versprochen, falls man ihr helfen würde. Möglicherweise hatte sie geplant, ihn anschließend als Mörder zu entlarven, um am Ende doch noch ihren Adam zu bekommen. Dazu kam, dass die drei Ratsherrensöhne ebenfalls nicht gut auf Albrecht zu sprechen waren. Als der dann vom Turm stürzte, warf sie sich voller Theatralik über ihren toten Ehemann und weinte Krokodilstränen. Und die drei Mörder taten so, als wären sie gar nicht in der Stadt. Wer sollte sie also anklagen?

Die Väter hatten jedoch Wind von der Sache bekommen und wollten den Mord in allerletzter Sekunde verhindern – kamen aber leider zu spät. Um ihr eigen Fleisch und Blut vor der drohenden Todesstrafe zu schützen, schwiegen sie, selbst wenn es bedeutete, dass auch sie in Verdacht gerieten. Doch dann wurde die Sache kompliziert. Nikolaus war der Bande auf die Spur gekommen. Anstatt für eine gewisse Zeit Ruhe zu geben, waren sie auf frischer Tat ertappt worden, und einer wurde dabei auch noch gefasst. Sebastian, der über die Schurkereien auspacken wollte, wurde auf Befehl der drei Anführer schnellstens zum Schweigen gebracht. Doch dann wurden auch die beiden anderen gefangen genommen. Da sie die schwächsten Glieder in der Kette waren, mussten auch sie mundtot gemacht werden. Das übernahm Helena. Irgendein Freund wurde angeheuert, um Meuren abzulenken. So hatte Thomas von Buschfeld sogar angeordnet, dass sein eigener, kleiner Bruder sterben musste. Wenn alles aufgeflogen wäre, hätten am Ende alle sechs jungen Männer dem Henker in die Augen schauen müssen – so verloren nur drei ihr Leben. Eine simple Gegenüberstellung von Gewinn und Verlust. Mit genug Skrupellosigkeit war es eine logische Konsequenz.

Doch nun hatte sich Meuren gerade zurückgezogen. Erst seit gestern wusste er, wer seine Tochter war, und heute war sie ihm schon lieber als die Gerechtigkeit. Er handelte nach dem gleichen Grundsatz wie sein Erzfeind Junk: Blut ist dicker als Wasser. So unsympathisch der Dompropst Nikolaus auch war, so nützlich war doch seine Stellung, um dem Rat der Stadt kontra geben zu können. Wer sollte nun die Verhaftung der Mörder anordnen? Welche Institution in Trier blieb jetzt noch übrig, damit Recht und Gerechtigkeit nicht untergingen? Nikolaus wusste es nicht.

Mit müden Schritten verließ er den Dombezirk. Er konnte es noch immer nicht fassen, wie frech man ihn an der Nase herumgeführt hatte, wie unsagbar dumm er sich angestellt hatte und wie aussichtslos die Lage nun war. Gab es denn nicht mehr die geringste Möglichkeit, die Verbrecher vor Gericht zu bringen?

Mörder

Nikolaus schlich entmutigt durch Trier. Immer wieder kreisten seine Gedanken um Helena, ihre Brüder – oder genauer gesagt Halbbrüder –, um Herrmann Albrecht, um die Schöffen, Wechsler und Zunftmeister und um von Meuren. Diese alle waren durch ein undurchschaubares und nicht zu entwirrendes Gespinst von Intrigen, Freundschaften, Feindschaften und Familienbanden verwoben. Ein idealer Nährboden für Mord und Erpressung; denn niemand konnte jemanden anklagen oder verraten, ohne selbst Gefahr zu laufen, vor Gericht gezerrt zu werden. Und die Gerechtigkeit blieb unweigerlich auf der Strecke ...

»Schau mal, Onkel!«

Nikolaus blieb wie angewurzelt stehen. Ein kleines Mädchen von etwa vier Jahren streckte ihm einen weißen Kieselstein entgegen. Es hatte den Kopf mit den blonden Haaren zur Seite geneigt und blinzelte spitzbübisch zu ihm hoch.

»Der ist aber hübsch.« Langsam ging er in die Knie und betrachtete sehr aufmerksam den staubigen Stein in der winzigen Hand. »Wo hast du den denn gefunden?«

»Da vorn.« Der kleine, süße Fratz zeigte in eine Hofeinfahrt. »Da liegen noch mehr.«

»Du musst aber aufpassen, dass du den nicht verlierst.«

Das kleine Mädchen nickte eifrig.

»Den Stein musst du ganz fest in der Hand behalten.«

»Soll ich dir auch einen holen?« Wieder legte es den Kopf auf die Seite und lächelte unschuldig.

Plötzlich erklang eine andere, ältere Stimme. »Lisbeth, wo bist du?«

Die Kleine schaute sich sofort um und rief: »Hier bin ich,

Mama. Ich habe einen Stein gefunden.«

Jetzt kam eine junge Frau mit einem Korb auf dem Arm um die Ecke gehetzt. Mit einem Seufzer der Erleichterung blickte sie auf ihre Tochter. »Lisbeth, du sollst doch nicht immer weglaufen.«

»Mama, da vorn liegen aber so schöne Steine.«

Die Mutter kam näher. »Du hast doch schon so viele zu Hause.«

»Aber nicht so einen. Darf ich den mitnehmen?«

Die Frau atmete einmal tief durch und nickte dann. »Natürlich darfst du das.« Und zu Nikolaus gewandt fragte sie: »Werter Herr, hat Euch meine Tochter belästigt?«

Er lachte herzlich. »Überhaupt nicht. Sie musste ihren wertvollen Fund nur irgendjemandem zeigen. Das war glücklicherweise ich.«

»Komm, Lisbeth. Wir müssen noch einkaufen.« Dabei hielt sie ihrer Kleinen die Hand entgegen.

»Auf Wiedersehen, Onkel«, rief das kleine Mädchen und lief fröhlich zu ihrer Mutter. Dann gingen beide die Straße entlang, wobei die Kleine voller Tatendrang herumhüpfte, sodass ihr langer, blonder Zopf immer von einer Seite zur anderen schwang. Immer wieder musste die Mutter stehenbleiben, weil Töchterchen etwas entdeckt oder zu erzählen hatte. Schließlich verschwanden sie in einer der Nebenstraßen.

Nikolaus richtete sich auf. Nachdenklich rieb er sich die Nase.

»Süße, kleine Elisabeth«, murmelte er vor sich hin. »Angenommen, du wärst vierzehn Jahre älter, und man würde deinen Namen noch weiter kürzen als nur auf Lisbeth. Und wenn du dann auch noch deinen Zopf behalten würdest, wen würden wir dann vor uns sehen?«

So schnell Nikolaus konnte, lief er die Straße zurück, über

den Marktplatz und in den Dombezirk. Schnell war er in der Wachstube der Soldaten. Gottfried und eine zweite, ihm unbekannte Wache waren anwesend.

»Wollt Ihr Euren Fehler wiedergutmachen?«, stieß der junge Mann atemlos hervor.

Gottfried brauchte nicht lange zu überlegen. »Ja.«

»Dann holt sofort den Hauptmann Seidel und ein oder zwei weitere Leute mit Waffen.«

»Worum geht es denn?«

»Wir holen uns jetzt die Giftmörderin.«

»Wer ist es denn?«

»Das werdet Ihr früh genug sehen. Ich warte hier. Aber sorgt dafür, dass der Dompropst nichts merkt.«

»Jawohl!« Der Soldat rannte sofort los.

Schon nach wenigen Minuten standen der Vorgesetzte und drei weitere Bewaffnete vor dem Haus. Nikolaus führte die kleine Truppe an. Es ging über den Markplatz, durch die Fleischstraße und dann weiter in die Brückenstraße. Vor einem Wirtshaus blieben sie stehen.

»Zwei nach hinten, einer bleibt hier, die anderen kommen mit«, kommandierte der junge Doktor. »Keiner darf hinein oder hinaus.«

Nikolaus, der Hauptmann und Gottfried stürmten in die Gaststube. Es waren nur wenige Gäste da, alle hatten ein Bier vor der Nase und schauten nun erschrocken auf. Alle Gespräche erstarben sofort. So kurz vor Mittag war auch noch keine der Frauen anwesend, die sonst üblicherweise den männlichen Gästen die Zeit vertrieben. Aus einer der hinteren Türen kam gerade der Wirt. Nikolaus erinnerte sich nur zu gut an den Raum, wo der Wein- und Biervorrat der Schänke lagerte.

»Was wollt Ihr hier?« Der griesgrämig dreinschauende Gastwirt verschränkte die Arme und baute sich breitbeinig vor den ungebetenen Gästen auf. »Ihr schädigt mein Geschäft.«

»Wir suchen Elise.«

»Wen?« Der bärbeißige Kerl tat so, als hätte er nicht verstanden.

»Ihr wisst, wen ich meine. Konstantin Junks Liebchen.«

Der Mann nickte. »Ach, die meint Ihr! Die habe ich schon lange nicht mehr gesehen. Ich weiß ehrlich nicht, wo die steckt.«

Doch plötzlich schossen Konrad Seidel und Gottfried nach vorn, warfen den überraschten Wirt mit einem gekonnten Schwung zu Boden, banden ihm die Hände mit Lederriemen und hielten ihm ein Schwert bedrohlich nah an die Kehle. Die Erinnerungslücken füllten sich sehr rasch. »Elise ist oben in ihrer Kammer.« Die Stimme hatte nun jeden Anflug von Trotz und Selbstsicherheit verloren.

Nikolaus hockte sich daneben. »Wo ist der Italiener?«

Nach einem Moment des Zögerns murmelte er: »Bei ihr. Seit einigen Tagen pennt er bei ihr.«

»Zeigen!«

Und schon wurde der Wirt grob hochgerissen. Mit der Schwertspitze im Rücken ging er voran. Durch eine Tür neben der Vorratskammer schritten sie in den hinteren Teil des Hauses, an der Küche vorbei, wo schon der erste Braten am Spieß brutzelte, und dann eine hölzerne Treppe hinauf.

»Wehe, du schreist, um die anderen warnen!«, zischte ihm Gottfried ins Ohr.

Die Männer stiegen nun eine zweite Treppe hinauf. Hier oben gab es einen Gang mit mehreren Türen. Von irgendwoher erklang ein Schnarchen, in einem anderen Zimmer hörte man, wie sich ein Mann und eine Frau unterhielten. Der Wirt zeigte stumm auf eine der Türen.

Die beiden Soldaten schlichen leise näher, verständigten sich kurz durch Handzeichen und stürzten dann in die Kammer. Man hörte den Schrei einer Frau und anschließend ein kurzes Poltern. Nikolaus schob den Wirt vor sich her, damit er nicht flüchtete.

Die Kammer war klein und schmal, und mangels eines Fensters roch es muffig nach Schweiß und anderen Absonderungen. Überall lagen Kleidungsstücke und leere Branntweinflaschen herum. Die vier Männer standen nun vor dem Bett, in dem sich Elise ängstlich in Decken gehüllt hatte. Ihre Haare hingen ihr wirr um den Kopf.

»Was wollt Ihr von mir?« Jetzt erkannte sie Nikolaus wieder. »Ich weiß nicht, wo Konstantin ist. Ich schwör's.«

Gottfried räusperte sich kurz. »Das war sie. Ich erkenne ihre Stimme wieder.« Dann bückte er sich und hob ein blaues Tuch auf, das halb unter das Bett geschoben war. »Und dies hier hatte sie umgebunden.«

Elise schaute sich immer panischer um. »Was soll ich gewesen sein?«

Nikolaus ergriff das Wort. »Du hast gestern deinen Freunden Rudolf, Heinrich und Peter etwas zu Essen und zu Trinken ins Gefängnis gebracht.«

Sie schüttelte heftig den Kopf. »Das war ich nicht.«

»Gottfried hat dich jedenfalls erkannt. Wir können nachher auch die anderen Wachen noch fragen. Was werden die wohl sagen?«

Ihre Augen flogen aufgeregt von einem zum anderen. Langsam wurde ihr klar, dass das Spiel zu Ende war. Nervös kaute sie an ihren Lippen und zog sich die Decke bis unters Kinn hoch. »Woher wusstest du, dass ich es war?«

»Mir fiel vorhin dein hübscher, langer, blonder Zopf wieder ein, den gestern auch die Wachen gesehen haben. Der

Rest der Beschreibung passte ebenfalls auf dich. Außerdem kanntest du Konstantins Kumpane. Eure Begrüßung im Kerker passte dazu. Sie nannten dich Lise. Nicht wahr?«

Gottfried antwortete stattdessen. »Genau das haben die Burschen gesagt. Jetzt bin ich mir sicher.«

Elise begann leise zu weinen.

Nikolaus wollte aber noch eine weitere Person dingfest machen: »Wo ist der Italiener, der bei dir hier übernachtet?«

»Vittorio?«

»Ist das der, bei dem du die Tage auf dem Schoß gesessen hast?«

Sie nickte.

»Wo ist er hin?«

»Er wollte zum Abort gehen.«

»Wo steht der?«

»Im Hinterhof.«

Nikolaus wandte sich an die beiden Wachen. »Schnell, damit er uns nicht entwischt!«

Sofort rasten die beiden los. Es war zu hoffen, dass Vittorio nicht schon längst verschwunden war. Die Präsenz der Bewaffneten war ja schlecht zu verbergen gewesen.

Nikolaus wollte mit der jungen Frau ungestört sprechen und sagte deshalb zum Wirt gewandt: »Wartet draußen, am besten hinten an der Treppe. Und macht die Tür zu.«

Der zog nur ein mürrisches Gesicht und schlurfte ohne ein Wort hinaus. Mit einem lauten Krachen warf er die Tür zu. Nikolaus drehte sich wieder zu Elise herum. »Vittorio hat doch den Dompropst abgelenkt, damit du währenddessen Konstantins Freunde besuchen konntest. Oder?«

»Er wollte halt, dass die Jungs gut versorgt sind. Im Kerker bekommt man doch sowieso nichts Vernünftiges. Er hatte Angst, dass der Pfaffe das verbietet.«

»Ihr sagtet, die Sachen seien vom Caesar.«

Die junge Frau wurde sichtlich nervöser. Sie rutschte weiter in die Ecke.

»Vorgestern sagtest du, Thomas von Buschfeld sei der Caesar. Hat Thomas dir das aufgetragen?«

Nach einem Augenblick des Nachdenkens antwortete sie zaghaft. »Nein. Vittorio wollte das so.«

Langsam lichtete sich der Nebel. Dieser Italiener wurde immer interessanter. »Vittorio hat dir also befohlen, das zu behaupten?«

Elise verzog ihr Gesicht, als hätte sie Schmerzen. »Auch nicht. Vittorio hat mir gestern erst gesagt, dass er der zweite Caesar wär. Ich wusste das gar nicht. Das hatte mir Konstantin nicht gesagt. Aber ist das denn so schlimm?«

Nikolaus kratzte sich am Kinn. Sie wusste es nicht. »Vittorio hat dir die Speisen gegeben?«

»Ja, und?«

»Sie waren vergiftet.«

Plötzlich schoss ihr Kopf in die Höhe. »Was?« Vor Schreck rutschte ihre Decke herunter und entblößte ihre nackten Schultern. »Vergiftet?« Entsetzt schlug sie die Hände vors Gesicht und begann zu weinen. »Was ist mit ihnen?«

»Rudolf ist bereits gestorben, und für die beiden anderen besteht kaum noch Hoffnung.«

»Oh, nein!« Elise schüttelte sich vor lauter Schluchzen. »Was habe ich getan!«

Nikolaus versuchte, sie zu beruhigen. Er setzte sich neben sie auf das Bett, wagte es aber nicht, sie zu berühren. Die Frau tat ihm leid. So jung und musste sich als Hure ihren Lebensunterhalt verdienen. Umgeben von Mördern, Erpressern und anderem Abschaum, die sie skrupellos für ihre Teufeleien benutzten. Ohne Hoffnung, diesen unsäglichen Verhältnissen jemals entkommen zu können. Aber schlimmer war, dass ihr jetzt noch der Galgen oder das Richtschwert drohten. Auch wenn sie nur eine Mörderin wider besseres Wissen war.

Das Weinen ließ nach, sie schniefte ein paarmal herzhaft und wischte sich die Tränen ab. »Musst du mich mitnehmen?«

Nikolaus nickte.

»Ich hab sie doch nicht mit Absicht vergiftet. Das war Vittorio!«

»Ich weiß. Vielleicht wird man deshalb mit dir gnädig sein.«

»Und was heißt das?«

»Du kannst froh sein, wenn du mit dem Leben davonkommst. Am besten, du sagst alles, was du weißt. Dann sieht das Gericht, dass dir die Sache wirklich leidtut.« Nikolaus wollte aber noch ein bisschen mehr erfahren: »Woher kannten Konstantin und die anderen denn Vittorio?«

»Ich hatte doch von der Reise nach Venedig erzählt. Da haben sie ihn kennengelernt.«

Nikolaus erinnerte sich. »Konstantin wollte jemanden treffen, der ihnen helfen sollte, Trier berühmt zu machen. Das war Vittorio?«

Sie nickte.

»Wie sollte er denn helfen?«

»Das weiß ich nicht so genau. Das war ja das Geheimnis. Als ich Konstantin mal fragte, hat er mir eine runtergehauen. Da hab ich lieber nicht mehr gefragt. Aber ich habe mitbekommen, dass Vittorio irgendetwas besorgen sollte.«

»Du weißt also nicht, was es war?«

Elise schüttelte den Kopf. »Vor einer Woche hörte ich dann nur noch, dass Vittorio dieses Dingsda ausgetauscht hatte und sie nun ein gutes Versteck brauchten, wo es dann gefunden werden sollte.«

»Aha.« Nikolaus atmete hörbar aus. »Das klingt aber eigenartig. Erst austauschen, dann verstecken und schließlich wiederfinden. Irgendwie widersinnig.«

»Ich hab's auch nicht verstanden. Es klang aber so, als ob das Verstecken heimlich geschehen sollte und das Wiederfinden dann mit großem Brimborium und Tamtam.«

»Ach so. Es sollte etwas ganz Besonderes gefunden werden. Damit es für die anderen Leute als glücklicher Zufall erschien, sollte zur rechten Zeit am rechten Ort gesucht werden. Und dann sollte Trier wieder berühmt und mächtig wie in den Tagen von Konstantin dem Großen werden.«

Elise schaute Nikolaus nur mit großen Augen an.

»Waren alle Freunde aus Konstantins Truppe daran beteiligt?«

»Sie wussten wohl alle Bescheid, aber das mit dem Verstecken haben nur Konstantin, Crispus und Thomas mit dem Herrmann besprochen.«

Jetzt war Nikolaus an der Reihe, ungläubig zu gucken. »Der tote Zimmermannsmeister Herrmann Albrecht?«

Sie nickte.

»Der wusste von der Sache?«

»Klar.«

Aufgeregt stand Nikolaus auf. Die Bande umfasste also nicht nur die sechs Ratsherrensöhne, sondern auch einen Italiener, der etwas Wichtiges besorgen konnte, und einen Zimmermannsmeister. Da die Gruppe um Konstantin aber sonst eine in sich geschlossene Truppe bildete, waren die beiden anderen nur aufgrund dieses speziellen Vorhabens akzeptiert worden. Die waren nicht aus Trier beziehungsweise entsprachen nicht ihrem Stand. Ein reines Zweckbündnis. Welchen Nutzen hatte Herrmann Albrecht haben können? Ein alternder, verschuldeter und erfolgloser Handwerksmeister?

Nein, die Gruppe war noch größer. Die Väter der Burschen

wussten auch Bescheid. Sie hatten bisher alles getan, damit die Wahrheit nicht ans Licht kam. So wie Meuren erzählt hatte, wünschte sich Theodor Junk doch schon seit Langem, der Stadt wieder zu der gleichen Blüte zu verhelfen wie in vergangenen Tagen. Trier sollte dadurch Reichsstadt werden und sich mit Köln, Lübeck und Augsburg vergleichen können. Und Helena war die Belohnung dafür gewesen, dass Albrecht bei dieser Betrügerei mitgeholfen hatte.

Was wusste die junge Witwe? Wahrscheinlich nichts. Sie war das ungeliebte Stiefkind, das nach Belieben verschachert werden konnte.

»Und du bist von Finken entführt worden, wie ich gehört habe.«

Elise wiegte ihren Kopf hin und her. »Eigentlich nicht. Der Peter kam gestern Mittag und fragte mich, ob ich mit ihm zu sich nach Hause gehen würde.«

»Hat er das schon öfter gemacht?«

»Er zahlt gut. Dafür hat er aber immer ein paar ausgefallene Wünsche. Und er mag dieses Zimmer hier nicht. Das ist ihm zu schmuddelig, sagt er. Deswegen gehen wir dann in sein Haus. Aber gestern war es anders. Kaum waren wir in seiner Kammer, hat er mich schon gefesselt und geknebelt und in eine Kiste gesperrt. Auf einem Fuhrwerk hat er mich dann weggebracht. Ich habe mir überall blaue Flecken geholt. An den Armen, den Beinen, am Rücken und am ... hinten.«

»Und was wollte er von dir?«

Sie biss auf ihrer Lippe herum und zupfte verlegen an ihrer Decke. »Ich ... ich ... bin schwanger.«

Nikolaus zog die Augenbrauen hoch. »Aha.« Er verstand den Zusammenhang noch nicht.

»Bitte sag es dem Wirt noch nicht. Sonst schmeißt er mich gleich raus.«

»Mach ich nicht. Wer ist denn der Vater?«

Elise zögerte wieder einen Moment. »Ich ... ich ... weiß es nicht. Ich habe immer aufgepasst und mich genau an die Anweisungen meiner Mutter gehalten. Es ging ja auch immer gut. Die ganzen vier Jahre, seitdem der Wirt mich meiner Mutter abgekauft hat. Aber nun ...« Tränen rannen ihr über die Wangen. Sie schniefte mehrfach laut. »Ich weiß nicht, wer der Vater ist. Es kann jeder Beliebige gewesen sein.«

»Und weswegen hat dich der Viehhändler dann entführt?«

»Ich sollte so lange eingesperrt bleiben, bis ich bezeuge, dass das Kind von Konstantin ist. Und damit wollte er dann zum alten Junk, um ihm Geld aus den Rippen zu leiern.«

Nikolaus atmete tief durch. Die Entführung hatte also doch nichts mit dem Tod Herrmann Albrechts zu tun. Lustlos fragte er: »Kann Konstantin denn der Vater sein?«

Sie nagte wieder an ihrer Unterlippe. »So gut wie jeder andere.«

Plötzlich wurde die Tür aufgerissen. Gottfried platzte herein. »Wir haben den Italiener. Wir haben ihn erwischt, als er heimlich das stille Örtchen verlassen wollte. Er war schon halb auf der Mauer, da habe ich ihn mir geschnappt.« Er grinste zufrieden. »Der Hauptmann sagt, das wär der gewesen, der den gnädigen Herrn von Meuren sprechen wollte.«

»Sehr gut. Den muss ich mir ansehen.«

Nikolaus rauschte los, Gottfried folgte auf dem Fuß. Doch der junge Mann blieb plötzlich stehen und lief wieder zurück zu Elises Kammer.

Er steckte den Kopf hinein und raunte dem verschüchterten Mädchen zu: »Wir müssen Vittorio ins Gefängnis bringen. Das dauert bestimmt einen Moment. Wenn wir dann anschließend dich einsperren wollen und du bist nicht mehr da, dann ... dann haben wir halt Pech gehabt.«

Elise schaute erst verständnislos. Als Nikolaus aber zwinkerte, sprang sie auf, lief zur Tür und drückte ihm einen flüchtigen Kuss auf den Mund. Erst jetzt merkte sie, dass sie nichts anhatte. Schnell griff sie sich die Decke vom Bett und warf sie sich um.

»Danke«, hauchte sie ihm mit einem hinreißenden Lächeln zu.

Nikolaus drehte sich um und trabte wieder davon. Was hatte er da nur getan? Warum? Hätte er dies auch für einen Mann gemacht? Er musste mehrmals tief durchatmen. Ihm war plötzlich sehr warm geworden. Auf dem Weg nach unten zwang er sich, an etwas anderes zu denken. Er brauchte einen klaren Kopf, um herauszufinden, was Vittorio ausgetauscht hatte.

An der hinteren Tür standen die Soldaten und hatten den Italiener fest in ihrer Mitte. Er lächelte herausfordernd in die Runde, als wäre die Verhaftung nur ein Spiel, ein harmloser Zeitvertreib.

Nikolaus kam sofort auf den Punkt. »Ihr habt Konstantins Freunde umgebracht.«

Vittorio schüttelte den Kopf. »No.«

»Ihr habt den Dompropst beschäftigt, damit Elise die mit Arsen vergifteten Speisen bringen konnte. So konntet Ihr sicherstellen, dass die drei nichts mehr ausplaudern konnten.«

Mit einem breiten Grinsen antwortete er: »No.«

»Wie war es denn? Immerhin haben die Soldaten Elise und Euch wiedererkannt.«

»Mio fratello, so versteht doch. Ich bin betrogen worden. Diese Elise da, ich wusste nicht, was sie wollte bei den Männern. Sie bat mich: ›Komm mit, weil ich habe Angst ganz allein mit die vielen soldati.‹ Sie hat die Männer vergiftet? Oh, mamma mia! Das wusste ich nicht!«

»Und warum habt Ihr Euch als Giuliano Cesarini ausgegeben?«

»No, no. Das der padre falsch verstanden. Ich heiße Vittorio Cesarini. Nicht Giuliano. Ich kenne keinen Giuliano.«

Nikolaus zog die Augenbrauen zusammen. Dies konnte kein Zufall sein. Vielleicht hieß er Vittorio, aber bestimmt nicht Cesarini. Der Name war eindeutig beabsichtigt gewesen, um Simeon von Meuren abzulenken. Der Italiener wusste genau, wer sich hinter dem Namen verbarg. Diese Ausrede mit der verschlampten Abschrift war zu konkret, um nur eine spontan erfundene Geschichte zu sein. Woher kannte dieser Mann den Kammerauditor an der Kurie in Rom?

»Ihr habt die Speisen und vielleicht auch den Wein mit Arsen versetzt und Elise damit losgeschickt.«

»No. Ich doch schon sagte: ist falsch.«

»Das hat uns aber Elise gesagt.«

Er lachte herzhaft. »Elise? Sie ... äh ... puttana ... eine Hure. Sie lügt, damit Männer ihr Geld geben. Sie alles sagen, damit nicht in Gefängnis.«

»Das Gericht wird es glauben.«

»Pah!« Der Italiener spuckte Nikolaus verächtlich vor die Füße, aber sein Selbstvertrauen war erschüttert. »Niemand mich verurteilen. No.«

Nikolaus war sich nicht sicher, was er aus diesem Mann herauskitzeln konnte. Jetzt war aber die einzige Möglichkeit, überhaupt etwas von ihm zu erfahren. Später, wenn der Schreck der Verhaftung verflogen war, konnte er sich neue Ausreden ausdenken. Und wenn Meuren ihn erst in die Finger bekam, würde der Kerl aufgrund von Folter oder einfach ihrer Androhung irgendetwas gestehen, nur um den Schmerzen zu entgehen.

»Ihr habt Konstantin Junk, seinen Bruder und Thomas von Buschfeld umgebracht.«

»Ich? No. Bestimmt nicht. Sie mir schulden Geld. Warum dann töten? Warte auf Geld. Sonst ich komme nicht wieder nach Venezia. Wenn töte Konstantin, bekomme nie Geld. Besser warten.«

»Ihr habt Eure Ware also schon übergeben?«

»Sì. Leider. Sonst wieder genommen und nach Venezia.«

»Was habt Ihr denn geliefert?«

»Oh, no, no. Ich bin Handwerker, guter Handwerker. Nicht verraten, was ich mache. Sonst kommt anderer und nimmt mir Arbeit weg. Und ich muss hungern. Alle bambini zu Hause dann auch hungern.« Er griente breit.

»Und wohin sind die drei dann verschwunden, wenn Ihr sie nicht umgebracht habt?«

»Ich auch gerne wissen.«

Nikolaus wurde langsam klar, dass Vittorio nichts verraten würde. Der Mann hatte nichts zu verlieren und war abgebrüht genug, den Unschuldigen zu spielen. Dieser Halunke war mit allen Wassern gewaschen.

»Was hattet Ihr mit Herrmann Albrecht zu tun?«

»Ich? Gar nichts. Konstantin machte Geschäft mit Hermann. War ja auch Mann seiner Schwester. Ist Familie. Herrmann wusste, wo Konstantin und Crispus.«

»Woher wollt Ihr das denn wissen?«

Vittorio lachte wieder in seiner dreisten Art. »Stupido dieser Herrmann. Sagte mir: Hat Konstantin geschickt nach Jerusalem. Konstantin erst in tausend Jahren zurück. Was soll das bedeuten? Ihr mir sagen! Ich weiß nicht.«

Es half nichts. Aus dem Italiener war nichts herauszubekommen. Anstatt ein halbwegs glaubwürdiges Geständnis abzulegen, um so vor Gericht ein milderes Urteil erbitten zu können, nahm er Nikolaus auch noch auf den Arm.

»Bringt ihn in den Kerker.«

»Und was ist mit dem Wirt und dem Mädchen oben?«, wollte der Hauptmann wissen.

»Dem Wirt ist nichts vorzuwerfen. Der hat ja nur das Zimmer vermietet. Und Elise könnt Ihr später abholen.«

Die Soldaten nahmen Vittorio in die Mitte und zogen los. Auch Nikolaus machte sich langsam auf den Weg in Richtung Markt.

Endlich hatte er etwas Handfesteres erreichen können. Der Mord an den drei Gefangenen war geklärt, ebenso wie der an Sebastian Vierland. Nikolaus wusste nun auch mit Bestimmtheit, dass es bei der Abmachung zwischen Theodor Junk und Herrmann Albrecht um ein äußerst wichtiges Geschäft ging. Eins, für das man sogar seine ... Tochter einem nicht standesgemäßen Mann zu geben bereit war. Aber was war ausgetauscht worden? War dieses geheimnisvolle Etwas auch schon versteckt worden? Hatte Albrecht es versteckt?

Aber natürlich! Als er seine Aufgabe erfüllt hatte, war er überflüssig geworden. Eine Gefahr. Jemand, der den genialen Plan hätte verraten können. Er wurde von den drei Burschen vom Turm gestoßen. Und diese tauchten bestimmt genau zu dem Zeitpunkt wieder auf, wenn auch dieser sensationelle Fund entdeckt würde. Dann könnte sich die gesamte Familie Junk als Helden und Retter Triers feiern lassen.

Dass Helena nicht die Mörderin sein konnte – so wie Nikolaus dies heute Morgen noch gedacht hatte –, war ihm auf dem Spaziergang durch die Stadt immer klarer geworden. Die Erklärung war einfach nicht schlüssig gewesen. Warum hätte sie darüber traurig sein sollen, dass ihre Brüder ohne Verabschiedung fort waren? Warum sollte sie Nikolaus diesen Sachverhalt so deutlich unter die Nase reiben, wenn sie doch eine Komplizin in dem Mordkomplott war? Sie hätte ihre Brüder dann doch leichtsinnig in Gefahr gebracht.

Jetzt fiel Nikolaus etwas anderes wieder siedend heiß ein: Wo war Gesine? War sie tot? Oder war sie schon wieder aufgetaucht? Weder von den Nachbarn noch von Ulrich Trips hatte er bisher eine Nachricht bekommen. Wo war Herrmann Albrechts Mappe? Vielleicht sollte Nikolaus jetzt noch einmal versuchen, Helena im Katharinenkloster zu erwischen. Oder war sie schon wieder ausgeflogen?

Franz Albrecht

Nikolaus marschierte fast quer durch die Stadt zur Staffelgasse. Seine Sorgen und die Ungewissheit um Gesines Verbleib trieben seinen Schritt an. Schnell war er bei dem Haus, wo sie wohnte, eilte in den Hof und dann die Treppe hinauf. Die Tür zu Gesines Stube war noch immer unverschlossen, seitdem der Nachbar sie geöffnet hatte. Alles lag noch herum wie gestern, nichts war angerührt worden, auch die Blutflecken, die inzwischen ganz eingetrocknet waren, hatte noch niemand aufgewischt.

Nikolaus suchte die Wohnung nach Albrechts Mappe ab. So unwahrscheinlich es auch war, er wollte nichts unversucht lassen. Zum Glück war es nur dieser eine Raum. Schnell schaute er unters Bett, in die Kiste mit den wenigen Habseligkeiten, untersuchte alle Ecken. Aber er fand nichts.

Unverrichteter Dinge verließ er die Wohnung. Just in diesem Augenblick kam eine ältere Frau die Treppe hinauf. Völlig verschreckt starrte sie zu ihm hinauf.

»Wer seid Ihr?«, rief sie mit zitternder Stimme.

Nikolaus nannte seinen Namen und erklärte, dass er gestern schon einmal hier gewesen war und Gesine Albrecht gesucht hatte.

Etwas beruhigter antwortete sie: »Ach, Ihr seid das. Aber bis heute haben wir noch immer nichts von der Armen gehört. Wir befürchten schon das Schlimmste. Es ist so gar nicht ihre Art, ohne ein Wort zu verschwinden. Was sollen wir tun?«

»Weitersuchen und hoffen, dass sie wohlauf ist.«

»Ja, ich werde heute wieder für sie beten.«

Nikolaus bedankte sich und eilte an ihr vorbei hinunter. Es war zu hoffen, dass wenigstens Helena Albrecht etwas gehört hatte. Vielleicht war ja bei ihr im Kloster eine Nachricht angekommen.

Einige Augenblicke später war er am Katharinenkloster und klopfte an die schwere Tür. Ihm fehlte die nötige Geduld, sodass er nach einem kurzen Moment abermals klopfte. Und dann noch einmal.

Von innen hörte man plötzlich eine gereizte Stimme. »Ja, doch! Ich komme!« Sekunden später wurde die Tür aufgerissen. Die alte Pförtnerin erkannte den Besucher wieder und blickte ihn verständnislos an. »Werter Herr, wir sind gerade beim Mittagslob[33]. Würdet Ihr bitte später wiederkommen?«

Aber das wollte Nikolaus keinesfalls. »Ich muss auf der Stelle mit Helena Albrecht sprechen.«

»Das geht nicht. Sie ist verhindert«, kam die schnippische Antwort.

»Dann führt mich bitte zu Eurer ehrwürdigen Äbtissin. Die Sache ist dringend.«

Die Nonne wurde ein wenig unsicher. »Das kann schließlich jeder behaupten.«

»Wollt Ihr die Verantwortung für eine Sache übernehmen, die Ihr Euch nicht anhören wollt?«

Sie überlegte einen Moment hin und her. Schließlich sagte sie: »Kommt!«

Zusammen gingen sie zum Klostergebäude – die Pförtnerin energischen Schrittes voran, der junge Mann hinterher. Nikolaus konnte nun die fernen Gesänge der Schwestern hören. Im Kreuzgang angekommen wurde ihm befohlen, dort zu warten. Dann hetzte die Nonne davon.

Es dauerte nicht allzu lange, und Helena kam um die Ecke. Sie war sehr blass, ihre Augen hatten Ränder und waren leicht gerötet. Stocksteif blieb sie vor ihm stehen, die Hände vor dem Bauch gefaltet. Nach dem Austausch einer kurzen

Begrüßung fragte sie: »Was kann ich für Euch tun?«

»Ich suche Eure Schwägerin Gesine. Wisst Ihr, wo sie ist?«

»Was wollt Ihr von ihr?«

Nikolaus konnte seine Erregung kaum bändigen. »Sie ist seit vorgestern Abend verschwunden! Alle Nachbarn suchen verzweifelt nach ihr. Und zu allem Überfluss haben wir Blut auf dem Fußboden in ihrer Kammer gefunden. Da macht man sich doch ernsthafte Sorgen!«

»Das ist nicht nötig. Sie ist hier.«

»Was?« Nikolaus konnte es kaum fassen, dass Helena ihm so ruhig entgegentrat, als ginge es um etwas Belangloses. »Seit wann?«

»Seit vorgestern Abend.«

»Und warum hat sie ihren Nachbarn nicht Bescheid gesagt? Die durchsuchen aus Sorge, ihr könnte etwas Schlimmes passiert sein, die ganze Stadt.«

Die junge Witwe atmete tief durch, als suche sie die richtigen Worte. »Es ging nicht anders. Sie konnte niemandem Bescheid geben.«

»Warum nicht? Ist sie verletzt?«

»Nein.«

»Weswegen dann?«

»Ich denke, das ist eine private Angelegenheit. Das Gespräch ist zu Ende.« Sie drehte sich um und ging los.

Aber Nikolaus hielt sie am Arm zurück. »Einen Moment bitte.«

Ärgerlich schüttelte sie ihn ab. »Was erlaubt Ihr Euch?«

»Wenn Ihr nicht wollt, dass ich mit der Stadtwache zurückkomme, führt mich bitte zu ihr.«

»Mit welchem Recht?«

»Sie weiß etwas, was den Tod ihres Bruders betrifft. Eures Ehemanns!«

Helena schwieg und starrte ihr Gegenüber alles andere als freundlich an.

»Wollt Ihr einen Riesenauflauf? Oder lasst Ihr mich mit ihr reden? Eure Entscheidung.«

Sie presste ihre Lippen zusammen. Schließlich gab sie nach und bat Nikolaus, ihr zu folgen. Sie gingen durch eine der angrenzenden Türen, eine Treppe hinauf und einen langen Gang entlang. Schließlich blieb Helena vor einer Tür stehen. Sie zögerte einen Augenblick, trat dann aber ein.

In dem Raum stand ein Bett. Darin lag ein Mann, dem eine Frau gerade einen kalten Umschlag auf die Stirn legte. Beide sahen erstaunt auf, als der unerwartete Besucher eintrat. Die Frau war – Gesine Albrecht. Sie sah ebenfalls übermüdet aus – ähnlich wie Helena –, schien sich jedoch bester Gesundheit zu erfreuen. Nirgends konnte man den Hinweis auf eine Verletzung, Blessur oder einen Verband entdecken.

»Ihr?« Sie hatte Nikolaus wiedererkannt. »Was wollt Ihr hier?«

»Alle Welt sucht Euch. Viele Leute haben sich Sorgen gemacht.«

Ein wenig verlegen strich sie sich durch ihr offenes, graues Haar, das ihr wirr um den Kopf hing. »Ich habe hier meinen Bruder gepflegt.«

Sie zeigte auf den Mann, der in dem Bett lag. Er sah fiebrig aus. Schweiß rann ihm übers Gesicht, und er zitterte.

»Ihr seid Franz Albrecht, nicht wahr?«

Der Kranke nickte.

Plötzlich ging Nikolaus ein Licht auf. Er hatte den Mann nicht gleich erkannt. Andere Umgebung, andere Situation, dazu noch das Tuch auf der Stirn. »Ihr seid derjenige, der mich heimlich verfolgt hat.«

Franz nickte wieder. Seine Stimme war leise und etwas stockend. Das Sprechen kostete ihn Kraft. »Leider hattet ... hattet Ihr mich schnell entdeckt.«

»Warum habt Ihr mich verfolgt?«

»Ich wollte wissen, ...« Er hustete und schloss für einen Moment die Augen. Dann sprach er weiter: »Ich wollte wissen, warum mein Bruder sterben musste. Ihr ... Ihr schient mir der Einzige, der keine vorgefasste Meinung hatte und der ohne eine Verpflichtung gegenüber den hohen Herren war. Und ... und Ihr habt die unschuldigen Arbeiter verteidigt.«

»Warum habt Ihr nichts unternommen?«

Franz Albrecht lachte kurz auf, aber sein Lachen ging in Husten über.

Gesine beugte sich über ihn und wischte ihm den Schweiß ab. »Du musst dich schonen. Ich weiß gar nicht, ob diese Aufregung jetzt nötig ist.«

»Doch, doch, Liebchen.« Zu Nikolaus gewandt antwortete er: »Ein Tagelöhner und Säufer wie ich wird doch nicht ernst genommen. Mir hätte ... hätte doch niemand eine Antwort gegeben. Ich bin ein Nichts. Ich existiere für die da oben doch gar nicht.«

Nikolaus nickte. Der Arme hatte leider recht. Von einigen Leuten wird man nur dann akzeptiert, wenn man einen bestimmten Namen hat oder ein gewisses Amt bekleidet. »Ihr seid mir also noch länger nachgeschlichen?«

Franz lächelte. »Nachdem Ihr mich gleich zu Anfang bemerkt hattet, war ich viel vorsichtiger. Aber ... aber in der Kneipe, als Ihr da mit der Lise gesprochen habt, habt Ihr jemanden aufgescheucht. Ihr wart ihnen schon zu nah auf die Pelle gerückt.«

»Wem denn?«

»Heinrich von Buschfeld und Peter Kirn.«

Plötzlich wurde Nikolaus einiges klar. »Dann haben die mich überfallen.«

»Genau.«

»Und Ihr ...«

»Ich habe versucht, Euren Hals zu retten. Hat ... hat doch geklappt. Oder?« Wieder ging sein Lachen in Husten über.

Als sich Franz beruhigt hatte, bedankte sich Nikolaus herzlich für die uneigennützige Hilfe. Der alte Tagelöhner hatte ihm das Leben gerettet. »Das werde ich Euch nie vergessen. Sagt mir, wie kann ich es Euch vergelten?«

»Kommt noch, kommt noch. Ich werde Euch noch früh genug daran erinnern.«

Und noch etwas wurde dem jungen Mann nun klar. »Die Burschen haben Euch verletzt, als Ihr mir geholfen habt.«

Der Kranke im Bett nickte. Er schlug das Bett zur Seite, sodass man nun einen Verband sah, der um seinen Bauch gewickelt war. »Das Schwein hat mich hier an der Seite erwischt. Ein Stück tiefer, und ... und es wär gleich Schluss gewesen. Leider hat sich die Wunde aber entzündet. Wenn ich Glück habe, überlebe ich es noch.«

»Dann stammen die Blutflecke bei Eurer Schwester von Euch.«

Anstatt Franz antwortete Gesine: »Er kam zu mir, weil er nicht wusste, wo er Hilfe bekommen konnte. Da Helena bei ihrer Tante hier im Kloster übernachtete, war ich mir sicher, dass wir nur hier die nötige Hilfe bekommen konnten.«

»Deshalb seid Ihr seit dem Abend wie vom Erdboden verschluckt.«

Sie nickte.

»Und da Eure Ziehtochter und Schwägerin Euch geholfen hat, hat auch sie sich in der Stadt rar gemacht.« Nikolaus schaute die junge Frau fragend an.

Helena bejahte.

Nikolaus erzählte nun, dass heute Vormittag der Italiener gefangen genommen worden war, weil er die Freunde von Helenas Brüdern hatte vergiften lassen. Die drei Zuhörer waren höchst erstaunt. Natürlich hatten sie davon noch nichts wissen können.

Franz meldete sich zu Wort: »Dieser Vittorio war ein ganz schlauer Kerl. Irgendetwas hatte er für Konstantin besorgt. Etwas ... sehr Wertvolles.«

»Ihr wisst dann sicherlich auch, dass Euer Bruder Herrmann ebenfalls in dieses Geschäft verwickelt war?«

Er nickte schwach. »Natürlich ließ sich Herrmann solch ein Geschäft nicht entgehen. Mit wenig Aufwand viel ...« Er blickte zu Helena hinauf, die verlegen zu Boden blickte. »... viel erreichen. Er hat mir sogar noch erzählt, dass er dem alten Junk ein ... ein Geschäft vorgeschlagen hatte.«

»Wann hat er Euch das erzählt?«

»Zwei oder drei Tage vor seiner Hochzeit. Dafür, dass er Junk etwas verraten hat, hat der seine Zustimmung zur Heirat gegeben.«

Nikolaus beobachtete die junge Witwe aus den Augenwinkeln. Sie kämpfte mit den Tränen.

»Was konnte das gewesen sein?«

Franz lächelte. »Herrmann war ein schlauer Fuchs. Das, was er da mit Konstantin und den anderen ausgekungelt hatte, hat er dann dem ...« Wieder unterbrach ihn ein Hustenanfall. »... dem alten Schlitzohr verraten. Natürlich gegen Belohnung. Junk sorgte auch dafür, dass Herrmann Zunftmeister wurde.«

Der junge Mann klatschte erfreut in die Hände. »Genau! Er hat die Söhne gegen den Vater ausgespielt und davon profitiert. Aber da die Bande seine Hilfe unbedingt brauchte, hat er sich auch bei ihnen die Zustimmung zur Heirat eingefordert. Denn Helena war ja eigentlich Thomas von Buschfeld versprochen. So hat Herrmann eigentlich doppelt kassiert! Ganz schön gerissen.«

Der Schwerverletzte lächelte und nickte. »Der alte Buschfeld hat wohl oder übel mitgezogen, weil sein Sprössling auch mit drinsteckt.«

»Wenn wir doch wüssten, um was es ging«, murmelte Nikolaus vor sich hin.

Gesine trat an das Bett ihres Bruders und wechselte das Tuch. »Jetzt ist aber genug. Franz wird immer schwächer. Es strengt ihn zu sehr an.«

»Es geht noch, Liebchen.«

»Bitte!«

Nikolaus hatte den Wink verstanden. Es war unübersehbar, wie schlecht es dem Kranken ging. Er hatte Fieber, und die Wunde war entzündet. Er musste große Schmerzen haben. Aber es gab da noch offene Fragen. Der junge Mann wandte sich an Gesine: »Bitte verzeiht, werte Frau, aber eine Sache könntet Ihr mir vielleicht noch beantworten. Euer verstorbener Bruder hatte immer eine Mappe bei sich. Mit seinen Zeichnungen darin. Wo ist die eigentlich geblieben?«

Ehe die Schwester etwas sagen konnte, meldete sich Franz zu Wort: »Ich habe sie. Dort.« Mit zittriger Hand deutete er in eine Zimmerecke, wo die lederne Kladde an der Wand lehnte.

»Woher denn?«

»Ich habe sie mitgenommen, nachdem Albrecht gesprungen war.«

»Er ist selbst gesprungen?«

Er nickte.

Nikolaus hätte fast laut Hurra geschrien. Hatte er doch recht gehabt – wieder einmal! Er hatte ja gleich auf Selbstmord getippt, gut – all die anderen Umstände, die geheimen Absprachen, die verschiedenen Leute, die kurz vor dem Sturz in und an der Kirche waren, hatten ihn etwas in die Irre geführt. Beinahe wäre er seiner eigenen Logik untreu geworden. Aber nur beinahe.

»Das heißt, Ihr wart auf dem Turm?«

»Ich wollte mir Geld von ihm leihen. Ich habe erst im Kirchenraum gewartet und bin dann den Turm hinauf.«

»Der Mann, der nach dem Sturz aus dem Turmfenster sah, wart Ihr?«

»Ja. Ich konnte nicht anders. Ich musste hinausschauen.«

»Es sah aus, als hättet Ihr da eine Gugel aufgehabt, aber als Ihr mich verfolgtet, habe ich keine gesehen. Ich denke, dass man aufgrund der Entfernung die Kapuze Eures Umhangs dafür hielt.«

Franz nickte.

»So leicht kann man sich irren.« Der junge Mann lächelte. »Und was habt Ihr auf dem Turm gesehen?«

»Da oben ist so ein kleiner Verschlag. Da habe ich mich versteckt.«

»Dort habt Ihr dann ein Astloch vergrößert, um besser hinausschauen zu können, und in der Aufregung Eure Branntweinflasche vergessen.«

Franz riss die Augen erstaunt auf. »Das habt Ihr entdeckt?«

»Ja. Und was geschah dann?«

»Herrmann kam die Treppe hoch, legte seine Mappe zur Seite, und schon war der Grimbach da. Der schnauzte Herrmann an, warum er schon wieder zu spät kam. Die stritten sich eine Zeit lang, bis der junge Schnösel wieder abzog. Dann ging Herrmann zum Fenster, und ehe ich überhaupt verstand, was er da machte, stand er schon im Fenster und sprang.«

»Ohne ein Wort?«

Franz schloss die Augen. »›Vergib mir, Herr. Es ist nur zu deiner Ehre. Die Teufel haben es nicht anders verdient.‹ Das sagte er. Wort für Wort. Ich werde es nie mehr vergessen.«

Alle im Raum schwiegen. Es musste ein schrecklicher Augenblick gewesen sein, mit anzusehen, wie der eigene Bruder sich zu Tode stürzte. So etwas sollte keiner erleben. Gesine hatte begonnen, leise zu weinen. Auch Helena liefen die Tränen übers Gesicht. Jeder schaute nach unten, zur Seite oder hatte die Augen geschlossen. Es war ein Augenblick des Schmerzes und der Trauer. Die nackte, ungeschminkte Wahrheit konnte ein grausames Schwert sein.

Nikolaus unterbrach das Schweigen. »Ihr wisst, wen Euer Bruder mit den Teufeln meinte?«

»Ich vermute es. Ihr doch auch. Oder?«

»Konstantin, Crispus und Thomas, die seit Ende der letzten Woche vermisst werden.«

Helena schrie laut auf und lief weinend hinaus. Gesine blickte sich erregt um. Sie wusste wohl nicht, um wen sie sich in diesem Augenblick mehr kümmern sollte. Schließlich blieb sie neben ihrem Bruder stehen und legte ihm die Hand auf die Schulter. Sie brauchte jetzt genauso Trost und Halt wie alle anderen auch. Sie konnte nicht immer die gute Fee für die anderen sein.

Nikolaus fragte schließlich: »Wusste Helena das noch nicht?«

Gesine schüttelte den Kopf: »Franz hatte es mir gesagt, aber nicht ihr. Aber sie hat bestimmt schon geahnt, dass es mit den Jungs einmal böse ausgehen würde. Sie haben schon genug schlimme Sachen angestellt.«

»Ihr sagtet mir vor drei Tagen, dass Theodor Junk Helena wie ein Wechselbalg behandelte. Das war nicht aus der Luft gegriffen. Nicht wahr?«

Sie fuhr sich nervös durchs Haar. »Wie ... wie meint Ihr das?«

»Ihr kennt Helenas wirklichen Vater?«

Sie nickte nur stumm.

»Kennt sie ihn auch?«

»Ich denke nicht. Ich habe ihr nie etwas gesagt. Und der Herr Junk erst recht nicht.«

Nikolaus schaute auf den Mann hinunter, der wie ein Häufchen Elend im Bett lag. »Ich habe Euch nun lang genug gequält. Ich werde jetzt besser gehen.«

»Ist schon gut«, brummte Franz mit zusehends heiserer werdender Stimme.

»Darf ich mir Herrmanns Mappe ausleihen? Vielleicht finde ich einen Hinweis auf dieses mysteriöse Geschäft. Ich bringe sie Euch auch so bald wie möglich zurück.«

Ein leichtes Nicken signalisierte Zustimmung.

Nikolaus bedankte sich herzlich für die Hilfe und ganz besonders für den selbstlosen Einsatz bei seiner Rettung. Er versprach wiederzukommen und für jede Hilfe zu sorgen, die Franz oder Gesine benötigten. Dann ließ er die beiden allein.

Er klemmte sich den wertvollen Schatz unter den Arm und verließ das Katharinenkloster. Gleich nach dem Mittagessen wollte er die Unterlagen durchstöbern. Hoffentlich fand er einen Anhaltspunkt. Denn nun gab es nur noch zwei Fragen: Was hatten die Ratsherrensöhne zusammen mit Vittorio und Herrmann vorgehabt? Wo waren die drei Verschwundenen?

Nach Jerusalem

Nikolaus hatte sich die Pergamente mit den Zeichnungen und Skizzen schon zum wiederholten Mal angesehen. Er fand die Unterlagen zur Erneuerung des Daches bei St. Gangolf, zum Umbau von Finkens Scheune und zu einem Dutzend weiterer Projekte. Alle hatte Albrecht schön säuberlich mit einem Silberstift auf angerautem Pergament gezeichnet und mit Ort und Datum versehen. Obwohl Letzteres kaum nötig gewesen wäre, denn die einzelnen Aufträge verteilten sich mehr oder minder gleichmäßig über die letzten vier Jahre, sodass man die zeitliche Abfolge an der Verfärbung der Striche ablesen konnte. Kein Wunder, dass Herrmann Albrecht ständig knapp bei Kasse war – bei den wenigen Aufträgen. Nikolaus hatte alle Unterlagen mehrfach gedreht und gewendet, gegen das Licht gehalten, um auch sorgsam versteckte Hinweise zu finden. Hatte überprüft, ob nicht zwei Bögen zusammenklebten. Aber er fand nichts. Es war frustrierend.

Lustlos schob er die Pergamente zusammen. Das Blatt mit den Umbauten von St. Gangolf fühlte sich eigenartig an – als wäre ein Muster eingeprägt worden. Nikolaus schaute ganz flach darüber. Eine Schrift hatte sich dort eingedrückt. Herrmann Albrecht hatte etwas mit einem Silberstift geschrieben, den man relativ stark aufdrücken musste, und nicht mit leichtgängiger Feder und Tinte. Dabei hatte sich seine Schrift in die darunterliegende Zeichnung gedrückt.

»Das kann man doch nicht mehr lesen!«

Nikolaus brauchte eine Substanz, die die Rillen auffüllte. Nein, umgekehrt. Schnell lief er in die Küche und holte aus der erkalteten Asche ein paar verkohlte Holzstücke. Eine Seite wurde mit dem Messer eben gekratzt. Er legte das Pergament auf eine glatte Fläche und rieb die Holzkohle sacht darüber. Alles, was nicht eingedrückt war, wurde schwarz. Schon erschienen die ersten Buchstaben. Vorsichtig arbeitete er weiter. Nun waren sogar Worte und ganze Sätze zu erkennen. Trotzdem musste er noch lange rätseln, bis er den gesamten Brief entschlüsselt hatte.

Aber schließlich hatte er ihn vollständig vor sich liegen.

Verehrter Theodor, aufgrund Eurer großzügigen Hilfe konnte ich eine angesehene Stellung in der Stadt einnehmen und ein liebliches Weib nach Hause führen. Als Gegenleistung hatte ich Euch versprochen, den Beweis eines unsäglichen Verbrechens zu vernichten. Ich tat es nicht. Eure Söhne hätten sofort gewusst, wem sie diese Zerstörung zu verdanken hätten. Sicherlich hätte ich den Abend nicht mehr erlebt. Eure Söhne sind Teufel, die keinen Respekt vor Hab und Gut und Leben anderer Menschen haben. Wem sie diese infame Einstellung zu verdanken haben, muss ich Euch nicht sagen. Eure Söhne haben ihr Recht auf Leben verwirkt. Sie liegen nun im gleichen Grab wie auch der Beweis Eurer unmäßigen Gier. Um nicht Eurer mörderischen Rache anheimzufallen, werde ich meinem Leben auf meine Weise ein Ende setzen. Ihr versteht sicherlich, wenn ich nicht Lebewohl sage. Herrmann Albrecht, Zunftmeister der Zimmermannsleute zu Trier

Dies war das Geständnis für den Mord an den drei verschwundenen Burschen. Es bewies aber auch, dass Theodor Junk und seine Kollegen im Stadtrat nichts mit dem Tod des Zimmermannsmeisters zu tun hatten – jedenfalls nicht unmittelbar. Albrecht hatte diesen Brief am Morgen seines Todes Junk bringen lassen. Der Schöffenmeister hatte gestern tatsächlich die Wahrheit gesprochen, als er behauptete, Albrecht aufhalten zu wollen. Wahrscheinlich hat ihm weniger etwas am Leben seines ungeliebten Schwiegersohns gelegen, als zu wissen, wo seine Söhne verscharrt worden waren.

»Und wo finde ich jetzt diese drei Teufel? Das hast du natürlich nicht geschrieben. Das war deine Rache. Nicht wahr?«

Nikolaus schob die Pergamente zusammen und versuchte, sie ein wenig zeitlich zu ordnen. Das Dach von St. Gangolf und Finkens Scheune legte er zuoberst. Aber etwas passte hier nicht. Eine Zeichnung hatte ein aktuelleres Datum. Sie stellte den Aufriss eines turmartigen Gebäudes dar. Ein Kellergeschoss lag durch den sich über viele Jahrhunderte rundherum anhäufenden Schutt mittlerweile zu tief und sollte wohl verschlossen werden. Was Nikolaus' Interesse aber weckte, war die Bezeichnung, die am oberen Rand geschrieben worden war: *Turm Jerusalem.*

Was hatte Vittorio noch über Albrecht gesagt? Der Zimmermannsmeister hätte die drei Burschen nach Jerusalem geschickt, und die würden erst in tausend Jahren zurückkommen. Nikolaus hatte schon von diesen Wohntürmen gehört, die es überall in der Stadt gab. In der Simeonstraße wohnten Vierlands in solch einem Gebäude. In der Dietrichstraße stand ebenfalls einer.

In der Zeichnung war im Bereich des Kellers etwas hingekritzelt worden. Nikolaus musste erst aus verschiedenen Richtungen schauen, bis er es entziffert hatte: *pannus*. Es war der lateinische Ausdruck für Lappen oder Tuch. Es konnte auch für Mantel oder Mönchskutte stehen. Und unter dem Wort waren drei Kreuze eingezeichnet. Sollte dies etwa bedeuten, dass hier drei Tote zugedeckt worden waren? Nämlich Konstantin, Crispus und Thomas? Für tausend Jahre nach Jerusalem geschickt, in den Turm Jerusalem. So alt wie der Turm schon war, so lange dürfte es auch dauern, bis der Keller wieder einmal geöffnet würde.

Nikolaus stürzte los. Als er aber vor dem Eingang des ehrwürdigen Doms stand, blieb er wie angewurzelt stehen. Wo stand der alte Turm eigentlich? Soweit er gehört hatte, irgendwo hier innerhalb der Domstadt. Und wer konnte ihm helfen, den Keller zu öffnen? Wahrscheinlich musste er sich an Simeon von Meuren wenden, denn nur der hatte die Macht, eine solche Suche im Dombezirk anzuordnen.

Der Dompropst war schnell gefunden. Er saß im Kreuzgang neben dem Dom auf einer Steinbank und starrte ins Leere.

»Darf ich Euch stören?«, fragte Nikolaus.

Meuren sah langsam hoch und nickte nur.

Der junge Mann erzählte mit wenigen Worten von der Verhaftung Vittorios und dem, was er seit heute Vormittag herausgefunden hatte, ferner, dass er nun im alten Wohnturm nach den verschwundenen Ratsherrensöhnen suchen wollte.

Der Dompropst hatte schweigend zugehört und antwortete mit schwacher Stimme: »Von der Verhaftung habe ich schon gehört. Ich erteile Euch die Erlaubnis, den Keller zu öffnen.«

Das ging jetzt aber schnell. Nikolaus war ganz verwirrt. Er hatte sich auf eine langwierige Diskussion eingestellt. Das war ja ein ganz anderer Simeon von Meuren.

»Ist Euch nicht gut? Kann ich Euch helfen?«

»Wie ... was ... helfen?« Er schüttelte den Kopf. »Es ist nur ... ich meine ... äh ... ich habe eine Tochter. Das kam ein wenig überraschend.«

»Ihr habt gar nichts geahnt?«

»Nein. Sabine hat auch nichts verraten. Warum nur?«

»Sie wollte Euch sicher nicht belasten, schließlich seid Ihr ein Mann der Kirche.«

Meuren nickte. »Und was soll ich jetzt tun?«

»Sprecht mit Helena. Erzählt ihr von ihrer Mutter.«

»Wird sie mich denn nicht verdammen?«

»Versucht es. Die Wahrheit tut oft weh. Aber wie heißt es so treffend: Ein reines Gewissen ist ein sanftes Ruhekissen. Oder wie der Apostel Johannes schrieb: *Wenn wir unsere Sünden bekennen, so ist er treu und gerecht, uns die Sünden zu vergeben und uns von aller Ungerechtigkeit zu reinigen.*[34]«

Der Dompropst stand auf und nickte. »Ihr habt recht. Ich werde mit ihr sprechen. Aber zuerst werden wir sehen, was es im Keller des Turms Jerusalem zu finden gibt.«

Festen Schrittes marschierte er los, und Nikolaus folgte. Meuren ging über den Domplatz und hielt auf die Gebäude zu, die sich rechts vom Tor zum Marktplatz befanden. Hinter den Häusern lag etwas versteckt ein wuchtiger Wohnturm, der ein Teil der alten Mauer um die Domstadt war. Wie die anderen Wehrtürme war auch dieser weitgehend aus antikem Abbruchmaterial errichtet worden. Man hatte die römische Mauertechnik nachgeahmt, indem man die typischen Schichten mit roten Ziegeln einfügte. Um den Turm standen weitere Häuser, Stallungen und Speicher in Fachwerkbauweise.

Seit ungefähr vier Jahrhunderten war das Gemeinschaftsleben innerhalb des Domkapitels aufgegeben worden. Seit der Zeit hatten die Domkanoniker[35] begonnen, eigene Häuser und Höfe – Kurien genannt – innerhalb der Domimmunität zu errichten, wo sie mit ihrem Dienstpersonal lebten. Dieses Gehöft wurde die Kurie Jerusalem genannt.

Der Turm wurde gerade umgebaut. Vor der Tür lagen Balken und Bretter, daneben Bruchsteine in verschiedensten Größen und aufgestapelte Ziegel. Einige Handwerker hatten ein Gerüst aufgebaut und waren fleißig dabei, die Fassade auszubessern.

Die Arbeiter bemerkten den herbeieilenden Dompropst. Einer von ihnen stieg herab und begrüßte Meuren mit einer tiefen Verbeugung. Nach mehreren Bücklingen erklärte er:

»Bitte entschuldigt, ehrwürdiger Herr, dass wir noch nicht weiter sind, aber seit Meister Albrecht verstorben ist, konnten einige Arbeiten noch nicht vollendet werden.«

»Das interessiert mich jetzt nicht. Stimmt es, dass ein Kellergeschoss verschlossen wurde?«

»Teils, teils. Das Geschoss, das verschlossen wurde, war ursprünglich das Erdgeschoss. Doch der Boden ringsherum ist in den Jahrhunderten seit der Gründung angewachsen. So ist der alte, hoch gelegene Eingang jetzt leichten Fußes zu erreichen. Da Meister Albrecht eine neue Wendeltreppe einbauen ließ, sollte aus Gründen der Stabilität das alte Erdgeschoss nicht als Keller genutzt werden, sondern zugeschüttet werden.«

»Zeigt es uns!«

Der Handwerker schaute sich verlegen um. »Wie zeigen? Das untere Geschoss ist schon geschlossen.«

Der Dompropst wurde immer ungeduldiger. »Los! Ich will's sehen!«

»Ja, gnädiger Herr.« Wieder verbeugte sich der Mann mehrfach und ging voraus. Im Gebäude blieb er stehen und zeigte auf den Fußboden, der aus großen Steinplatten bestand. »Hier, seht bitte.«

»Und wo ist der Eingang zum Keller?«

Der Arbeiter machte ein gequältes Gesicht und hob bittend die Hände. »Verzeiht bitte, ehrwürdiger Herr. Den gibt es nicht mehr. Es wurde alles zugeschüttet.«

Meuren drehte sich grimmig zu Nikolaus um. »Und was jetzt?«

Der junge Mann hatte Albrechts Pergament zum Glück mitgenommen. Er winkte den verzweifelten Handwerker herbei und zeigte ihm die Zeichnung. Mit dem Finger deutete er auf die drei Kreuze.

»Wo genau ist diese Stelle?«

Nun eilten die drei in einen kleineren Nebenraum von etwa fünf Ellen im Quadrat. Dort lag eine Leiter, an der linken Wand standen mehrere Fässer mit Kalk.

»Das muss ungefähr hier sein«, stellte der hilfreiche Handwerker fest.

Nikolaus hakte nach: »Ist hier etwas Besonderes?«

Der Arbeiter kratzte sich am Hinterkopf. »Den Raum hier drunter haben wir nicht vollgefüllt. Es gab nicht genug Schutt, und außerdem sollte nichts mehr hier herein gebaut werden, was einer Abstützung bedurfte.«

»Sonst nichts?«

»Nun ja.« Er brauchte einen Moment zum Nachdenken. »Meister Albrecht hatte am letzten Freitag noch einmal eine Bodenplatte herausnehmen lassen. Wir mussten den ganzen Kalkmörtel aus den Fugen kratzen und sie mit Brechstangen und Haken öffnen.«

»Und warum?«

»Er sagte, er müsste dort noch etwas untersuchen.«

»Und wer hat das Loch wieder verschlossen?«

»Der Meister muss es selbst gemacht haben. Am Montag war alles wieder zu, die Fugen waren frisch verschmiert und die Fässer von der einen Seite dort hinübergeschafft.«

Nikolaus ließ die anderen Arbeiter holen und ließ die beschriebene Bodenplatte wieder freiräumen. Dann mussten die Männer die Fugen ein zweites Mal herausholen. Wieder kamen die Brechstangen zum Einsatz. Als sich die Abdeckung langsam hob, begannen die Ersten zu schnauben – nicht vor Anstrengung, sondern wegen des scheußlichen Geruchs, der dem Kellerloch entströmte. Der Gestank nach Fäulnis und Verwesung erfüllte binnen Augenblicken den Raum.

Rasch wurde eine Lampe geholt und die dort liegende Leiter in den Raum hinuntergelassen. Nikolaus atmete mehrmals tief durch und stieg dann mit angehaltener Luft hinab. Sofort wurde die Flamme der Öllampe schwächer und drohte auszugehen. Aber das winzige Licht reichte völlig, um die drei toten Körper zu sehen. Nach Luft schnappend stieg er wieder nach oben.

Sofort wurden die Arbeiter angewiesen, die Leichen hochzuhieven, jedoch mit der Auflage, vorsichtig zu sein, da es dort unten nicht genug Luft gab. Also stieg jeweils einer schnell hinunter, um ein Seil unter den Armen eines Toten zu befestigte. Dann wurden der Reihe nach drei Burschen von etwa zwanzig bis fünfundzwanzig Jahren hochgezogen. Weder Nikolaus noch Meuren konnten mit letzter Sicherheit sagen, ob es die gesuchten Konstantin, Crispus und Thomas waren; schließlich kannten sie die jungen Männer nicht. Aber es war sehr wahrscheinlich – das Alter stimmte, und nach ihrer wertvollen Kleidung zu schließen, kamen sie aus besseren Kreisen. Endgültig konnten das nur Theodor Junk und Philipp von Buschfeld beantworten.

Nikolaus untersuchte die Leichname. Sie hatten zwar mehrere Schürfwunden an den Händen und Armen, aber keine schweren Verletzungen. Offensichtlich waren sie nicht erschlagen worden. Beinahe sämtliche Fingernägel waren abgebrochen und blutig, als hätten sie versucht, sich irgendwo durchzugraben.

Albrecht musste es geschafft haben, dass die Ratsherrensöhne in den Kellerraum vorangingen. Dann hatte er die Leiter hochgezogen und die Steinplatte wieder verschlossen. Der Raum war zwar klein, dabei aber so hoch, dass man mit ausgestreckten Armen die Decke nicht erreichen konnte. Sie hatten eine Räuberleiter machen müssen, um zu versuchen, die schwere Abdeckung hochzustoßen. Wenn der Zimmermannsmeister schnell ein Fass daraufgeschoben hatte, war jede Flucht unmöglich gemacht worden. Der Turm war zurzeit unbewohnt, und die ersten Arbeiter kamen erst am Montag wieder. Die dumpfen, draußen kaum hörbaren Schreie der drei wurden sicherlich als das lästige Gegröle von irgendwelchen Taugenichtsen gedeutet, die zu tief in die Flasche geschaut hatten.

Die Eingeschlossenen waren jämmerlich erstickt. In ihrer Panik hatten sie noch versucht, sich im Dunkeln durch die Wände zu wühlen. Bis sie immer schwächer geworden waren, dann ohnmächtig, und schließlich hatten sie einfach aufgehört zu atmen.

Nikolaus stand auf und stellte seine Ergebnisse dar.

»Bravo!«, rief Simeon von Meuren aus. »Ihr habt die elenden Mörder und Erpresser gefunden. Zwar tot, aber sie wären ja sowieso aufs Schafott gekommen. Damit ist ja alles geklärt.«

Nikolaus schüttelte den Kopf. »Die drei sind hierhergekommen, um etwas zu verstecken. Albrecht hatte diesen Platz für sie ausgesucht. Sie müssen dieses Etwas bei sich gehabt haben.«

»Und wo ist das?«

»Noch im Keller?«

Der junge Mann band sich das Seil um, mit dem die Toten hochgezogen worden waren. Inzwischen war sicherlich wieder genug Luft zum Atmen in den Keller geströmt, aber er wollte kein Risiko eingehen. Im Notfall konnte man ihn einfach wieder hochziehen.

Mit der Öllampe in der Hand stieg er wieder hinab. Die Flamme flackerte ein wenig, aber sie war bei Weitem nicht mehr so schwach wie noch vorhin. Nikolaus leuchtete den ganzen Boden ab. Schnell fand er ein abgebrochenes Messer.

Die Schneide steckte noch in der Wand. Dann sah er ein weiteres, das in wilder Panik zerbrochen worden war. Griff und Schneide lagen nebeneinander im Staub. In der Ecke erblickte er nun ein flaches, rechteckiges Bündel. Hier war etwas sehr sorgfältig in Leinentücher eingeschlagen und dann verschnürt worden. Er nahm es mit hoch.

»Was habt Ihr da?« Meuren empfing ihn ganz aufgeregt. Fast hätte er ihm das Paket aus der Hand gerissen.

»Besser, wir schauen uns das alleine an.«

»Jaja. Schnell!«

Die beiden gingen in einen anderen Raum und öffneten das Bündel vorsichtig. Der Inhalt wurde von einem Leinentuch geschützt. Dann versuchte Nikolaus, auch die zweite, viel größere Stoffbahn zu entfernen. Doch sie war leer, aber es sah so aus, als wäre einst etwas darin eingewickelt gewesen. Das Gewebe war fleckig und roch alt und muffig.

»Da ist ja nichts drin!« Der Dompropst wurde ungeduldig. Offensichtlich hatte er ein wertvolles Geschmeide oder wenigstens die Reliquien eines Heiligen erwartet. »Das ist ja nur ein schmutziger, alter Lappen. Wo ist der Rest? Wo ist der Schatz?«

Was hatte Herrmann Albrecht auf seine Zeichnung geschrieben? Pannus – Tuch oder auch Mantel. Und wo waren die Junks vor einiger Zeit gewesen und hatten vergeblich versucht, etwas Wertvolles zu kaufen? In Saint-Hippolyte. Hastig breitete Nikolaus den Stoff auf dem Boden aus. Das Tuch war mehr als zwei Ellen breit und bestimmt acht Ellen lang. Jetzt erkannte man, dass die Flecken kein ungeordneter Schmutz waren, sondern Teil einer Zeichnung waren.

»Was ist das?« Der Dompropst stand nur daneben und schüttelte missbilligend den Kopf. »Was soll ich denn damit anfangen?«

»Ihr erkennt es nicht?«

»Woher denn?«

Nikolaus atmete tief durch und erklärte Meuren, was sie hier gerade vor sich ausgebreitet hatten. Der arme Geistliche wurde bei der Erzählung immer blasser. Schließlich stand sein Mund vor Verblüffung sperrangelweit offen, und er taumelte Schritt für Schritt rückwärts. Eine Einzelheit vergaß der junge Jurist in seinem Bericht: Nämlich dass Vittorio erzählt hatte, dass er das Tuch schon längst ausgetauscht hatte. Warum, konnte Nikolaus später nicht mehr sagen.

Freunde

»Noch einen Schluck Wein?«

Giuliano Cesarini hatte bisher schweigend zugehört. Doch auch jetzt blieb es nur bei einem Nicken.

Nikolaus schenkte noch einmal nach und erklärte dann: »Vittorio hat übrigens zugegeben, dass er das Tuch mitgebracht hat.«

»Und du hast es tatsächlich verbrannt?«

»Ja. Noch am gleichen Tag. In einem Kamin in Meurens Wohnhaus. Wir haben noch Branntwein darübergeschüttet, damit es besser brennt, und so lange gewartet, bis nur noch Asche übrig war.«

Der italienische Freud zog die Augenbrauen hoch. »Wie hast du den Propst denn dazu gebracht?«

»Da ich ihm ja nicht gesagt hatte, dass dies das Tuch aus Saint-Hippolyte war, war er sofort bereit, den schändlichen Frevel – so nannte er es – zu vernichten. Ich ließ ihn im Glauben, er verbrenne die Kopie.«

»Kann dieser Meuren es vorher noch ausgetauscht haben?«

»Definitiv nein. Ich habe es nicht mehr aus den Augen gelassen.«

»Hast du es heimlich ausgetauscht?«

Nikolaus lächelte. »Natürlich nicht. Du weißt, wie ich zu solchen Sachen eingestellt bin.«

Jetzt musste auch Giuliano lächeln. »Oh, sì, sì. Für dich muss sich ja Gott logisch aus der Natur und dem Kosmos herleiten. Du brauchst diese Hilfsmittel ja nicht.«

»Richtig.«

»Bist du sicher, dass das Tuch von Vittorio hergestellt wurde?«

»Er hat uralte Leinen aus dem Nachlass einer verstorbenen Witwe genommen. Er hat es sehr genau beschrieben. Auch wie man den Ocker anrühren muss, um die Konturen zu erzeugen. Und wie man aus Ocker, Zinnober und Eigelb die Blutflecken herstellt. Er behauptete, dass dieses Rezept schon seit vielen Jahren in seiner Familie bekannt ist und auf diese Weise auch das ursprüngliche Tuch hergestellt worden ist.«

Der Freund schwieg einen Moment: »Haben noch andere das Tuch gesehen?«

»Sowohl die Wachen als auch die Arbeiter haben nichts gesehen. Nur Simeon von Meuren und ich.«

»Dieser Austausch gegen ein Duplikat darf nicht bekannt werden.«

»Ich für meinen Teil werde ganz bestimmt nichts sagen. Aber was unser verehrter Dompropst machen wird, kann ich dir nicht sagen.«

»Er wird es nicht wagen.«

»Wird er dann auch sterben?«

Giuliano Cesarinis Gesicht war versteinert. Er schaute in den dunklen Abendhimmel. Dort zeigten sich nun die ersten Sterne. Um die Gebäude kreisten die Fledermäuse auf der Jagd nach Insekten und vollführten dabei die tollkühnsten Flugübungen. Langsam kroch die Kühle der Nacht durch die Stadt und ließ die beiden ein wenig frösteln.

Nikolaus unterbrach die andächtige Stille: »Dieser Vittorio nannte sich auch Cesarini, und er wusste auffallend gut über deine Position in Rom Bescheid.«

»Kein Wunder. Er heißt eigentlich Vittorio Gamba, gehört aber leider zur Familie. Er ist der Vetter meines Vaters. Er wohnte bis vor Kurzem noch in Rom, dort habe ich ihn auch einmal getroffen. Ich ahnte nicht, dass er dieses Wissen einmal für seine verbrecherischen Geschäfte ausnutzen würde. Aber dann ist er nach Venedig gegangen. Man sollte besser sagen: nach Venedig geflohen. Es ging um ein paar Betrügereien.«

Nach einer kurzen Pause fragte Nikolaus: »Weißt du denn auch über diese Fälschungen Bescheid?«

Giuliano setzte sich auf. Das Thema schien ihm unangenehm zu werden. »Sì. Leider ja. Einige Vorfahren haben wohl damit Geld gemacht, Reliquien zu fälschen. Und besonders viel bekommt man natürlich für alles, was mit Christus zu tun hat.«

»Ganz genau. Überleg doch einmal, wie viele Kapellen, Kirchen und Klöster behaupten, das Sanctum praeputium, die heilige Vorhaut Jesu, zu besitzen.«

»Ein Dutzend bestimmt. Höchstwahrscheinlich sind es alles Fälschungen.«

Die beiden Freunde lachten herzlich und gönnten sich noch etwas von dem köstlichen Wein.

Nachdem sie sich wieder beruhigt hatten, begann Nikolaus zu erzählen: »Als ich das Abbild auf dem Tuch sah – die Konturen eines nackten Mannes sowohl von vorn als auch von hinten und die über dem Schoß zusammengelegten Hände – wusste ich, was ich vor mir hatte. Das berühmte Grabtuch, im dem unser Herr Jesus Christus nach seinem Tode eingewickelt worden sein soll. Deshalb reiste Theodor Junk auch nach Saint-Hippolyte – es war ja aus Sicherheitsgründen vor ein paar Jahren aus Lirey in die dortige Kapelle geschafft worden war. Ich nehme an, er wollte das Tuch nach Trier holen, weil Helena, die Mutter Konstantins des Großen, es gefunden haben soll, als sie in Jerusalem war. Das Tuch hätte ideal hierhingepasst.«

»Du sagtest: sein soll. Du glaubst also nicht, dass es echt sein könnte?«

Der junge Mann von der Mosel schüttelte den Kopf. »Ich

fand Vittorios Aussage glaubhaft. Außerdem hast du ja auch zugegeben, dass es in eurer Familie Brauch ist ...«

Giuliano hob abwehrend die Hände. »Per favore, musst du nicht immer wiederholen. Das weiß ich auch so. Bitte.«

»Schon gut. Andererseits gibt es ein paar logische Schlussfolgerungen, die dagegensprechen. Die Leiche ist nackt. Das Mosaische Gesetz ist aber sehr penibel, wenn es um das Aufdecken der Blöße geht. Heutzutage denken Menschen ja anders darüber. Dann ist der abgebildete Mann auch größer als der Durchschnitt. In der Bibel findet sich nichts darüber, dass Jesus von außergewöhnlicher Größe war. Gegenbeispiel ist die Beschreibung von König Saul. Schließlich: Wenn jemand in das Tuch eingewickelt worden wäre, müsste es auch Abdrücke von der Seite des Kopfes und des Körpers geben. Aber das Tuch sieht aus, als wäre es nur darüber ausgebreitet gewesen.«

»Das sind aber keine Beweise! Dafür könnte es auch andere Erklärungen geben!«

»Stimmt. Aber es sind auf jeden Fall handfeste Indizien.«

Der italienische Freund öffnete schon den Mund, um etwas zu sagen, hielt sich dann aber zurück.

Nikolaus setzte aber noch einen oben drauf: »Im Judasbrief finden wir aber auch, dass der Erzengel Michael sich mit Satan um den Leichnam Moses gestritten hat[36]. Warum? Michael wollte doch offensichtlich verhindern, dass die Leiche zu einem Symbol für eine ketzerische Anbetung wurde. Wenn das schon beim Leib Moses so war, sollte das doch erst recht beim Herrn Jesus gelten. Oder?«

Giuliano Cesarini lachte laut und klatschte mehrfach in die Hände. »Oh, madre mia! Dann müssten wir ja sofort alle Reliquien vernichten!«

»Im Grunde genommen ja.«

»No, no, no. Das gäbe einen Aufstand! Das würde den Verlust der allergrößten Schätze der Kirche bedeuten! Das geht nicht, amico.«

Die beiden Freunde sahen sich eine Zeit lang an. Auf der einen Seite der Abgesandte der Kurie, der auf die genaue Einhaltung der Glaubensregeln und den Machterhalt der Kirche achtete. Auf der anderen Seite der logisch denkende Wissenschaftler, der auch einmal Dinge infrage stellen musste, die man zu oft ohne nachzudenken einfach von Generation zu Generation übernommen hatte. Zwei unversöhnliche Positionen, aber um der Freundschaft willen mussten und wollten sie sich aufeinander zu bewegen.

Schließlich beendete Giuliano das Schweigen: »Du bist überzeugt, dass auch das Original, das ihr verbrannt habt, eine Fälschung war?«

»So klar und unleugbar wie die Tatsache, dass es einen allmächtigen Schöpfer gibt.«

»Doch nur Vittorio könnte die Fälschung auch bezeugen.«

Nikolaus nickte.

»Aber der ist ja nun tot.«

»Noch ein Mord.«

Giuliano nickte. »Stimmt. Willst du wieder nachforschen, wer es war?«

»Mord ist eine schwere Sünde, die gesühnt werden muss. Aber ich werde mich lieber nicht damit beschäftigen. Sonst werde ich auch bald tot sein. Nicht wahr?«

Cesarini gab keine Antwort. Er nippte nur am Wein und schaute dann zum Himmel hinauf.

»Wirst du etwas wegen des vertauschten Tuchs unternehmen?«, wollte Nikolaus wissen.

»Ohne Beweise? Das Grabtuch ist bereits zu bekannt. Wir können es nicht mehr so ohne Weiteres verschwinden lassen.

Und falls die Priester in Saint-Hippolyte den Tausch bereits bemerkt haben, werden sie lieber schweigen als den Erben des Geoffroy de Charny[37] erklären zu müssen, wieso ihr wertvollster Schatz jetzt nur noch eine Kopie ist.«

»Oder die Kopie einer Fälschung«, warf Nikolaus ein.

»Sì. Auch das ist mir bewusst. Der Heilige Stuhl wird das Grabtuch nie als Reliquie akzeptieren. Ich werde einen internen Bericht darüber schreiben, der natürlich geheim bleiben muss. Aber alle Päpste, die noch folgen werden, werden es lesen können und sich hüten, einen schweren Fehler zu begehen.«

»Also werden alle lieber schweigen, als den Menschen erklären zu müssen, dass sie betrogen werden.«

Die Freunde saßen eine ganze Zeit schweigend im Garten und hörten den nächtlichen Geräuschen zu: den zirpenden Grillen, den raschelnden Mäuschen im Laub unter den Bäumen und der schaurig rufenden Eule. Im Garten herrschte eine herrlich entspannende und friedliche Atmosphäre. Nichts erinnerte mehr an die mörderischen Verbrechen von vor zwei Wochen.

Giuliano fragte plötzlich: »Und wenn die Väter, ich meine dieser Junk oder sein Kollege Buschfeld, etwas vom Tuch erzählen?«

»Dann geben sie offen zu, dass sie von den Schandtaten gewusst haben, aber nichts unternommen haben, weil es um die eigenen Söhne ging. Das riskieren sie nicht.«

Der italienische Freund grübelte einen Moment und begann dann seine Zusammenfassung. »Wenn ich recht verstanden habe, wollten Junk und seine Söhne in Saint-Hippolyte das Grabtuch kaufen, wurden aber abgewiesen. Die Burschen gingen nach Venedig und engagierten Vittorio. Der machte eine Kopie und vertauschte die Tücher. Die Söhne von Junk sprachen Albrecht an, damit er das gestohlene Tuch bei den Arbeiten im Turm verstecken sollte. Der aber ging zum Vater und erpresste Junk. Wenn Albrecht das Tuch, das Zeugnis einer schändlichen Tat, vernichtete, bekäme er als Gegenleistung Helena und würde Zunftmeister. Junk stimmte zu. Wegen der Hochzeit waren die Söhne wütend, mussten aber stillhalten, weil sie Albrecht brauchten. Der lockte sie in den Turm Jerusalem und tötete sie, weil sie ihn bestimmt ermordet hätten, wenn er ihren wertvollen Schatz tatsächlich vernichtet hätte. Doch dann wurde Albrecht klar, dass Junk wiederum ihn ermorden lassen würde, aus Rache für den Tod seiner Söhne und ihres Freundes. Die ganze Sache war völlig aus dem Ruder gelaufen, ihm über den Kopf gewachsen. Den einzigen Ausweg sah er darin, sich selbst das Leben zu nehmen. Seinen Selbstmord kündigte er bei Junk an. Der versuchte ihn aufzuhalten, um wenigstens zu erfahren, wo die Leichen der Söhne versteckt waren, kam aber zu spät. Junk wollte keine Nachforschungen haben, weil sonst alles ans Tageslicht gekommen wäre, und behauptete, es wäre ein Unfall. Ein Bursche wurde erwischt, weil die Bande ihr Alltagsgeschäft – Erpressen und Rauben – nicht ruhen ließ. Ein Verräter wurde noch schnell ermordet, bevor schließlich alle Söhne im Kerker saßen. Vittorio wollte nicht riskieren, dass sie unter Folter den Plan verrieten, und ließ sie vergiften. Nebenbei wurde noch ein Unbeteiligter schwer verletzt. Habe ich jetzt alles?«

»Ja.«

»Dann gibt es in dieser Geschichte also nur Verlierer?«

Nikolaus wehrte energisch ab. »Oh, nein. Gestern haben Helena und Adam Grimbach geheiratet.«

»Dann hat es wenigstens für sie ein glückliches Ende gegeben.«

»Theodor Junk und seine Söhne Konstantin und Crispus

hatten das Ziel vor Augen, Trier wieder groß und bedeutend zu machen. Sie steckten ihre ganze Kraft hinein. Doch es endete für sie im Unglück. Treffend heißt es im Buch der Sprüche: *Es gibt einen Weg, der vor einem Mann gerade ist, aber sein Ende sind danach die Wege des Todes.*«

Giuliano und Nikolaus genossen noch einen Moment schweigend die laue Sommernacht, ehe sie sich in ihre Schlafgemächer zurückzogen. Ihnen war klar geworden, dass in Trier nur eines nie sterben würde: die Erinnerung an die Zeit, als Konstantin der Große hier residierte.

Fußnoten

[1] Nikolaus Krebs (Cryfftz): * 1402 in Kues an der Mosel (deshalb genannt: von Kues oder lat. Cusanus), † 11.8.1464 in Todi, Umbrien; Kardinal, Universalgelehrter, Philosoph

[2] Giuliano Cesarini: * 1398 in Rom, † 10. November 1444 in Warna; lernte Nikolaus von Kues in Padua kennen, der ihm sein Hauptwerk *De docta ignorantia* widmete.

[3] Der Dompropst vertritt das Domkapitel bei der Verwaltung der Güter des Kapitels und nach außen, während der Domdechant (auch: Domdekan) ihm nach innen vorsteht.

[4] Der Schöffenmeister stand dem Stadtrat vor. Erst seit dem Umbruch durch die Manderscheidsche Fehde gibt es stattdessen zwei Bürgermeister.

[5] Wechsler: Geldwechsler, Bankiers; in Trier: auch Hausgenossen genannt, da sie ursprünglich Ministerialen des Erzbischofs waren und zu seinem „Haus" gehörten; Zugehörigkeit später erblich und vom Amt getrennt; die Münze blieb Eigentum des Erzbischofs, sodass die Wechsler selbst keine Münzen prägen durften.

[6] Auditor: von lat. audire = zuhören; eine Person, die durch Befragungen und Beobachten überprüft, wie eine Person oder Organisation eingestellt ist.

[7] Kurie: lat. curia = Rat, Gerichtshof; die Gesamtheit der Leitungs- und Verwaltungsorgane des Heiligen Stuhls für die römisch-katholische Kirche

[8] Heinrich I.: † 3.7.964 Rom, seit 956 Erzbischof von Trier

[9] Otto von Ziegenhain: * um 1380, † 13. Februar 1430 in Koblenz; seit 1419 Kurfürst und Erzbischof von Trier

[10] Gugel: kapuzenartige Kopfbedeckung, bedeckte teilweise auch die Schultern.

[11] Matthäus 10:36

[12] Kuno II. von Falkenstein: eigentlich Konrad von Falkenstein; * um 1320 auf Burg Falkenstein am Donnersberg; † 21.5.1388 auf Burg Maus; ab 1362 Erzbischof und Kurfürst von Trier; ab 1360 Koadjutor des Kölner Erzbischofs Engelbert III. und nach dessen Tod 1368 bis 1370 Administrator des Kölner Erzbistums.

[13] Friedrich III. von Saarwerden: * um 1348; † 9.4.1414 in Bonn; seit 1370 Erzbischof und Kurfürst von Köln

[14] Flavius Valerius Constantinus: * an einem 27. Februar zwischen 272 und 285 in Naissus, Moesia Prima; † 22.5.337 bei Nikomedia, heute Izmit; auch bekannt als Konstantin der Große oder Konstantin I., römischer Kaiser 306 bis 337, Alleinherrscher seit 324

[15] Gaius Flavius Iulius Valerius Crispus: * vermutlich 305; † 326, kurz Crispus

[16] Flavia Maxima Fausta: * Rom; † 326 Rom, Tochter des Kaisers Maximian

[17] Flavia Iulia Helena: * 248/250 in Drepanon, heute Karamürsel, in Bithynien; † vermutlich am 18. August um 330 in Nikomedia, heute Izmit

[18] Sigismund von Luxemburg: * 15.2.1368 Nürnberg; † 9. 12. 1437 Znaim in Mähren; Kurfürst von Brandenburg 1378 bis 1388 und 1411 bis 1415, König von Ungarn und Kroatien seit 1387, römisch-deutscher König seit 1411, König von Böhmen seit 1419, römisch-deutscher Kaiser seit 1433

[19] Heute: Pferdemarkt

[20] Heute: Nagelstraße

[21] Wechselbalg: untergeschobenes, hässliches Kind; nach altem Volksglauben einer Wöchnerin von bösen Geistern oder Zwergen untergeschoben

[22] Buch der Sprüche 18:24

[23] 1 Zoll = ca. 2,5 cm

[24] Spanne: Abstand zwischen Daumen und Zeigefingerspitze bei gespreizten Fingern, etwa 15 cm

[25] Parierstange: Querstück zwischen Griff und Klinge eines Schwertes oder Messers

[26] Tetrarchie: griechisch von tetra = vier und archä = Herrschaft, Regierung; ein Regierungssystem im Römischen Reich, das von Kaiser Diokletian eingeführt worden war und vier Herrscher im Kaiserrang vorsah: Oberster war der dienstälteste senior Augustus, dann kam der iunior Augustus. Beide Augusti ernannten jeweils einen Caesar, der ihm nach seiner Amtszeit als Augustus nachfolgte und einen neuen Caesar bestimmte.

[27] Prokonsul: lateinisch proconsul, von pro consule = anstelle eines Konsuls; bezeichnete im Römischen Reich i.A einen Statthalter.

[28] Präfekt: lateinisch praefectus, von praeficere = vorsetzen; bezeichnete im Römischen Reich jemanden, der vom Kaiser oder von der Verwaltung mit einer bestimmten Aufgabe betraut worden war.

[29] Karl IV. * 14.5.1316 Prag; † 29.11.1378 ebenda; römisch-deutscher König ab 1346, König von Böhmen ab 1347, römisch-deutscher Kaiser ab 1355

[30] Römer 9:14

[31] Prediger 9:11

[32] Galenos von Pergamon, deutsch: Galen; * um 129 Pergamon; † um 216 Rom; griechischer Arzt und Anatom

[33] Mittagslob: Stundengebet gegen 12:00 Uhr, auch Sext genannt

[34] 1. Brief des Johannes 1:9

[35] Kanoniker (weibliche Formen: Kanonikerinnen, Kanonissen); auch Stiftsherren (Stiftsdamen), Chorherren (Chorfrauen) genannt: Mitglieder eines Domkapitels oder eines Stiftskapitels

[36] Judas 9

[37] Geoffroy de Charny; * um 1300; † 19.9. 1356 Maupertuis bei Poitiers; französischer Ritter, Herr von Lirey, Herr von Montfort und Savoisy

KBV HISTORISCH

Frank Domeier

IM SCHATTEN DER BURGEN

Taschenbuch, 292 Seiten
ISBN 978-3-940077-80-6
9,90 EURO

Nikolaus Cusanus, junger Gelehrter in Diensten des Kurfürsten von Trier, kommt auf seiner Reise durch die Eifel zu den beiden Burgen von Manderscheid. Ganz unverhofft wird er mit einem schrecklichen Verbrechen konfrontiert. Wilhelm, der missratene Sohn des mächtigen Herrn von Manderscheid wurde auf bestialische Weise ermordet.
Unweigerlich gerät die verführerische Tochter des Manderscheider Müllers ins Zentrum der Verdächtigungen. Sie hatte einen guten Grund, dem Mordopfer den Tod zu wünschen, denn erst tags zuvor hat Wilhelm sich brutal an ihr vergangen. Cusanus ist von der Schönheit der jungen Eifeler Müllerstochter fasziniert und fasst den Entschluss, ihr zu helfen. Sehr schnell findet er heraus, dass es in der ganzen Umgebung kaum jemanden gab, der den ermordeten Wilhelm nicht hasste. Doch Nikolaus' Blick ist durch seine Zuneigung zu Christina getrübt. Statt dem wirklichen Täter auf die Spur zu kommen, gerät er unvermittelt selber unter Mordverdacht. Und die Schlinge um seinen Hals zieht sich unbarmherzig zu …

»Für historisch Interessierte, die gerne eine bekannte Gegend in der Vergangenheit besuchen möchten, bietet dieser historische Kriminalroman eine packende und kurzweilige Unterhaltung.«
(media-mania.de)